[MIRROR]
理想国译丛
050

想象另一种可能

理
想
国
imaginist

理想国译丛序

"如果没有翻译,"批评家乔治·斯坦纳(George Steiner)曾写道,"我们无异于住在彼此沉默、言语不通的省份。"而作家安东尼·伯吉斯(Anthony Burgess)回应说:"翻译不仅仅是言词之事,它让整个文化变得可以理解。"

这两句话或许比任何复杂的阐述都更清晰地定义了理想国译丛的初衷。

自从严复与林琴南缔造中国近代翻译传统以来,译介就被两种趋势支配。

它是开放的,中国必须向外部学习;它又有某种封闭性,被一种强烈的功利主义所影响。严复期望赫伯特·斯宾塞、孟德斯鸠的思想能帮助中国获得富强之道,林琴南则希望茶花女的故事能改变国人的情感世界。他人的思想与故事,必须以我们期待的视角来呈现。

在很大程度上,这套译丛仍延续着这个传统。此刻的中国与一个世纪前不同,但她仍面临诸多崭新的挑战。我们迫切需要他人的经验来帮助我们应对难题,保持思想的开放性是面对复杂与高速变化的时代的唯一方案。但更重要的是,我们希望保持一种非功利的兴趣:对世界的丰富性、复杂性本身充满兴趣,真诚地渴望理解他人的经验。

理想国译丛主编

梁文道　刘瑜　熊培云　许知远

[荷]伊恩·布鲁玛 著　何雨珈 译

东京绮梦：
日本最后的前卫年代

IAN BURUMA

A TOKYO ROMANCE: A MEMOIR

北京日报出版社

A TOKYO ROMANCE by Ian Buruma
Copyright © 2018, Ian Buruma
All rights reserved

北京出版外国图书合同登记号：01-2021-4212

图书在版编目(CIP)数据

东京绮梦：日本最后的前卫年代 /（荷）伊恩·布鲁玛著；何雨珈译. -- 北京：北京日报出版社，2021.8（2024.4 重印）
（理想国译丛）
ISBN 978-7-5477-4016-3

Ⅰ. ①东… Ⅱ. ①伊… ②何… Ⅲ. ①回忆录－荷兰－现代 Ⅳ. ① I563.55

中国版本图书馆 CIP 数据核字 (2021) 第 146432 号

责任编辑：卢丹丹
特邀编辑：节晓宇　魏钏凌
装帧设计：陆智昌
内文制作：李丹华

出版发行：北京日报出版社
地　　址：北京市东城区东单三条 8-16 号东方广场东配楼四层
邮　　编：100005
电　　话：发行部：(010) 65255876
　　　　　总编室：(010) 65252135
印　　刷：山东临沂新华印刷物流集团有限责任公司
经　　销：各地新华书店
版　　次：2021 年 8 月第 1 版
　　　　　2024 年 4 月第 3 次印刷
开　　本：965 毫米 × 635 毫米　1/16
印　　张：16
字　　数：179 千字
定　　价：68.00 元

版权所有，侵权必究，未经许可，不得转载

如发现印装质量问题，影响阅读，请与印刷厂联系调换：0539-2925659

纪念唐纳德·里奇、诺曼·米本和寺山修司

文化启蒙就意味着蜕变,如果我们不能接受被所学之事转变的风险,也就无法习得任何外族价值观。

——李克曼(Simon Leys),
《无用堂文存》(*The Hall of Uselessness*),
纽约:纽约书评出版社,2011

伊恩·布鲁玛

图片列表

图 1 　天井栈敷

图 2 　唐纳德·里奇

图 3 　藤龙也在大岛渚电影《爱之亡灵》(1978)的拍摄现场

图 4 　南千住剧院里的演员

图 5 　"人肉泵"

图 6 　咬下活鸡头的女孩

图 7 　黑泽明和演员们在《影武者》的拍摄现场

图 8 　70多岁的大野一雄在跳舞

图 9 　舞者们在土方巽的石棉馆

图 10　麿赤儿

图 11　杏在脱衣舞剧场的化妆间

图 12　在状况剧场的工作室里排练

图 13　二代目雕文背上的"九纹龙"史进刺青

图 14　正在刺青的男人

图 15　宝冢歌剧团

图 16　《独角兽物语》中的唐十郎

图 17　小林薰拿着一个胎盘

图 18　常田富士男饰演阿春，与李丽仙同台

目　录

图片列表 i

一　结缘："浪漫"的日本 001
二　初见东京：在幻梦与现实间游走 017
三　"情色、怪诞与无意义" 039
四　银幕后的梦幻殿堂 067
五　对他者的迷恋 085
六　真实藏身于有意的丑陋 111
七　寺山修司和唐十郎：两种前卫日本 137
八　人形玩偶与肉体叛乱 161
九　蓝眼睛里看日本 179
十　文化休克：当日本人遭遇西方 199
十一　从神的后裔到世界游民 213

致谢 223
索引 225

一　结缘:"浪漫"的日本

　　他在阿姆斯特丹（Amsterdam）有套顶层公寓，装修得很漂亮。在我关上公寓的门之前，他对我交代的最后一件事，是离唐纳德·里奇（Donald Richie）那群人远点儿。那是1975年的夏天，我已经不记得给我这个建议的人姓甚名谁，但还能模模糊糊想起他的模样：短短的灰白头发，有点鹰钩鼻，穿着讲究的棉质或亚麻质的外套。我猜他年纪65岁上下，好像是个设计师，或者是个退休的广告经理。到阿姆斯特丹颐养天年之前，他在日本住过多年。

　　唐纳德·里奇将日本电影介绍给了西方，这就是我当时对他的全部了解。至于他还是位小说家，写了一本关于环游日本内海的著名作品，被克里斯托弗·伊舍伍德*大加赞赏；还导演了一系列电影短片，都是20世纪60年代日本先锋派的经典

---

*　克里斯托弗·伊舍伍德(Christopher Isherwood,1904—1986)，英裔美国作家。——译注（除特别说明，本书脚注均为译注）

作品——这些我都一无所知。但我读过他写日本电影的两本书，一读之下即被文风吸引：诙谐风趣，又带着揶揄和超然；语言优美，又不炫耀卖弄或吹毛求疵。读了里奇的书，我就想见他本人；这对书迷来说是很冒险的一步，很可能遭遇强烈幻灭的结局。他的书封上并无多少关于个人经历的信息，但他1971年为《日本电影》（*Japanese Cinema*）所作的引言是在纽约写的，所以我想他应该是在美国。

不管怎么说，我仍然身在阿姆斯特丹，而就我的推断，里奇人在美国，也有可能在日本。过一两个月，我将前往日本，这可是生平头一次。巴基斯坦国际航空公司的机票已经订好。日本大学艺术学院电影系也给我留好了位置，将作为我生活费的日本政府奖学金也已经尘埃落定。一想到要移居日本，待上几年，叫人特别兴奋，但也忧心忡忡。我会孤单一人，思乡心切，大部分时间都在给6,000英里（约9,600公里）之外的人写信吗？我会因为在那里德行有亏而蒙羞，短短几个月之后就回来吗？我有个日本女朋友叫澄江，她也会搬去日本，但这阻止不了我的担忧。

里奇那两本写日本电影的书，最引人入胜的特色之一，是他通过电影描绘了日本生活的很多其他方面。你能从书中鲜明地感知到，那里的人是什么样子，他们坠入爱河或心怀怒火时会如何行事，他们面对不可避免的大限时那苦乐参半的听天由命，他们的幽默感，他们对万物无常的敏感，个人欲望与社会义务之间的矛盾拉扯，如此种种。

里奇通过日本电影，深情描绘了那个国度的图景，说来也

一 结缘："浪漫"的日本

不算特别富于异域风情，但反正那时候异域情调从来不是日本吸引我的主要原因。我对佛家禅修、茶道之类的传统文化不感兴趣，更不用说酷烈的东方武术了。里奇描绘的电影里的那些虚构人物，看上去是有鲜明人性的，说句实话，比大部分我看过的美国甚至欧洲电影里的人物都更为真实丰满。也可能是故事发生在我不熟悉的背景下，各种人物形成了共同的人性，才造成了这种印象。也许这就是我对日本最感兴奋期待之处。而那时这个国家在我心中仍然不过是一个概念、一个印象：文化上的陌生感与从电影中感受到的原始人性混合在一起。这些电影，有的我在阿姆斯特丹和伦敦的艺术馆里看过，有的在巴黎的法国电影资料馆看过，有的只在唐纳德·里奇的书中读到过。

  其实，我与日本结缘，完全是个意外。我的童年在荷兰度过，在那期间对亚洲文化毫无接触，尽管在我的家乡海牙（The Hague），人们仍然对"东方"有着一丝丝旧日情怀，因为从荷属东印度殖民地*回来的人们，总是把海牙作为退养之地，住在海边的19世纪大宅子里，对湿冷的气候牢骚满腹，想念殖民地安逸闲适的生活、俱乐部、热带风光和周到的仆人们。我挺喜欢印尼菜，这算是尚且不算遥远的殖民时代硕果仅存的回忆之一；我也喜欢奇特的印尼—荷兰版中国菜：肥硕的春卷，油乎乎的炒粗面，配上用辣椒和蒜做成的印尼辣椒酱，火辣辣的；本来原汁原味是非常好吃的，但因为北欧人过于贪吃，这些菜也日趋粗糙。我父亲的姐姐时运不济，在二战前夕被送往

---

* 荷属东印度，指19世纪至20世纪中期荷兰人统治下的印度尼西亚群岛。

荷属东印度做保姆，最终，她的大部分时光都是在一个特别阴森恐怖的日本战俘营度过的。这就没有什么可怀旧的了。

亚洲对我，意义极小。但自打记事起，我就梦想着能摆脱自己上层中产阶级的童年那种安全又略微无趣的环境，那个世界里充满了花园喷灌器、社团关系、桥牌聚会和夏日里人们打网球的声音。孩提时代的我，对阿拉丁神灯的故事颇为着迷，也许那故事里的魔幻旅途与遥远异域（他住在某个没有明确说明的中国城市）在我心中留下了某种印记。无论如何，我可不愿意一辈子待在海牙。

也许我从小就被植入了对自己祖国的偏见。我的母亲是英国人，出生于伦敦，是一个德裔犹太高知家庭的长女；在我粗浅的见识中，母亲的家人极其精致优雅。我崇拜的舅舅约翰·施莱辛格（John Schlesinger）是一位著名的电影导演。他还是公然出柜的同性恋，再加上他结交的演员、艺术家和乐手，所有这些都让我通过他间接吸收的那种文雅之气风味剧增。和很多艺术家一样，约翰既固执己见，又总是怀着开放之心去感受新事物，只要能激发他的想象力就好。他希望能被逗笑、被惊诧、被刺激。所以我也总是急切地想去打动他，进行各种各样的表演，模仿一些我觉得可能会引发他兴趣的怪癖、穿衣风格或观点。当然，尽管总是那样装腔作势，我却从来没觉得自己足够有趣。现在回想起我那时候的种种努力，真是无比尴尬。

然而，其实表演对我来说是很自然的事情。我在两种文化的伴随下长大：我父亲那边是日渐式微的荷兰新教徒文化，母亲那边是经过融合与同化的英国犹太文化。我在两种文化中都算是"过客",从未真正在哪一种中感到自由自在。我的命运就是一半在内,一半在外——几乎事事如此。"过客"就是我的默认设定。与此同时,我心中总是坚信,那迷人的魅力就在某个别处,在伦敦,尤其是在我舅舅的家宅之中。那时我还住在荷兰,却向往着某个远处的地方,在那里我不必做出选择。

等我终于从学业中解放,动身前往伦敦开始一年的旅居生涯时,"进入亚洲"已经成为一种时髦的生活态度:人们会坐着大众的小型巴士去印度进行嬉皮之旅,和拉维·香卡*用西塔尔琴演奏的音乐来个肤浅的"点头之交",茶馆里还会卖各种杂七杂八的随身物品和西藏的小饰品,飘着过于浓重的线香味。我在英国认识了一些印度嬉皮士,他们非常充分地利用了自己神秘的东方出身,在吸引敏感脆弱的欧洲女性方面取得了巨大成功,这是我想都不敢想的。其中一个是出身于班加罗尔(Bangalore)的阿萨姆基督徒,名叫迈克尔(Michael),他的表演欲和我差不多,把自己身上那种富有异域情调的吸引力利用到了极致。

我见过的第一个日本人甚至都不是真的日本人。1971年,在进入大学安心学习之前,我没有坐着大众小巴一路向东,而是向西去了美国加州。那年我19岁。我住在舅舅在洛杉矶的一个朋友家中,这位朋友是个酗酒的脑外科医生(听说他做手术的时候双手还是很稳的),他介绍我认识了一个情绪比较容易激动的年轻男子诺曼·米本(Norman Yonemoto)——瘦

---

* 拉维·香卡(Ravi Shankar,1920—2012),印度古典音乐教父。

高的个子，一双大大的近视眼在兴奋的时候会鼓胀到令人担忧的程度。诺曼有点像德国演员彼得·洛尔（Peter Lorre）饰演的那位具有日本血统的侦探摩多先生（Mr. Moto）。和很多漂到洛杉矶的年轻人一样，诺曼怀揣着热切的电影梦。当时他暂时在拍男同色情片。收入不错。但诺曼是以认真严肃的态度在拍男同色情片的。他是个艺术家。

诺曼是第三代日裔美国人，他长大的地方就是今天的硅谷，而他的父母曾在那里侍弄花草。诺曼做了我的洛杉矶向导，我们开着他那辆银色的大众甲壳虫，在高速公路上疾驰，通常诺曼那个长得很像北欧人的男朋友尼克（Nick）也会作陪。但在这些路途中，我们并未有只言片语涉及日本。我们的车巡航一般地畅游过圣莫尼卡大道，年轻貌美却未能如愿出演电影的街头混混们悠闲地倚在车边，看着街上的车水马龙，想找个目标下手。晚上，我们去了闹市区，那里有人付钱让墨西哥姑娘们在霓虹灯坏掉的昏暗舞厅里跳舞。曾经风光一时的装饰艺术电影院后面藏了很多阴森森的小酒吧，异装癖们在里面勾引醉醺醺的卡车司机。那位酒鬼外科医生把我们带到一个微型西部小镇，算是某种色情主题公园，名叫"花花世界"，打开转门就能进入一个个酒吧，穿着牛仔靴的裸体小伙们站在吧台上跳舞。一个穿着白色T恤、有着橄榄色皮肤的年轻男子在我的双唇上留下了一个吻。外科医生窃笑着悄声说，他是台湾人。

这就是诺曼的世界，看上去和日本相隔十万八千里。我当时被这种文化冲击搞得神魂颠倒：南加州是我去过的最具异域情调的地方，当时如此，甚至在之后的多年也是如此；在一个欧洲人眼里，这里自有属于它的独特，比加尔各答（Calcutta）、上海或东京有过之而无不及。不管诺曼在圣克拉拉县（Santa Clara County）*的花园里接受的那种脱节的"日式教养"在他身上残留了什么样的痕迹，都早已隐没在他关于狂野性爱和拍电影的加州梦中。他全身心地接受了加州那俗丽的魅惑。

但狂野性爱不是我的菜。在"花花世界"，我最出格的行为也就是接受台湾人的那个吻。到那时为止，我有过的性经历就是与一些女孩子和几个男孩子笨手笨脚地做过。我在那方面的大部分所知习自一个德国斯图加特（Stuttgart）的女孩，她比我经验丰富，留着一头长长的金发，是北欧神话中女武神一般的人物。在伦敦，她以无比的老练和温柔，把我管教得服服帖帖。我虽然没怎么吃过猪肉，但也见过猪跑，算是见多识广。我认为，在同性恋酒吧里消磨时光，在洛杉矶闹市区兜风，让我更接近自己认知中的舅舅和他的朋友们的那种成熟练达。而这种生活也离海牙的花园喷灌器很远，这可能是最重要的。

有一天，诺曼的弟弟布鲁斯（Bruce）从伯克利（Berkeley）来与我们同游，他在那里学艺术。布鲁斯是很不一样的人。他如我一般还在探索自己的性取向，比他哥哥更注重政治，更容易和人起争论。他比较迷那些法国理论家，虽然巴黎只是他心中的一个概念，但也比洛杉矶对他的吸引力更大，是他崇尚的知识分子聚集中心。和诺曼不同的是，布鲁斯对日本也很有兴趣——他表现出这一点，是在某天晚上，我们仨做了件在当时

---

* 位于美国加州，硅谷的主要组成部分。

来说相当循规蹈矩的事情：我们分享了一颗迷幻药，然后一起去了奥兰治县（Orange County）的迪士尼乐园。

我对那天晚上记忆犹新，虽然当时脑子迷迷糊糊的，导致回忆有点错乱："至高无上"女子合唱团在一个金碧辉煌的舞台上表演，每唱完一首歌就换一套闪闪发光的演出服——反正，在我记忆中就是如此。我们在乐园的"小小世界"景区坐游乐船，诺曼指着岸边展示的来自不同文化的卡通孩童人偶，滔滔不绝地讲着南加州，双眼放光。我当时情绪高涨，一直在想这一切意味着什么，结果又使得大家热烈讨论起"这"到底指的是什么。

诺曼双目圆睁，表情活泛，与之相比，布鲁斯那略肖日本佛像画的柔和圆脸可谓不动声色。我们当时在加州的梦幻乐园，再加上药物刺激，不知怎么的，大家就开始了关于身份问题的争论，跟"这"的含义关系不大，更多的是关于我们到底是谁、来自哪里。"我们是美国人！"诺曼非常煽情地叫喊道，"我们改造了自己。我们可以随心所欲地做我们想做的人。"就在此时，布鲁斯开了口："那么数千年的日本文化算什么？那一切不可能就这么消失了。无论如何，白人看我们的时候，看到的不是美国人，而是亚洲人。不管愿不愿意，我们就是亚洲人。"

我无法为这场讨论贡献什么高见。也许对这些定义自我的认真尝试也不用做太多的解读。但我愿意认为，正是在那天晚上，就在迪士尼乐园的"加勒比海盗"和"森林河流之旅"之间的某个地方，播下了我未来向往日本的种子。因为那之后不久，我回到荷兰，就得决定在大学究竟学什么专业了。我试着学了一两个月的法学，认定自己不合适。我之前已经稍微涉猎过艺术史,是在伦敦的考陶尔德艺术学院,我在那里的图像图书馆工作,也去听了艺术史学家、苏联前间谍安东尼·布伦特(Anthony Blunt)讲毕加索的课。一天,我研究着一幅胡安·米罗*的画作,感觉有人在我背后,向前斜着身子,发出陈腐的呼吸,同时惊叹道:"那是艺术吗?"此人壮硕魁梧,穿着粗花呢外套,是研究中世纪英国教会的专家。我认定自己也不适合艺术史。

于是我选择学习中文。中文与众不同,听起来魅力无限,也许有一天会很有用;我喜欢中国菜,也许在潜意识中还盘踞着关于阿拉丁、迪士尼乐园或"花花世界"那个台湾小帅哥的回忆。

那是1971年,中国还在"文化大革命"后期的剧痛中挣扎。那时候,在莱顿大学,很少有人费那个劲去学中文,期望着有朝一日能去中国看看的人就更少了,因为那时候只能通过中国人的朋友组织团队旅游,才能去到那个国家。我的朋友里没有这样的人。汉学系很小,偏居之地过去曾是疯人院。我的同学们泾渭分明地分为两派:迷恋遥远而神秘的毛泽东思想的梦想家,和希望余生都靠研究唐诗或汉朝律法来过活的学者。我不属于任何一派,也从未真正开心地做过汉学家。入学第一年,我在文言文上花的时间,还比不上在阿姆斯特丹的DOK迪斯科俱乐部和中国小伙子们跳舞的时间。之前我在伦敦从印度朋友们那里初窥了所谓的"东方"魅力,而比起《论语》,显然

---

* 胡安·米罗(Joan Miró, 1893—1983),西班牙超现实主义画家,与毕加索、达利齐名。

还是DOK舞池中的声色诱惑要实在得多。

中国看上去是那么遥不可及，说真的就是一个抽象概念，如同一颗杳渺的星球。我们的必读资料中有当代文本，节选自中国共产党的《红旗》杂志或《人民日报》，其中充斥着呆板僵化的官方用语，显得死气沉沉；对比简洁优美的文言文，这真是令人悲叹的退化。于是，我对当代中国的兴趣很快消耗殆尽。中国古典文学的遣词造句是那么讲究简练，而当代文本对此最糟糕的羞辱之一，就是无穷无尽的冗长句子，仿佛是从卡尔·马克思（Karl Marx）的德语文本中直译过来的。其中还有些笨拙的讽刺，根本没有传统中文里精彩修辞的影子，更多地借鉴了苏联官方文件的风格。

接着发生了两件事，让我的人生方向盘转了向。我看了弗朗索瓦·特吕弗（François Truffaut）导演的一部电影，名为《婚姻生活》（Domicile Conjugal）。故事是比较简单的。特吕弗最喜欢的演员和知己让−皮埃尔·利奥德（Jean-Pierre Léaud）饰演的性格温和的巴黎年轻男子安托万（Antoine），他与同样性格温和的法国女孩克里斯蒂娜（Christine，由克劳迪·雅德［Claude Jade］饰演）新婚不久。克里斯蒂娜已经怀上了两人的第一个孩子。一天，在为一家美国公司工作时，安托万邂逅了恭子，一个日本客户的女儿，她苗条袅娜，一头闪亮的黑色长发，色若晓月的脸盘上嵌着一双乌黑的眼睛。恭子这个人物是由服装品牌皮尔·卡丹的著名模特弘子饰演的，大银幕上，她周身闪烁着微光，如同一个神秘莫测的东方幻象。

而她确实就是一个幻象，一个海市蜃楼。安托万无可救药地倾倒于她那绸缎般柔和的美和奇异又优雅的礼节：一杯杯水中展开的小小纸花，表现出她对安托万的爱恋之情，也同样表现了富有异域风情的雅致精巧。此时已经生了孩子的克里斯蒂娜发现了安托万的婚外情。有那么一段时间，安托万难以自持，但最终美梦渐渐幻灭。他和恭子彼此没有共同语言，纸花与那些飘着甜香的虚无缥缈之物已然不足以支撑这段关系，他渴望克里斯蒂娜身上那种熟悉的中产阶级笃定感。东方幻觉黯然褪色，安托万回到了现实。丈夫、妻子和孩子很快重归安全踏实的法式生活。

那是一部好看的电影，也许不是特吕弗的最佳作品，但仍然巧妙有趣。我猜电影的主题是敬告观者，不要沉溺于关于异域的幻想，真正有深度的感觉只能在有共同文化背景的人身上觅得。超越语言与共同设想的感情，最终结果就是幻灭。

不得不说，我拒绝接受这样的讯息。我爱上了恭子。我希望自己的人生中也出现一个恭子，甚至也许不止一个。要是我能身处恭子们的乐土之上，那该多么快活啊。

20多年后，我居于伦敦，收到了一封邀请函，请我去法国一个低调的电影节做评审。与我同为评审团成员的有一位富有时尚气质的中年日本女性，穿着和服，淡蓝的底色上点缀着毫不张扬的粉色樱花纹样。弘子，曾经的皮尔·卡丹模特和特吕弗电影中的耀眼明星，如今成了一位法国时尚大品牌高管的妻子。我对她讲述了自己曾经爱上她的经历，她以环佩琳琅般清脆又温柔的声音回道，"Ça m'arrive souvent"（你不是第一个说这话的人）。

应该就是我在银幕上初见恭子的那段时间前后，1972年或1973年，我首次在阿姆斯特丹的米克里剧院（Mickery Theater）观看了剧作家寺山修司引领的"天井栈敷"先锋实验剧团的表演。米克里剧院的前身是个电影院，还完整地保留了过去那种装饰艺术风格（art deco），有那么些年，那里是全世界向往的先锋戏剧圣地。年轻的威廉·达福*曾在那里与X剧团（Theatre X）同台演出，后来还与伍斯特剧团（Wooster Group）合作。在那里演出的剧团来自波兰、尼日利亚，以及西方大部分的艺术之都。其中很有纪念意义的一次活动，是加州圣昆廷监狱的罪犯们前来参与的戏剧工作坊（年轻女子们在剧院所在的街区排起了长队，要见这些犯过罪的人）。我曾是米克里的常客，也会按当时的惯例，于演出结束后在剧院的咖啡馆里和演员们见面聚会。

"天井栈敷"，意为剧院里最便宜的座位，也就是英语里的"the Gods"（顶层楼座，字面意思是"众神之位"）。这个剧团来自东京，创立者和总监寺山修司是个冷漠超然却依然富有魅力的人物，穿着一身深色西装和一双蓝色高跟牛仔鞋，身兼诗人、剧作家、散文家、小说家、摄影师和电影制作人多重身份。在东京，他仿佛是古老民间传说中的"魔笛手"，不断吸引着一群来来去去的拥趸，其中有逃亡者、与大环境格格不入的人以及有奇异癖好的古怪之人，在他那些超现实主义的奇幻剧中做真人道具。寺山的戏剧和电影受到各种西方风格的影响：有

---

* 威廉·达福（Willem Dafoe, 1955—），美国著名影视演员，代表作有《野战排》《蜘蛛侠》等。

的地方略像费里尼*，有的地方又有点罗伯特·威尔逊[†]的影子；但其中源自日本露天娱乐演出、畸形人表演、脱衣舞表演和其他底层戏剧表演形式的本土色彩还要浓厚得多。

  初次观看天井栈敷剧团的表演，就像眯缝着眼睛透过小孔去看怪诞的"西洋镜"，里面发生着各种离奇的事件。我之前从没见识过与之有哪怕一丝相似的东西。他们的表演唤起了我关于魔术百宝箱的古早记忆，那些百宝箱的内部亮着光，装满了我以孩童的病态想象所炮制的奇异物件。

  1972年，我在米克里剧院初次欣赏的戏剧名叫"アヘン戦争"，即《鸦片战争》。那不算是个连贯的故事，更像是一系列静止的舞台造型。演出的舞台既在剧院之外，也在剧院之内——一连串的向导带领着观众走进不同的房间，里面装饰着陈旧的日本电影海报、色情版画印刷件的细节放大图、夸张可怕的漫画书，以及仿佛从20世纪20年代的妓馆搬过来的道具。裸体的姑娘们摆出各种奇特的姿势；腹语师满脸涂着白粉，扮成歌舞伎，代之发言的娃娃穿得像图卢兹—劳特累克[‡]的画中人；戴着纳粹党卫军黑色帽子的女施虐狂一边鞭打腹语者，一边念念有词地背诵着日语诗歌。取材自日本古代鬼怪故事的巨魔穿着和服，混杂在化着女人的妆、穿着二战军服的男人之中；一个裸体的男人全身文着汉字；一个年轻貌美的女孩穿着紫色的

---

* 费德里科·费里尼（Federico Fellini，1920—1993），意大利电影导演、编剧。
† 罗伯特·威尔逊（Robert Wilson，1941—），美国著名剧作家。
‡ 图卢兹—劳特累克（Toulouse Lautrec，1864—1901），法国19世纪后印象派画家，结合了印象派与日本浮世绘的风格，擅长人物画。

中式衣裙，将一只活鸡砍了头。氛围充满暴力，加之我们有时候会被关进铁笼子里，观众里有一位上了年纪的先生犯了恐慌症，因为这一切让他想起自己小时候被禁闭在日本战俘营的经历。剧团在德国的一次演出中，有观众意外地被火点着了；还有传言说，演员和观众曾经拳脚相向——这很符合寺山的想象：戏剧是某种犯罪集团。整个过程都有音乐伴奏，时而轻柔魅惑，时而震耳欲聋且微带凶险，杂糅了平克·弗洛伊德乐队式的迷幻摇滚即兴重复片段、战前日本流行音乐和佛经吟诵，其作曲家和表演者是一个戴着礼帽的长发男人，名叫 J. A. 西泽*。这场戏实在是极其怪异，极其夸张，特别莫名其妙，近乎固执地追求色情，相当令人惊骇，叫观众全然难以忘怀。

演出结束后，小个子的年轻演员们聚集在剧院的咖啡馆，但他们中只有少数几个会说生硬的英语，表演者与观众之间的屏障基本没有被打破。演员们穿得与时尚的西方年轻人别无二致：牛仔裤、皮夹克、靴子、丝绒裤。但有的也穿着日本木屐与和式外套。天井栈敷剧团仿佛来自一个既熟悉（或至少能辨认出一些熟悉的踪迹）又完全陌生的世界。我明白，自己刚刚见证的是一场天马行空的戏剧幻梦，但仍然觉得，如果东京本身与其有任何相似之处，我就应该去那里凑凑热闹，离开现在这座城市。在见过寺山修司和他的剧团之后，再回去学习《红旗》杂志或儒家典籍中那些沉闷的句子，实在叫人兴致全无。去东京，我心想。要尽快。

---

* J. A. 西泽（J. A. Caesar, 1948—），本名寺原孝明，日本作曲家，"J. A. 西泽"为其艺名。

我不记得阿姆斯特丹那个男人给过我其他什么建议了，只记得他叮嘱我离唐纳德·里奇那群人远点儿。他也没有说明里奇那群人为什么就这么讨人嫌。我身上有种见多识广的气质，但仍然只是个乳臭未干的年轻人。（"你阅人不多，对吧？"一个法国越南混血的服装设计师曾这样问我。当时他在DOK迪斯科俱乐部吹嘘了一番自己和法国演员阿兰·德龙［Alain Delon］的风流韵事，然后勾搭上了我。）不过我的有限所知足以让自己怀疑向往之地会存在一些同性恋方面的竞争，也会在社会上遭遇某种愤恨。但我不在乎：去东京！

图1 天井栈敷

二　初见东京：在幻梦与现实间游走

　　1975年秋天，我与东京见了第一面，叫我震惊的是，这里太像天井栈敷的剧场布景了。我本以为寺山修司的戏剧场景是出自一个诗人极度狂热的想象，是疯狂而夸张的超现实主义幻梦。诚然，我并没有遇到穿着19世纪法式服装的腹语者被裹着皮衣的女施虐狂鞭打。但东京的都市风光本身就有种戏剧感，甚至让人产生幻觉，没有任何东西是朴素低调的；处处都是风格鲜明的产品、场所、娱乐、餐馆、时尚等等，无一不在以自己的方式尖叫呐喊，吸引关注。

　　我曾在莱顿大学苦心学习过的汉字，此时以塑料或霓虹灯的形式，高悬在高速公路之上或火车站外面，出现在从高高的写字楼垂挂而下的条幅上，还出现在电影院和被称为"卡巴莱"的歌舞厅用油漆涂写的标识中——标识上承诺，该场所会提供各式各样的娱乐项目。在大部分的西方城市，这些娱乐项目都是不见光的，而东京似乎很少会有什么是不见光的。

我后来得知，唐纳德·里奇不认识汉字，也不会日语。这对他来说是一件幸事，正如他的朋友、杰出的日本文学学者爱德华·赛登施蒂克（Edward Seidensticker）曾经略带尖刻的评论所说，那些用油漆书写得优美雅致或以五彩斑斓的霓虹灯形式呈现的汉字，很多都有着非常古老的起源，看上去颇具异域之美；但前提是你不知道它们的意思——比如说，软饮广告，或者专治痔疮（这种病在日本常见得出人意料）的诊所的宣传。

日本的视觉密度可以把人淹没。最初的几个星期，我在一副茫然而孤独的外国人躯壳中到处走，随着穿着整洁的黑发人组成的人流颠簸起伏。在还没学会说或读日语之前，我先用双眼吸收周围的一切。我就那样走啊走啊，常常会在新宿或涩谷迷宫般的街巷中迷路。很多广告都有着和初秋蔚蓝的碧空一样鲜明的色彩。我终于明白，那些古早日本版画中的色彩，完全没有进行什么非写实的艺术加工，而是对日本光线的如实描绘。狭窄的商业街两旁挂上了连串的鲜橙色和金色塑料菊花，表示秋季已至。霓虹灯、深红的灯笼、电影海报，一切都像密集的视觉炮火，扑面而来，还配上了刺耳的机械噪声——来自日本流行音乐、广告歌曲、唱片店、歌舞厅、剧院和火车站的广播系统，还有咖啡馆、酒吧和餐馆里那些整日不曾关闭的电视机发出的巨响。这些声音让 J. A. 西泽为天井栈敷所配的演出背景音乐都显得几乎安宁肃静了。

我并没有立即深入到日本的生活中去。在和女友澄江一起找到公寓定居之前，有那么几个星期，我都待在一个"缓冲区"，那是在不同文化之间的歇脚之地。我有一位名叫阿什利·雷伯恩（Ashley Raeburn）的英国亲戚，在日本做"壳牌"的商务代表，他和妻子内丝特（Nest）住在青叶台的一座大宅子里。那一片丘陵地带是豪华上等社区，高高地凌驾于东京城几大商业中心的喧嚣之上。他们家宅的后面有一片宽大的草坡，有人打理，四季常青。每到星期天，我们就在上面打门球，喷灌器浇水的声音让我想起自己在海牙度过的童年。司机会开劳斯莱斯送阿什利去上班。宅子里有一群穿着制服的仆人，其中一位会把餐食端到栗木长桌上，那桌子经过精心的打磨，闪着耀眼的光泽。每道菜吃完，摇一下铃铛，仆人就会应声端上下一道菜。这一切和我白天看在眼里、听在耳内的那座城市形成了极端鲜明的对比。只要我和阿什利与内丝特住在一起，东京就仍然只是一场盛大的演出，一个某种意义上的剧院，我可以在每天晚上退场，进入青叶台那与殖民地别无二致的富足优裕之中。

我在阿什利的豪宅中窥见的属于日本的世界是完全位于"楼下"（belowstairs）的（"楼下"这个说法来自从前的英国乡村大庄园）。和阿什利与内丝特一起坐在炉火边，一边享用餐后的威士忌，一边讨论日本和日本人，这日子的确舒坦。但我更喜欢在厨房里一杯接一杯地喝着绿茶，拼命捋顺我磕磕绊绊的日语，和司机攀谈——他曾经做过警察，很爱开玩笑。我也跟厨师聊天，跟为我们提供晚餐服务的那些善良女士们聊天。被人开着壳牌公司的公派劳斯莱斯接送，让我觉得过于引人注目，还略微有点尴尬。但我对"楼下"的偏好并不是"逆向势利"，而是出于洞察日本那些神秘谜团的渴望。如果我想要融入，就最好迅速地学习。正是在厨房里，我接受了最早的日语礼仪教育：根据与我对话的人而使用不同的语式。司机和厨师对我可以不说敬语，因为我比他们年轻很多，但我对他们就必须说敬语。除了惯用语之外，人称代词甚至是动词的结尾，都会因为年龄、性别和社会地位而变化。这是日语中不可或缺的关键部分，不仅一开始很难掌握，还会随着语言技能的提升变得越来越重要。我面对的难题之一是，我模仿女友学了很多日语里的女性用语，这让我听起来有点像个总在痴笑的"变装皇后"。我后来很快了解到，一个人日语说得越流利，他言语中的失礼之处在当地人听来就会越刺耳。不过当时我的日语还处于相当基础的水平，所以我在青叶台的不当言辞也就得到了原谅。

日间，我漫步东京，想起初到洛杉矶时感受到的文化冲击，那种感觉如同身处一个巨型电影场景；这场景被迅速地搭建起来，又迅速地倒塌，其中包含的建筑幻想有都铎王朝风格、墨西哥摩尔式风格、苏格兰男爵风格和法国学院派风格。当时我受到震惊，是因为以前我从未见过那样的城市——习惯于欧洲各个历史古城那种踏实牢固的我，既为洛杉矶着迷，又有那么一点自鸣得意，似乎在一个更为古雅的环境中长大就赋予了我某种清高的道德优越感。东京和很多亚洲战后城市一样，那无处不在的广告牌和沿公路林立的单排商业区，都对南加州的模式多有借鉴。但东京的那种密度——人群、噪声、拥挤的视觉冲击——让洛杉矶相形之下显得沉静保守。

有这么一家咖啡馆在我心中挥之不去，算是我在20世纪70年代中期初见的那座城市的典型范例。这家咖啡馆叫"凡尔赛"，位于地下，在日本最大的车站之一——新宿站的东口附近。要去那家店，你得走下陡峭的混凝土台阶，耳中还轰鸣着一家著名相机店吵闹的广告歌。突然之间，你就到了，身处于一个18世纪法国庄园的会客厅，里面装饰着枝状大烛台、大理石墙壁，镀金的家具是路易十四时期的风格，巴洛克音乐飘散在店内。自然，这一切都是塑料和胶合板制成的。人们会在这以冒牌货构建的壮丽与美妙之中一坐就是几个小时，抽烟、看漫画，听着理查德·克莱德曼（Richard Clayderman）用音色清脆的钢琴弹奏莫扎特的《G大调弦乐小夜曲》（*Eine kleine Nachtmusik*）。"凡尔赛"在很久以前就被拆除了，那时候大部分的咖啡馆都难逃这样的命运。如今，原址上可能有家星巴克，或者一家提供日本与意大利北部融合菜的餐馆。

1975年我初次观察到的东京，大部分都是在20世纪60年代修建的，那时候经济加速发展，蓄势起飞。目之所及没有太古老的东西，除了一些庙宇和神社，和少数在熊熊烈火和枪林弹雨中幸存下来的20世纪早期砖石建筑。19世纪末，东京循着西方的轨迹完成了现代化；1923年，一场地震将其半毁，到1945年它又被美军轰炸得满城瓦砾碎石。60年代是廉价梦幻建筑的大好时候。战争毁灭了一切，之后人们经历了多年的朴素艰辛，大家渴望真正的（但多半仍然是想象的）奢侈。那时候鲜有日本人能找到路子出国旅游，因此日本修建了一个想象出来的"国外"，迎合人们的梦想，于是就有了路易十四风格的咖啡馆、德国啤酒馆，还有一家寿命不长的著名酒店，名为"伊丽莎白女王二号"，用混凝土修成远洋客轮的形态，还配上了录音的雾号声。

在美国境外修建的第一座迪士尼乐园就在日本，时间是1983年，选址于离成田国际机场不远的地方。唐纳德·里奇曾写道，根本没有修建的必要，因为日本人已经有了一个迪士尼乐园，名叫东京。这个城市的非住宅区确实有主题公园那种转瞬即逝之感。激赏里奇的英国小说家克里斯托弗·伊舍伍德战前住在柏林，之后在洛杉矶安家，他为那座"收养"他的城市写了如下文字："一百年前，在这海岸上，有些什么呢？如今这些脆弱的建筑，又有哪些能在一百年后依旧矗立？也许一座也不会剩下。唔，我喜欢这个想法。这很现实，令人振奋。在这样的环境之中，比较容易牢记并接受一个事实，就是一百后你自己也不存在了。"*

这样的情绪之中饱含着浓厚的日本色彩，即沉默地接受世事短暂的现实。2014年，诺曼·米本在洛杉矶去世，我在他的追悼会上引用了伊舍伍德的上述文字。

我想，伊舍伍德应该会喜欢20世纪70年代的东京。战时的阴暗忧郁已经一扫而空，狂热的享乐主义取而代之。最重要的是，那种幻觉感会吸引他，因为他向往东方神秘主义，喜欢事物稍纵即逝的概念。然而，东京和洛杉矶之间有个重要的区别。洛杉矶从未有过悠久深邃的历史，而东京，或从前所称的江户，在12世纪就已经是个小小的城邑。18世纪，江户是世界第二大城市，仅次于北京。因此，1975年我遇到的那个充斥着塑料梦幻的东京，虽然有着东拼西凑、风格混杂的建筑物，

---

* *Exhumations* (London: Methuen, 1966).——原注

借鉴了全世界很多地方的风格,在形式上做出了很大改变,但它其实是修建在一层层厚重的历史之上的。

经过擦除和重写的现代东京,仍然显露出过去时光的蛛丝马迹,比如街道的布局。但历史基本只是活在流行文化对历史记忆的表达之中,作为神话存在着。在东京,就连很临近的过去都浸润在传奇之中。新的 70 年代开始还不到几年,60 年代就已经成为怀旧的云烟,人们纪念着那时年轻人的反叛和实验。"那时候你应该来看看。"那些过来人如是说。啊,1968 年的学生示威、花园神社的地下戏剧表演、新宿站附近那些"偶发事件"——被称为"疯狂部落"的本土嬉皮士们总在那里厮混。还有大岛渚早期的电影作品,横尾忠则设计的海报,筱山纪信的摄影作品,以及土方巽开创的"舞踏"*。

我到东京的时候,"疯狂部落"已经是过去时了。在新宿站,相比抱着吉他拨弦的嬉皮士,你更有可能遇到硕果仅存的二战老兵,在战火中残废了,穿着白色和服,拖着木质假肢,用手风琴演奏着悲伤的战时歌谣。有些人会说,时代的狂欢在 1970 年仿佛计好时间一般戛然而止,终止的标志就是三岛由纪夫的自杀。这位小说家在东京中部一个军事基地发动政变,失败后便上演了武士切腹自尽的惨烈之死,自杀时他身边还围着手下那群穿着军服、年轻帅气的士兵。其实,文化并无"终止"一说,只是有所变化。到了 1975 年,之前那些年代的反叛者,包括寺山修司在内,都变成了备受尊敬的大人物,获得了权威

---

* 又称"暗黑舞踏",结合了日本传统舞蹈与西方现代舞。

奖项，受邀参加各种国际盛会。

也许，唤起人们怀旧情绪的，是东京毁灭和建设的速度。总有个"那时候"供人们强烈地怀想。在并不算特别久远的过去，整个城市还是运河交错，木头房子林立；那时候，所谓"江户之花"的大型火灾频发，木房子常常被付之一炬。很少有建筑是致力于永久留存的；没有大型的石质教堂，纪念碑式的不朽建筑也并非日本的风格。东京的历史只能在碎片中略窥一二：这儿有座残垣断壁的贵族花园，那儿有座重建的神社，或者一个小小的酒馆，那时三岛在这里受人瞩目，现如今它们却都已被废置了。

1947年，唐纳德·里奇还是美国军方报纸《星条旗报》（Stars and Stripes）的年轻记者，他在浅草的街巷中漫步，就在两年前，那里刚被美国空军轰炸。浅草位于东京东端的平民聚居区，在隅田川一侧，约100年间，那里是全城最具活力的大众娱乐区域，处处是电影院、滑稽戏院、咖啡馆和酒馆、妓馆和歌舞厅、街市和庙会。川端康成最早那些关于"咆哮的20年代"的黑帮匪徒与舞女的故事，就常常以浅草为背景。那是被很多人伤怀哀悼的岁月，其主旨是"エロ·グロ·ナンセンス"——情色、怪诞与无意义。

里奇爬上浅草老旧的地铁站塔楼，与他同行的是川端康成，穿着一件简单的冬季和服。两人对彼此的语言都一窍不通，只能无言地指着战后早期的东京那破旧混乱的风景。里奇提到川端早期小说中一个人物的名字，于是作家微微一笑，指着一个地方，那是他想象中人物曾居住的地方。川端的城市遭遇毁灭，但他似乎并未因此仓皇焦虑;那座城市依然存活于他的想象中。

60年代,寺山修司最喜欢进行的实验之一,就是在街头上演他的戏剧。他有一部著名的剧作,名字就叫《扔掉书本上街去》(書を捨てよ町へ出よう)。他想要打破艺术表演和普通生活场景之间的障碍。他的演员们穿着各种行头,打扮成来自不同年代的人——20世纪20年代的诱惑妖妇、19世纪的花花公子、20世纪60年代的嬉皮士——混入人群之中,打破人们的生活常规,让他们震惊不已。那时候,天井栈敷并非唯一尝试将现实生活与幻想融合的剧团,巴黎、纽约或阿姆斯特丹也在进行类似的实验;而东京的不同之处在于,这座城市需要打破的幻想与现实的障碍,并没有那么大。

我本来要去学习电影的日本大学(简称"日大")艺术学院并无任何异域情调可言。学校的大楼很可能是在20世纪50年代末或60年代初建成的,可谓毫无特征,平凡到我都记不清它们到底什么样子了。校园所在的江古田是郊区,树林和灰泥房屋在其中杂乱无章地蔓延,有一条两旁系着塑料花的狭窄商业街,蜿蜒地通向位于西武池袋线上的车站。

其实,我从未特别认真地在日大学习过电影。教授们大多亲切友好,一辈子没拍过一部电影,从本校毕业之后就一直留校教学。系主任是个过于挑剔的官僚,谈吐和穿着都像一个中型银行的分行经理。他和电影之间的联系,即便有,也很薄弱。

但有位教授的确叫我长久地怀想。他叫牛原虚彦,温文尔雅的小个子,总是咧嘴而笑,露出快要掉光的牙齿,年纪应该有80岁出头了。他常把自己的偶像查理·卓别林（Charlie Chaplin）挂在嘴边，20年代他曾在好莱坞做过卓别林的助理。他称卓别林为"卓别林老师"。这位老人不止一次在全班同学面前表演他偶像饰演的流浪汉，他踏着小碎步，一边转着想象中的手杖，一边解释着拍摄角度。1927年，牛原从好莱坞回到日本之后，开始专攻"催泪电影"（日本人称之为"会哭湿三条手帕的电影"）。他沉浸在对远去时代的伤怀中，那时候的生活更传统、更简单、更温暖。《他和人生》是他早期比较成功的作品之一，他也因此获得了"伤感牛原"的绰号。后来，他又做了几部"运动电影"，讲述了棒球健儿之类人物的故事——过去日本电影类型按照受众品味分得很细，就像东京的咖啡馆也会具体去迎合爵士乐爱好者、古典乐发烧友或摇滚迷们。

我对"伤感牛原"的大部分了解来自唐纳德·里奇的书。牛原的电影很难找，不过我还是得以欣赏到一部他早期的优秀作品。那部电影受法国印象派的影响很大，其实不是他导演的，他只是负责写作脚本，片名叫《路上的灵魂》（1921）。这部默片的主人公梦想成为小提琴演奏家，却未能如愿。影片灵感源自高尔基（Gorky）的《在底层》（*The Lower Depths*），其非凡意义在于，这是日本首部启用女性演员，而非男演员以歌舞伎风格假扮女性角色的电影。

呜呼，我没能充分从牛原的课堂上获益。就连他模仿卓别林的那些逸事，虽然我后来以永不消退的热情一遍遍地讲述，当时却也是看得一知半解，不仅因为他话音含混，总是泛着大量口沫,也因为我的日语没有好到足以明白这位老人究竟所言何物。

我看的那些学生电影作品也是同样难懂,但多半是因为他们会使用俚语。有个我记不清名字的校园风云人物,总是懒洋洋地走来走去,身边跟着一群年轻小伙子,他们都穿着黑色皮夹克,不管白天晚上都戴着墨镜。那位风云人物大部分的短片都围绕穿黑色皮夹克、戴墨镜懒散转悠的年轻小伙展开,最终他们会在壮观的暴力场景中死去。这些学生电影中的女性大部分时候都在遭受这样或那样的虐待,这就免不了脱掉她们的衣服。我很好奇地向同学们打听这些业余女演员,他们信誓旦旦地向我保证,日本女孩子只要一看到我,就会毫不犹豫地为我做这些事情,因为她们在外国人手里是甘愿任其摆布的。那时候,这在日本是根深蒂固且基本全民认可的观点,也许可以追溯到日本被美国军队占领的时代。

外国人这个身份的确能赢得一些特殊待遇。在江古田的大学校园里,能让人们想起动荡汹涌的 60 年代的事物之一,就是英文书图书馆;奇怪的是,在这样一个教育机构,这个图书馆却禁止学生入内。我听说原因是 1968 年或 1970 年的一次大型示威抗议期间,学生曾占领过这个图书馆。日本学生强烈反对越战和本国政府共谋参战的行为。从那以后,就只允许外籍留学生进入图书馆了。就我所见,艺术学院另外只有两个外籍学生,所以这图书馆其实就是空的。

一个身材瘦高的管理员帮我打开了图书馆的门锁。他刚从美国度假归来,全身上下是一整套西部行头:靴子、过于花里胡哨的西部银扣格子衬衫和饰扣式领带。图书馆飘着一股霉味儿，感觉需要好好通一下风。馆里还有另外一个人，正从书架上拿着各种书。显然，他就是另外两个留学生之一。我之前已经见过一个了，美国人，名叫里奇（Rich），坚持要对我说日语，虽然我总是态度尖刻地用英语回复他。我在校园里都躲着他走。而埋头书堆的这个，穿着蓝色棉质和式外套，跟我还不认识。他叫格雷厄姆（Graham），英国人。格雷厄姆在研究日本能剧*，除此之外的时间他都在原宿进行所谓的"表演"——他会穿着一件白色长裙沿着那里的主干道跳舞，舞伴是一位诗人，名叫白石嘉寿子，名声不好，绯闻缠身（传言说她和拳王阿里睡过）。她也是在60年代声名鹊起的。

很快我就发现，图书馆里的几乎每一本英文书，都曾经是一个人的财产。大部分书籍的扉页都写着这个人的名字：塞西尔·波斯尔思韦特（Cecil Postlethwaite，大概是这个名字）。名字的旁边写着居住地和年份："柏林1929""柏林1930"，一直到"柏林1936"；直到时局对于这位波斯尔思韦特来说都有些严重了，地点和年份又变成了"东京1937""东京1938"，以此类推。我不知道战时他有何遭遇。想必，他会被当成外敌拘禁起来，也有可能在珍珠港事件之前就去世了。

波斯尔思韦特的文学品味自成一派，很有特色，正如牛原的"催泪电影"。他的藏书中有好些奥斯卡·王尔德（Oscar Wilde）剧作的罕见初版，还有与这位伟大剧作家相识却早已

---

* 日本传统戏剧，主要以日本传统文学作品为脚本，演员戴面具表演。

被遗忘在历史云烟中的贵妇人的签名本回忆录；英国小说家罗纳德·弗班克（Ronald Firbank）的作品全集；关于希腊雕刻的著作；一本出版于德累斯顿（Dresden）的薄册，主题是德国的裸体主义者，里面有大量体格健壮的年轻男人洗澡的照片。这些收藏为何漂泊到江古田的日大图书馆，是个谜。我想象不出这里会对这些书有强烈的需求，就算学生被允许入内，也是如此。但在这沉闷枯燥的东京郊区，书中那些战前少年男色散发出的些微腐旧气息，让格雷厄姆和我都有些想入非非。后来我们相当后悔，在我们一起去江古田车站对面那个名叫"流浪者之歌"*的古典乐主题咖啡馆之前，没能趁机顺手牵羊拿回一些珍本。

作为一个读者，波斯尔思韦特很喜欢在书页空白处表达自己的所思所感：表示赞同的惊叹号，表示怀疑的问号，还有一些评论——比如"废话！""说得对！"我无意中翻看起一本毛姆短篇小说集，其中一个故事写的是在马来亚（Malaya）†偏远地区的英国种植园园主。有位来自故乡的老朋友上门拜访他，日落时分，两人在走廊上喝着金汤力。朋友问他，怎么能忍受住在如此偏远的地方，在这里几乎永远见不到白人同胞。种植园园主回答说，正因如此他才选择住在这里。这本书过去的主人在这句话下面重重地画了线，力道近乎凶残。

波斯尔思韦特有着与众不同的性取向，他从英国中产阶级

---

* 这家咖啡店的店名来自西班牙著名作曲家和小提琴演奏家巴勃罗·德·萨拉萨蒂（Pablo de Sarasate）的同名经典曲目。

† 指英属马来亚，现马来西亚半岛在英国殖民时期的旧称。

的生活中逃离，先自我放逐到德国，后来到了日本；并不难想象这样一个男人的形象。还有些人也像他一样，克里斯托弗·伊舍伍德就因为类似的原因移居柏林。在热带和亚热带地区，从意大利卡普里（Capri）到锡兰（Ceylon，今斯里兰卡），这类男人修建的私人世外桃源星罗棋布，尤其是在不列颠帝国时代。这些人拒绝居住在拘谨刻板的盎格鲁—撒克逊国家，承受可能因为性取向而坐牢的风险。他们通常会居住在僻静地方的漂亮宅子中，里面有精美的家具和艺术品，需要的时候会有帅气又心甘情愿的年轻男子来"帮个忙"。

我在日本最早遇到的那些人中，就有一个这样的人物，他也是我那个同性恋舅舅的熟人。约翰·罗德里克（John Roderick）是经验丰富的美国记者，二战期间曾在延安的窑洞里和毛泽东的共产党游击队住过一段时间。战后，中国不再欢迎西方记者，他就自行到日本安顿下来。罗德里克不是个英俊的男人。他看上去像个退役的军士长，身材壮硕，下巴宽大，小胡子修剪得很整齐，面色红润的大脸上有一双蓝色小眼睛，眼神和蔼可亲。他日语很生疏，却一点也不害羞，身边从不缺人陪伴。

从罗德里克居住的山岗上能俯瞰镰仓，那是日本中世时期的古城，优雅美丽，也是侥幸逃过战时轰炸的少数城市之一，城内布满佛寺和神社。罗德里克在那座山冈上建造了自己的"世外桃源"：一座美丽的旧农舍，有茅草屋顶、深棕色的木地板、赭石色的土墙、糊着宣纸的幛子门、18世纪的漆器屏风、镀金的木塑佛像、珍贵的江户时代茶碗和精雕细琢的古董箱柜。

二 初见东京：在幻梦与现实间游走

农舍原本在日本中部一个乡村，被整体拆除后搬迁到此，由日本木匠用传统手艺一块木头一块木头地拼起来。负责安排整个大工程的是个美貌非凡的年轻人，几年前罗德里克在一个公共泳池发现了他。从那以后他们就一直同居。被爱称为"嘉酱"（小嘉）的嘉弘*被罗德里克正式收为养子。

到日本几个月之后，我通过约翰·罗德里克认识了唐纳德·里奇。为了介绍我们认识，罗德里克特地邀请我俩去吃晚饭，地点在另一个中年侨民位于东京的公寓，他是英国人，作家兼旅行家，名叫约翰·海洛克（John Haylock），也是因为性取向的问题去国离乡，曾在一系列与自己投缘的炎热地带居住过，比如巴格达（Baghdad）、塞浦路斯（Cyprus）和泰国，如今来到日本，在一个女子大学教英语文学。海洛克在名为《东方交流》（Eastern Exchange）的回忆录中写道："我觉得选择一片宽容的土地居住，是比较明智的决定……自我放逐好过冒坐牢的风险。"

约翰不算太老，最多也就60岁出头。我问了他一个可能有些笨拙的问题：打算在日本住多久？他沉吟片刻作答："我认为我会在这里死去，而且应该很快就会死。"和约翰聊天就像在和布卢姆斯伯里团体†的各位名流握手，至少在隐喻层面是如此。他曾经和英国画家邓肯·格兰特（Duncan Grant）往来密切，还在巴黎与弗吉尼亚·伍尔夫（Virginia Woolf）的

---

* 泷下嘉弘，日本建筑师，致力于古民居的移建保存。
† 英国20世纪初以伦敦布卢姆斯伯里地区为活动中心的知识分子团体，对英国文化有很大影响力。

情人维奥莱特·特里富西斯（Violet Trefusis）有交情。他还认识三岛，和里奇的大部分朋友一样。能说出"我认识三岛"这句话，就像拥有一枚荣誉勋章，长期混迹于东京男同圈的那些文艺人士十分珍视这枚勋章。

所以这就是当时的"唐纳德·里奇那群人"，阿姆斯特丹那个男人警告我离他们远点。我一见他们就觉得很轻松，毫不拘束，尽管自己并非因为性取向而被放逐于此。比起小嘉，我更渴望在特吕弗电影里看到的恭子，不过我也能充分体会到两者的吸引力。和很多年轻人一样，我急切地想弥补青春期失去的机会，巴望着多积累些经验。但我也在做赌注对冲，规避风险，因为我仍然有个安全的避风港，一个将我的风险最小化的家。

这个临时的家是个六叠榻榻米大小*的房间，再加上四叠半榻榻米大小的卧室，位于西武新宿线上一个摇摇欲坠的公寓楼里。我在那里和女友澄江同居，她在我到东京前不久回到了日本。我在日本的最初几个星期住在亲戚家，此时我很高兴能离开那栋奢侈隐匿的豪宅。我们找到这间公寓之前，找了一些中介，他们大多都过于礼貌，很难直率地拒绝一个外国人。但我们还是知晓，房东可能会担心尊敬的外国朋友不知道如何正确使用日本浴室，或者可能让邻居们吓一跳，也可能在不付房租的情况下潜逃。哎呀，就前几天，一个美国人就出了这么件事儿……

---

* 日本和室常用榻榻米来计算房间面积。榻榻米有着固定的规格，且因地区差异而有所不同。东京地区的榻榻米（江户间）规格通常为宽约 0.88 米、长约 1.76 米，即 1 叠约等于 1.5488 平方米。

澄江也没能真正融入东京。她童年时候住在日本一个县的城市，她从那里的束缚中逃离，不急着回国。很多日本年轻女性会追求通常在家中得不到的独立，澄江也和她们一样，更愿意到国外生活。她认定自己想要在一个小国家落脚，便以多多少少有些随意的态度，在地图上挑了荷兰，然后带上全部的个人积蓄，孤身一人又乘船又搭火车，穿越西伯利亚平原，来到欧洲。她比我要坚强。我们同在莱顿大学上学，她在一家中餐厅兼职赚房租，我们就在那里相遇。

有一年半的时间，我和澄江在位于池袋的那间公寓中同居。神秘难测的恭子们仍然只是我的臆想。我和女友在一起很幸福，但我总有种怅然若失的感觉。我没有做好安定下来的准备，但也渴望安全感。从别人的视角去体验危险的生活要更容易些，比如从寺山修司的戏剧中一窥飘着鸦片气味的妓馆，或者和唐纳德·里奇那群人来往——他那个圈子颇有我舅舅在伦敦那种生活的魅力。于我，实现理论上的见多识广，还是比可能潜藏刺痛的亲身经历更方便。我仍然感觉生活更像是一场表演。

也许是因为从小生活在一个文化混杂的家庭，也许是因为性格中的其他什么东西，我总感觉会被外人们吸引。但那些外人，包括唐纳德·里奇的朋友们，又会组成属于他们自己的排外小团体。我可以做个过客，但无法认真投入和付出。我愿意徘徊在边缘，不进不出，不里不外；不是非此即彼，而是若即若离。我是天生的"同路人"，男同们的"男闺蜜"，在一群惺惺相惜的陌生人中做个观察者。这让人震颤兴奋，但也是在明哲保身。也许正因为如此，我才被日本所吸引。在这个社会，外国人就算是很有意愿，也永远无法获得归属感。

唐纳德的穿着打扮就像个保守的美国中产：浅蓝色的外套、灰色衬衫、栗色针织领带、大大的黑色富乐绅鞋。他年纪应该在53岁上下，外貌比较显年轻：粉粉的面颊、淡褐色的头发、一双白皙的大手，孩子气的脸上显露着美国中西部人的特征，有那么一点像著名的性学家阿尔弗雷德·金赛（Alfred Kinsey）。他与人交谈涉及的话题范围之广，令人震惊：日本电影界的小道传闻、阿诺尔德·勋伯格（Arnold Schoenberg）的表现主义音乐、小津安二郎与黑泽明的对比、简·奥斯汀（Jane Austen）后期的小说。但他最常提起的话题，尤其和我这个新人聊天时最爱谈的话题，是外国人在日本的生活方式。

他指出很多外国人会跌入一个陷阱：他们的痴心迷醉会迅速变成幻想破灭，甚至是牢骚满腹的怨愤，仿佛个人的幻灭都要怪在日本头上。他提到了"赛登施蒂克综合征"，是以他的朋友、学者爱德华·赛登施蒂克命名的。爱德华随大流地在日本待了半年。初到东京时，叫他俯身亲吻这片土地他都愿意。一切都是那么美妙。接着，等他差不多安顿下来了，就逐渐被"这些人"搞得越来越烦躁恼怒，六个月后，他已是归心似箭。

唐纳德告诉我，很多人犯的一个大错，就是以为自己能被当成一个日本人来对待。这里的人们会很礼貌，甚至温情，与日本人建立深厚的友谊也是完全有可能的。但你永远不可能成为他们中的一员。你永远是个"外人"，而日语中的"外国人"一词本身就写作"外人"。那些愚蠢到会对这一点心生怨恨的人，很容易全面暴发"外人病"，只要别人表现出特殊对待，不管

图 2　唐纳德·里奇

是恭顺还是轻慢，都会被视为对他们自尊心的严重打击。

而他，唐纳德，作为一个"外人"却感觉特别自在。他说，日本的伟大之处，就在于别人不会管你。在日本做日本人，就是陷入了一张几乎让人无法容忍的巨网，里面交织着各种规矩和义务。但外国人就拥有完全的豁免权，他能以平静的超脱去观察生活，不必与任何事或任何人有牵扯。在日本，唐纳德感到了全然彻底的自由。

很显然，像唐纳德这样的人，在他的家乡美国俄亥俄州的莱马（Lima）是永远不可能获得这种自由的。他从小到大都梦想着逃离那里。60年代末，他居住在纽约，在现代艺术博物馆做影像策展人。但即便在那个城市，他仍然感到颇受拘束。所以，在与我相遇前的几年，他回到了日本，也不全是因为性取向而自我放逐，而是因为他在40年代末首次到达日本时就认定，眼前是属于自己的世外桃源：在这个国家，他永远不会因为自己的欲望而被别人指手画脚。

"要知道，"我们在本乡地铁站分别前，里奇说，"你要在日本生活，就必须做个浪漫的人。那种感觉自己很完满，不会去质疑自己是谁、自己在这个世界上身处何种位置的人，会讨厌这里的生活。持续地接触如此大相径庭的文化会让他们难以忍受。但对于一个浪漫之人，一个放开心态去接纳其他存在方式的人，日本就充满奇观。当然，你永远不会在这里找到归属感，但这也会让你自由。而自由比归属感更好。你明白吗，在这里，你可以随心所欲地把自己塑造成任何样子。"

我不确定自己精准领会了他这番话的意思。很久之后，他解释说，自己忠于萨特（Sartre）的存在主义观点，要遵循真实的个人意志而行动，来创造属于自己的生活。不过，那个夜晚唐纳德站在对面的站台上，粉粉的脸颊、黑色的大鞋子、在拥挤的日本人群中稳如泰山的形象，一直长留我心。或许我也觉得摆脱了束缚，得到了自由。问题在于如何来看待理解自己。

三 "情色、怪诞与无意义"

　　我从未想过自己会成为一个日本人，也并无此意愿。不过按照里奇的那种说法，我应该是个浪漫的人。我很愿意接受改变。在我日本生活的早期阶段，这就意味着几乎完全沉浸其中。我和一个日本女人同住在西武新宿线上的一个中产郊区，周围都是拉面店、神社、"钱汤"（公共澡堂）和带盆景花园的木质老房子。这些都对我的沉浸有帮助。

　　那时候，你还能听到一些属于日本传统城市生活的声音：卖地瓜的小贩略带悲凄的叫卖声，有点像清真寺的宣礼师在召集穆斯林去祷告；夜晚，负责在这个区域提醒住户防火防盗的人会用拍子木发出干巴巴的敲打声；卖豆腐的人发出雾号一样的声音；附近一座寺庙里的铜钟传来余音绕梁的雄浑之音。还有一些没那么传统的声音，是当地政治候选人们录制播放的歌曲和宣传语。他们坐在缓缓驶过的车中，挥舞着戴白手套的手，甚至在街道空空荡荡，根本没人回应他们时，也会如此。还有所谓的"家庭健康"商人把一个装满避孕套的提篮放在某家门口后急匆匆离开的脚步声——如果无此需求,可以退货。

我去了澄江的家乡岐阜,那是一个地方县上的城市,在东京以西200多公里。这意味着我更深入地沉浸到了日本传统生活当中。澄江的父亲谷先生是个退役老兵,曾随日军在中国服役,后来干起了绘制广告牌的营生。作为工匠阶级的一员,他很为自己的独立和技艺而骄傲。比起很多所谓的"上班族",即每天穿着灰蓝西装、拉着公车吊环、在办公室和远离市中心的郊区小公寓之间通勤的白领大军,谷先生的生活方式更为老派,也更闲适自在。70年代的日本上班族,多半都抛下了在大家庭过集体生活的种种传统责任。现代的小家庭被视为一种解放,哪怕会导致寂寞孤独。对于那些晚上独自在家等待丈夫的妻子尤其如此,因为她们的丈夫不得不去参与强加于底层职员的应酬,喝醉之后才跟跟跄跄地回家。

而独立工匠就不同了。在岐阜的老城区,谷家三代人同住在一栋舒适温馨的二层木房中,家里飘着榻榻米的清新气味,附近寺庙传来的香火味,隐隐还有点排水沟的味道。如今的日本,豪华马桶名声在外,可以通电加热,自动冲水,选择各种冲洗方式,并随机播放轻快动听的音乐。但小说家谷崎润一郎在出色的随笔集《阴翳礼赞》中颂扬了"薄暗"的日式传统木质厕所的种种好处:坑洞底部铺了杉树枝来缓解臭味,人就蹲在这样的坑洞之上,欣赏和思考自然之美。这样的厕所那时几乎已经无影无踪了,谷家却仍然有这么一个,只不过周围完全看不到自然之美。时常有所谓的"夜土"收集者上门,把一家

三 "情色、怪诞与无意义"

人的排泄物拉到城外的田里做肥料。

一家人还共用一个用芳香的桧木做成的浴盆，洗澡的顺序由年龄长幼决定。他们只会在浴盆外使用肥皂，所以盆里的水一直比较干净，就算最后一个洗的人也能用。要是恰巧遇到有人光着身子从浴盆中起身，比如家里的奶奶，那就假装没看见。有时候，为了享受纯粹的乐趣，我们会去当地的公共澡堂，即所谓的"钱汤"，那里的墙壁铺了瓷砖，装饰着富士山的风景。我们会一边和邻里街坊说长道短，一边用小小的竹碗礼貌地为彼此背上泼水。

我无意将谷家的生活描述得太理想化。这个大家庭和其他任何大家庭一样，容易爆发激烈的争吵，产生不可调和的矛盾。家中的祖父曾是铁路部门官员，在我到达后不久便去世了。生前，他在家中拥有至高无上的权力，全家人都被他呼来喝去。这样看来，上班族的妻子们选择在高层公寓楼里"孑然独立"，似乎更无可厚非了。但谷家洋溢着一种宽宏大量的精神，他们有开阔的心胸——这在那些更富足兴旺的大家族里通常是看不到的，因为他们需要更小心谨慎地守护自家在社会上的脸面。

后来，谷家的父亲和长子之间发生了代际冲突，导致父子永久失和。冲突源于两人对广告事业的不同态度。长子名叫和夫，他认为父亲出于手艺人的骄傲，坚持手工绘制商店招牌，或仔细临摹电影剧照把它画成大幅宣传画，这些根本就是在浪费时间。他更偏向于使用塑料模板或者其他技术捷径，认为这样成本更低，也更节省时间，他这么想也不是没有道理的。他并不将自己视为一个匠人，而是现代生意人。

但我第一次去谷家做客时，双方的矛盾还并未爆发。工坊是在家中的主屋旁边加盖的，主屋里的电视永远开着，我们就在那里吃饭。父亲、母亲和奶奶也在那里睡觉，晚上把铺盖展开，铺在榻榻米上即可。其他人就在一楼的佛坛附近睡觉，佛坛上摆着逝去祖父的黑白照片，周围供奉着水果和年糕，奶奶每天早晨都要对着照片祈祷。工坊里摆满了一罐罐颜料、一摞摞硬纸板，还有电影海报。70年代中期的主流商业电影有很大一部分是日活株式会社制作的软色情电影，于是谷家人在共进由鱼、米饭和味噌汤组成的粗茶淡饭时，周围环绕的是艳丽夸张的电影图像，比如穿着皮夹克、戴着墨镜的黑帮分子用绳子将无助的家庭少妇捆绑起来。

晚饭过后，我洗澡之前，和夫常会带我去当地的日活电影院看点上述类型的电影，在那里他可以免费观影。那些电影可比我看过的学生电影有趣多了，显然后者是对前者照猫画虎的模仿。说句实在话，它们比我在西方看过的任何色情电影都更有趣；西方色情电影大多粗俗、淫荡而缺乏想象力。

如果讨论日本70年代文化，却不提"浪漫色情片"——这一电影类型的官方名称——那就是不完整的。"浪漫色情片"吸引了一批当时才华横溢的年轻导演。日大映画部的同学们经常对我说，别管小津和黑泽啦，去看神代辰巳导演的作品，里面有一条小百合，是当时最受欢迎的浪漫色情片明星。小百合曾经在大阪做脱衣舞娘，成就了辉煌的事业。她出演的很多影片都有着别出心裁的情节，技术上也相当成熟，甚至颇具创新意义。这不仅仅是因为有才华的年轻人越来越难跻身正在迅速

三 "情色、怪诞与无意义"

崩溃的既有电影制片公司体系。当时，色情片已经成为左派们偏好的类型，因为 60 年代激进的政治行动遭遇了失败，他们为此感到幻灭。数十年来，日本其实一直是个一党独大的国家，执政党是保守的自由民主党，全国都处在根深蒂固的官僚主义的监视之下，工业财团、农业游说集团和美国安全利益集团又翻手为云覆手为雨。进行了十多年的学生抗议之后，激进好战的左派已经分崩离析成日本赤军那种极端暴力的派系，总是爆发场面很大且常常带有自杀行为的恐怖行动。最后，赤军那些战士们有的死了，有的去了平壤或黎巴嫩贝鲁特（Beirut）那样的地方，而他们当中一些致力于拍电影的同路人就不知不觉地陷入了色情片的漩涡。政治颠覆行动遭遇了挫败，就转化成屏幕上色情挑逗的社会反叛。不过这种情况至少催生了一部名副其实的杰作。

1976 年，大岛渚发布了他的硬核色情电影：《感官世界》。他早期导演的作品有浓厚的政治色彩：反映对朝鲜族的歧视、学生激进主义、以社会抗议为形式的犯罪，或者大阪贫民窟中的镇压手段。这一次，他通过制作色情艺术电影，来验证自己能将言论自由推进到何种地步。《感官世界》因其恶名而引起了巨大反响。电影由真实故事改编，背景是 20 世纪 20 年代，表现了做过妓女的阿部定和餐厅老板吉藏的婚外情。最终，在两人进行疯狂性爱之后，吉藏惨烈地死去了。疯狂性爱进行之时，阿部定为了提高情人欲仙欲死的快感，几乎用和服的系带把他勒死；随着时间流逝，这个游戏越来越不好玩了，直到最后变成了致命杀招——在疯狂情绪的驱使下，阿部定将所爱之人的阳具（包括睾丸）割了下来，塞进了手包里。

在那之前，还从未有电影人做出过这样的东西。《感官世界》既硬核又温柔，是用电影的方式在为性爱自由，尤其是女性的性爱自由而击鼓鸣笛。饰演妓女阿部定的演员是松田英子，曾在寺山修司的天井栈敷剧团做演员；她在戏中并非任男人摆弄的物件，而是一场色情痴恋中地位平等的伙伴（尽管这未能阻止松田本人事业跌落谷底，甚至背负骂名，而与她演对手戏的男演员藤龙也则成了明星）。*

该片在戛纳电影节首映后，我去天井栈敷剧团总部见了寺山修司。剧团总部位于涩谷，东京西部一个热闹非凡的区域。寺山住在那儿的一栋小公寓里，据说是和他母亲住在一起——这位戏剧巫师的性取向也有些神秘；他曾有过前科，因为窥视别人的卧室而受到当地警察的训斥。寺山在戛纳看了大岛那部电影，我向他问起时，他抿紧了嘴唇。"并不是很有趣，"他说，"大部分浪漫色情片都要好得多。"我怀疑是嫉妒之心影响了他通常很明智的判断。

大岛的电影在日本国内引起了一场臭名昭著的关于淫秽的审判——并非针对电影本身，因为片子无法以原本形态在本国上映；审判是针对配以剧照出版的电影剧本。大岛做出了精彩的辩护："淫秽有什么问题呢？"他最终被判定无罪。

---

* 在真实事件中，阿部定最终在东京被捕，几年的牢狱生涯后，她在浅草开了一家酒吧。唐纳德·里奇是那里的常客，据他说，阿部定每晚会在同一时间闪亮登场，店里的男顾客全都翘首以盼，同时不约而同地护住自己的生殖器。阿部定人生中的最后几年在一个尼姑庵里度过。——原注

呜呼，大部分日本人都没有机会亲自评判这部电影。等这部电影来到东京时，拷贝已经被审查员严重损毁，他们用刀片和凡士林消除了所有人体生殖器官的痕迹，于是大岛的杰作也就无法观看了。至于为什么在乡村公共温泉中男女混浴还比较常见，在银幕上看到生殖器却不被允许，这就是个谜了。也许这与很多个世纪以来当权者与不守规矩的艺术家之间的拉锯战有关：前者坚持维护公序良俗和对社会的控制，而后者则坚持要颠覆这些东西。

当然，基督教那种清教徒般的清规戒律并非日本传统的一部分。和夫认为晚饭后带我去色情影院是很合适的娱乐，并对这一点毫无犹疑。他没有丝毫羞惭，就像一家人共用一个浴盆，也无人觉得难堪。但我还要再说一遍，澄江的家庭很老派；也许在更高等、更西化的阶层，讲究和挑剔的态度更普遍些。

我想，唐纳德·里奇强调他所说的日本人格中的"纯真"时，想表达的就是这个。和里奇同辈的男人们仍然会随口说出"日本人格"这个词。我受约翰·罗德里克之邀与唐纳德共进晚餐后不久，他就成了我关于"日本人格"的导师。他在这方面是"先生"（せんせい，老师），我则是他的"弟子"（でし，学生）。我们经常去六本木一个出版社附近吃午饭，下午他在那里做剪辑工作。饭间我们就会谈论"日本人格"。

我认为，唐纳德所说的"纯真"，意思是对基督教定义下的原罪毫无意识。对性行为的约束是出于道德礼仪，而非宗教上的清规戒律，或者是可能不得善终的超自然威胁。维护公序良俗的卫道士正是出于道德礼仪上的担忧，才对大岛的电影做出那样的反应。而那些聪明的浪漫色情片导演则通过别出心裁的办法来躲避审查员的剪刀;浪漫色情片的激进程度虽然远远比不上大岛的那部,但散发着同样富于想象的自由精神。

既然享有特权的外国人不用遵守如许纷繁的日本礼仪,那么,对于一个在俄亥俄州小城里长大的美国年轻人来说,40年代的日本一定像个天堂。唐纳德从未像约翰·罗德里克那样为自己建造一个私人的世外桃源,他并没有摆满古董屏风的美丽老房子。不过他倒是一度住在这样一所房子里,房子主人也是个因为性取向而漂泊到此的人——美国艺术图书出版商梅雷迪思·"特克斯"·韦瑟比(Meredith "Tex" Weatherby)。韦瑟比的已故男友为三岛拍过一张著名的照片:三岛站在白雪覆盖的庭园中,赤身裸体,只裹了一块缠腰布,挥舞着一把武士刀。

图 3　藤龙也在大岛渚电影《爱之亡灵》(1978)的拍摄现场

关于那个狂野年代有很多故事,但我只记得晚年的特克斯,一个步履蹒跚的大块头男人,戴着双光眼镜,眯缝着眼睛做刺绣。

尽管在韦瑟比的宅子里住了一段时间,唐纳德并不是特别喜欢有男同性恋陪伴。他受不了约翰·罗德里克习惯性地把男人称为"她",还觉得从乔治·华盛顿(George Washington)到电影演员约翰·韦恩(John Wayne),每个人都喜欢大声尖叫,小题大做。唐纳德的世外桃源就是他关于"纯真"的理想。他有一套珍藏之物,不管住在哪里都会好好保存,还会骄傲地给朋友们展示。那是一套相册,整齐地摆放在书架上。相册里的相片仿佛是用大头针仔细固定起来的蝴蝶标本,上面都是他在性方面的征服对象,最早的可以追溯到40年代末。照片里都是一个类型的人:帅气的大眼睛乡下男孩,有的在雾气升腾的温泉浴场咧嘴而笑,有的在乡下旅馆的榻榻米上休息,有的穿着白色T恤,调皮地炫耀肌肉,还有的斜靠在卡车上。伸夫是个巴士司机,新一是个建筑工人,康夫是个棒球教练,如此种种。他们都是直男,反正唐纳德是这么认为的。

我自己在日本生活中的沉浸,并不涉及对那种"纯真"的追求。我不是在俄亥俄州长大的,没有从小被原罪困扰。我听唐纳德讲述他的种种越轨之举时所享受到的愉悦,是出于对他人的感同身受。我自己呢,则经常去敲戏剧界和电影界知名人士的门,这些门往往会应声而开,轻而易举到出人意料。著名导演会来找我喝咖啡,就算他们很可能难以理解我那错漏百出的日语。铃木忠志,日本现代戏剧界最伟大的人物之一,耐心地听我喋喋不休地讲在阿姆斯特丹米克里剧院看过他的早稻田小剧场，并向他提出歌舞伎对当代戏剧有何影响这种幼稚问题。直到现在，一想到当时的场景，我仍然会难为情地抽搐一下。铃木是能剧演员的儿子，也是一名知识分子。他用连珠炮一般的语速做出回答，我几乎听不懂。

能在短时间内见到这样的大人物，也是作为外国人的特权之一。在当时的东京，对现代日本戏剧或电影感兴趣的西方人可谓凤毛麟角，所以物以稀为贵。像我这样的人引发了他们的好奇心，否则他们根本不会理睬我们。唐纳德·里奇是这个领域的先锋人物；其实，他自己就在60年代日本文化中扮演了重要角色，当时他拍摄了多部实验性影片，由伟大的作曲家武满彻配乐。不过在接触日本知名人士这件事上，他基本上是单枪匹马。

多年以后，80年代的某个时候，我在东京参加唐纳德的短片放映会。这场活动是为他的朋友、美国诗人詹姆斯·梅里尔（James Merrill）组织的。爱德华·赛登施蒂克坐在我身边，穿着西装短外套，打着领带，一副教授派头。他从美国带来了一位家族故交，是个样貌相当端庄的年轻女子，穿着米色的羊毛运动两件套。短片之一题为《男孩与猫》（Boy with Cat）。片中，穿着白色牛仔裤的日本年轻小伙身处一间传统和室晦明变幻的光影中，背景是夏日的噪声——蝉鸣刺耳，小孩在练习贝多芬的《月光奏鸣曲》（Moonlight Sonata）。小伙儿在翻看一套（异性恋的）色情图片，并把手伸进牛仔裤里自慰。一只黑猫跳到他的大腿上。音乐戛然而止，标志着影片的结束。放映厅的灯亮起来时,大家出现了片刻的沉默。接着,赛登施蒂克慢慢地转向自己右边那位年轻女子,拉长音调慢条斯理地说:"那只猫很不错。"

《男孩与猫》绝对称不上是一部佳片,却是一场伟大的实验。这作品出自一名在日本找到了属于自己的一角天堂的外国浪漫主义者。唐纳德绝无任何大岛的政治激进主义,他过于超脱,不会去管那些事。他也并不是特别欣赏大岛的电影,我想他会觉得其中的说教意味太浓。唐纳德对小津安二郎的作品就偏爱得多,而小津那种安静且富有人文主义的宿命论,正是大岛那代人所针对和反叛的。然而,从某种深远的角度来讲,里奇和大岛其实是立场一致的。

我远不到自己能制作影片的火候,还停留在破译自己所见所闻的阶段。我花了很多时间,借助字典,努力去理解寺山修司的文章,觉得我的猜测在某种程度上为眼前正在读的东西增添了一点神秘感。他在最著名的文章里鼓励年轻人离开家,去大城市,去自由地爱;但他本人基本上是在靠着想象过这种狂野的生活。我也和他一样。

戏剧表演尤其难懂。一个夏夜,我在上野一个大池塘边支起的深红色帐篷中观看了一场演出,当时池面上开满了粉色的莲花。演出团体是唐十郎的"状况剧场"。这个剧团是60年代的另一个传奇。唐十郎和他的演员们就像现代化之前传统日本社会的民间流浪艺人一样,在全日本转悠,走到哪里就把帐篷支到哪里,在各个神社、在铁轨之间、在废弃的停车场、在集市、在河岸边。他的剧作取材自日本和西方社会,是超现实主义的拼贴画,有时情节夸张,总是喧嚣吵闹,充满了野性的幽默,以一种响亮、夸张和程式化的方式进行表演,与歌舞伎下流的起源有点关系,也借鉴了漫才*表演者不拘小节的风格。他的剧作是经过精心设计的怪诞,正如寺山修司的戏剧场景,只不过与之相比还要更朴实粗俗,更强调身体的原始性。演员会从一缸水或帐篷后面的池塘里突然出现,浑身都被水浸透了。要是剧团的某位名角来了个精彩亮相,挨挨挤挤坐在稻草垫子上的观众就会报以疯狂的喝彩欢呼。

1975年那个潮湿的夏夜,我看的那部戏叫作《风又三郎》,取材于一个日本童话:风之精灵不知从何处冒出来,成为日本东北部一个小村子里的学生。唐十郎又改编了一下俄耳甫斯(Orpheus)神话——一个母亲在地下世界寻找离去很久的儿子——并将其和风之精灵的故事杂糅在一起。一幕幕纯粹的闹剧上演着,其间穿插出现的还有歌曲或是以滑稽方式提及的大众电影、漫画人物、电视广告、政治丑闻,甚至有关法国存在主义的片段。

我实在是什么都没看明白。但其震撼效果和我在阿姆斯特丹米克里剧院经历的差不多。我被运送到了一个全新的奇异之地,既令人不安,又充满诱惑。当最后红色帐篷的帐门打开,露出月光下散发着神秘光辉的莲花池时,这地方的奇异程度也丝毫未减。在日本的第一年,我在现代东京这个迷宫中游走,破译文字、密码和符号,却只是一知半解;这种神秘困惑的状

---

* 日本的传统喜剧表演形式,由两人共同表演。

三 "情色、怪诞与无意义"

态,感觉和唐十郎剧作的精神有种奇特的异曲同工之妙,剧中那些迷失的人物都在超现实的世界中努力去发生联系。

我在一开始就讲过,日本的异域情调对我毫无吸引力。此话不假,我对禅修冥想或一些比较精细上乘的艺术确实不感兴趣。但日本文化中那些稀奇古怪的方面,即情色、怪诞与无意义,让我着迷不已。而这情色、怪诞与无意义依然不断地激发着我的兴趣,尽管它们的具体表现大多变得更加隐蔽,藏在一层层越来越浮华的日本现代新事物之下。

除了我的"先生"唐纳德,引领我进入日本文化种种未解之谜的另一个主要人物是个中途退学的学生津田。他是个小个子男人,留着"甲壳虫"乐队成员那种带刘海的发型,属于那种很有聪明才智,所以什么都会,却又因此毫无建树的人。津田的好奇心无穷无尽,总能脱口而出有趣的理论,实在是叫人兴致高涨的同伴。但从传统的角度来看,他只能被归为一个失败者。他认为接受大学教育是浪费时间,而和别人竞争一份体面的工作则有失他的尊严。津田的家底刚刚够支撑他不以借债度日,他是一个浪荡子、一个半吊子、一个梦想家,而最突出的特征是,一个话痨。他能谈论一切话题:大岛的电影、日本传统建筑、尼采、19世纪浪漫主义文学,或者日本美学的衰落。对我来说,津田还有个额外的好处,就是他一点英语都不会。

我们初次相遇,是排队买票去看铃木忠志的剧团表演。那出戏将希腊戏剧和19世纪中期歌舞伎剧作家鹤屋南北笔下的一些文字杂糅在一起。津田和我一拍即合,因为我们很快就发现彼此是殊途同归的外人。他可谓将自己从内部变成了一个外人,而我是从外部向里窥视。我们其实都是"偷窥狂",探索着这座城市属于无产者的东部,在新宿的廉价咖啡馆和酒吧晃悠,和他在东京大学那些死党们见面,这些朋友没有退学,找到了好工作,津田既为他们感到骄傲,又带着不屑;也许一个名叫奈须(なす)的人是例外,津田对他是毫无保留的欣赏。拿到法学学位之后,奈须到日活株式会社做浪漫色情片,事业有成。

在日大,尽管有一台8毫米摄影机,是学生制作影片的标准配置,我却从未成功做出过一部学生作品。我反而尽情享用了学校里完备的暗房设备,一门心思地搞摄影。对于一个在边缘地带轻盈穿梭的偷窥狂来说,这是一门完美的艺术。日本,尤其当时的日本,堪称摄影师的梦幻乐土。在摄影成为其他地方的主流艺术之前,在日本,摄影师们就已经成为知名人物,在各大艺廊办摄影展,吸引一群群摄影发烧友前来观展。在我试图解读的日本文本中,就有非常严肃的摄影杂志,厚厚的一本,用光面纸印刷,由大型报业公司出版。数十年后将成为世界著名摄影大师的森山大道,当时在新宿一个小空间里开设了晚间课程,我有时候会去上课,但也是有一搭没一搭的,在边缘徘徊着。筱山纪信在拍文身的黑帮分子、时装模特和歌舞伎界冉冉升起的明星坂东玉三郎(他擅长出演女性角色)。东松照明则用颗粒感很强的黑白照片,记录了美军驻日基地破烂肮脏的偏僻街巷。

然后就是荒木经惟。70年代他可谓无处不在,在新宿的小酒吧或色情歌舞厅转悠来转悠去,不停傻笑,喋喋不休;他

三 "情色、怪诞与无意义"

在东京夜生活的阴暗面里看中了任何东西，都会咔嚓咔嚓拍个不停：歌舞厅里赤身裸体的女招待，被西装革履的醉汉簇拥着寻欢作乐；光着身子的女孩吃着香蕉，或者往淫笑的客人手中的塑料伞里撒尿；现场的女人有的被绳子捆绑着，有的直接被当场操弄，上演性交表演。

狂野的 70 年代有时候也被称为"昭和元禄"时代，这个名称来源于 17 世纪末享乐主义盛行的元禄时代。（"昭和"是裕仁天皇的年号，他的在位时间横跨了大半个 20 世纪。）荒木戴着小圆眼镜，留着脏兮兮的老人胡子，有一双属于偷窥狂的小眼睛，目光炯炯——这张脸已经成为"昭和元禄"的标志之一。他就是代表着当代情色、怪诞与无意义的图卢兹-劳特累克。

摄影师们做的其实是日本前现代时期版画艺术家们的工作，即记录时尚、戏剧、性和城市生活的浮世绘。到了 70 年代，60 年代文化中的一个元素仍然余音不绝，那就是对日本人口中的"泥臭い"的迷恋。"泥土"的意思是"泥土之臭"，即对堕落或邪恶的渴望。那肮脏的、淫秽的、放荡的、血腥的、臭气熏天的，所有的一切都渗入了各个艺术领域，不仅是摄影，还有戏剧、电影、文学、漫画，甚至平面艺术。在我看来，这是对精英美学的反动。从 19 世纪中叶以来，精英美学要么是僵化守旧的传统主义，要么是欧洲高等文化的神经质"日本版"。

特克斯·韦瑟比的情人矢头保出版过一本摄影集，拍的是神道教各种喧闹节日里的狂热年轻男子们。三岛在这本书的引言中写道，19 世纪末的日本已然自愧于本土的流行文化，担心西方人会被它的粗俗所震惊。他写道，日本"努力全盘否定她的过去，或者至少隐藏起那些旧方式，让西方人看不到它们；这些旧方式可能抵抗掉所有消除它们的努力。日本人就像一个正准备接待客人的焦躁家庭主妇，把日常所用的普通物件藏在柜子里，把日常所穿的舒适衣物收拾好，希望客人们能赞赏自己家里完美无瑕的理想化生活，目之所及，一尘不染"。*

60 年代的这种潮流延续到了 70 年代，但走向了完全相反的方向。尽管战时和战后初期那几代日本人中有很多都对西方人怀有非常矛盾的感情，但主流观念并非要根除西方的影响。那是不可能的，甚至是荒谬的。但在数十年来焦虑的西化过程中，日本文化已经包裹上了厚厚的文雅外壳，像寺山修司、唐十郎、大岛渚、荒木经惟以及三岛由纪夫这样的艺术家都想要把日本文化从中剥离出来。

我自己对堕落或邪恶的渴望与日本人对西方的态度关系不大，主要受到我自己良好出身的影响。我完全沉浸在日本的氛围里，部分也是由于想逃离中产阶级的文雅，就算这种逃离是肤浅的、带着偷窥欲的、若即若离的。我拍下了新宿那些偏僻的街巷，借鉴了森山大道的风格；而森山的灵感大多来自美国摄影师威廉·克莱因（William Klein）。我还会在隅田川两岸仍旧落后粗俗的地区游荡，那里属于东部的低洼地带，即所谓的"下町"，与位于西边丘陵地带更为繁荣的"山手"相对。

我喜欢在东京的一些地方闲逛闲拍。先是从南千住起，那里的铁轨之下有一块无人问津的小墓地，是江户时代古老刑场

---

* *Naked Festival: A Photo-Essay* (Tokyo: Weatherhill, 1968). ——原注

三 "情色、怪诞与无意义"

的遗址；再到山谷，那里是贫民区，每天早上都有包工头来这里找露宿的流浪汉去做些低薪的建筑工作；再到吉原，那里曾经是有着高级妓馆和茶社的高雅红灯区，后来沦为拥挤混乱之地，充斥着亮着霓虹灯的按摩店；最后来到浅草寺，那里供奉着大慈大悲的观音像。

这漫游闲逛之路上的文学向导，是我心爱的一位日本作家，名叫永井荷风，他于1959年去世。东京是他笔下的主题，满含挽歌般的哀伤。眼前世代的庸俗让他憎恶不已。荷风（人们总用这个别名来称呼他*）只在追忆中去爱，只去赞美已经消逝的事物。19世纪末20世纪初明治时期的那座西化城市，只在1923年大地震中被大规模破坏后，才深深打动了他；在那场灾难后，喧闹嘈杂的现代东京诞生了，而这座城市只有在1945年被B-29轰炸机摧毁后，才让他满心欢喜。荷风惯于哀伤恋旧，喜欢缅怀尚不遥远的过去：在经历了粗暴现代化的战后街区，一堵属于30年代妓馆的花砖墙就能让他感动得流泪。

南千住有座破败的老剧院，外部有夸张的手绘画像，画的是挥刀的武士与面若皎月的艺伎。这座散发着炸鱿鱼和陈年汗臭味的剧院，曾经住过最后一批流浪艺人巡回剧团；他们表演粗制滥造的歌舞伎名剧，主题是自杀殉情和亡命贵族。表演间隙，演员们会迅速换上颜色鲜亮的夏威夷花衬衫，通过效果不好的话筒，高唱流行歌曲，其他人则用调音不准的电吉他砰

---

* 永井荷风的本名是永井壮吉。

砰砰地弹奏。所有的女性角色都按照传统方式由男人饰演。演员当中有一个塌鼻子的年轻男子,他长得五大三粗,但扮上女装之后看着竟然挺美,即便是在这种恶劣的环境中。20年后,他成为举国皆知的名人,上电视的名号是"下町的玉三郎",借了那位著名歌舞伎大师的名。

我在南千住的这座剧院里消磨了许多时光。我用相机拍下了演员们,也拍下了观众们。他们的平均年龄应该不止50岁,有附近的肉贩子和他矮壮的老婆,一两个小骗子,修屋顶的人,建筑工人和卖汤团的厨子。天知道他们怎么看我这个总在他们身边拍来拍去的外国年轻人,不过他们总带着一种觉得有些好笑的礼貌态度,对我表示欢迎。

一个周末,我跟着演员们去了他们的一次乡村巡演;同行的还有格雷厄姆,我在日大认识的那个朋友。我们在一个破烂的温泉度假村"绿中"过夜,那里有老人们聚在一起喝酒,并观看"下町的玉三郎"和他同伴们的表演。我们坐在长长的木桌前,桌上摆满了饭团、鱿鱼干、渍物和味噌汤,我们穿着"绿中"提供的夏日用薄款和服,观看剧团的演出,先是19世纪一个著名强盗杀人的血腥场面,之后是取材自一部老掉牙武士剧的爱情场面。整个过程中,我一直以匍匐的方式来来回回地拍照,我曾经目睹荒木这样做过。但重头戏还在后面。

到了在公共大浴池里泡澡的时候,男男女女都脱掉了夏日的衣衫,招手让我和格雷厄姆也进去。贴了瓷砖的浴室里有股硫黄味,像臭鸡蛋。滚烫的热水冒出蒸汽,让墙上的富士山显得云山雾罩,半遮半掩。我和格雷厄姆迅速冲洗之后,在所有

图 4　南千住剧院里的演员

人的注视下轻手轻脚地滑入浴池。我心想,我们这真是最深入地沉浸在日本了;突然间,一阵哈哈哈的大笑爆发出来,我们周围那些村人本来就皱纹交错的脸,皱得越发厉害。"快看他们的阳具啊!"浴池里一个年纪很大的老太太尖声惊呼,"快看那些外国人的阳具啊!""比你的还大,爷爷!"一个起码有80岁的壮硕女人大叫道。几个干瘪萎靡的老男人害羞地笑了。"哦哦哦,外国人可真白啊!"又一个女人惊叫起来,仿佛这辈子从没见过如此奇异怪诞的东西,"像豆腐一样。"

这次"绿中"之旅过后不久,我又遇到了一群艺人,他们的社会地位甚至更低。我和津田在11月的一个寒冷夜晚出发,当时正值"酉市"期间。"酉市"在寺庙和神社附近举办,为期12天,人们会前去祈求来年兴旺发达,购买辟邪护身用的竹耙(上面装饰着稻米和鲜花),还会吃一种据说能提高生育能力的芋头。"人肉泵"就是在那里支起他那棕绿条纹的巡演帐篷,为大家奉上猎奇的表演,比如"蛇女",她的脖子似乎能一直延长到帐篷的顶部,还有一口咬下活鸡头部的女孩,以及浑身长毛的狼人。

他们搭巡演帐篷的地点,正是唐十郎的剧团常常支起红帐篷的地方,就在花园神社门口。花园神社供奉的是稻荷神,那是雌雄同体的狐狸神,主管繁荣丰收和世俗成功。人们会伸长了脖子,看尖叫的年轻女人用牙齿叼着一只鸡,光洁的脸上糊着鸡血和羽毛,被火把照亮;蛇女的脖子越变越长,还伴随着奇怪的鬼哭之声;狼人朝人群狂吠,而人群则佯装恐惧地后退。

重头戏属于剧团头领"人肉泵"本人。他是个40岁上下

三 "情色、怪诞与无意义"　　　　　　　　　　　　　　　059

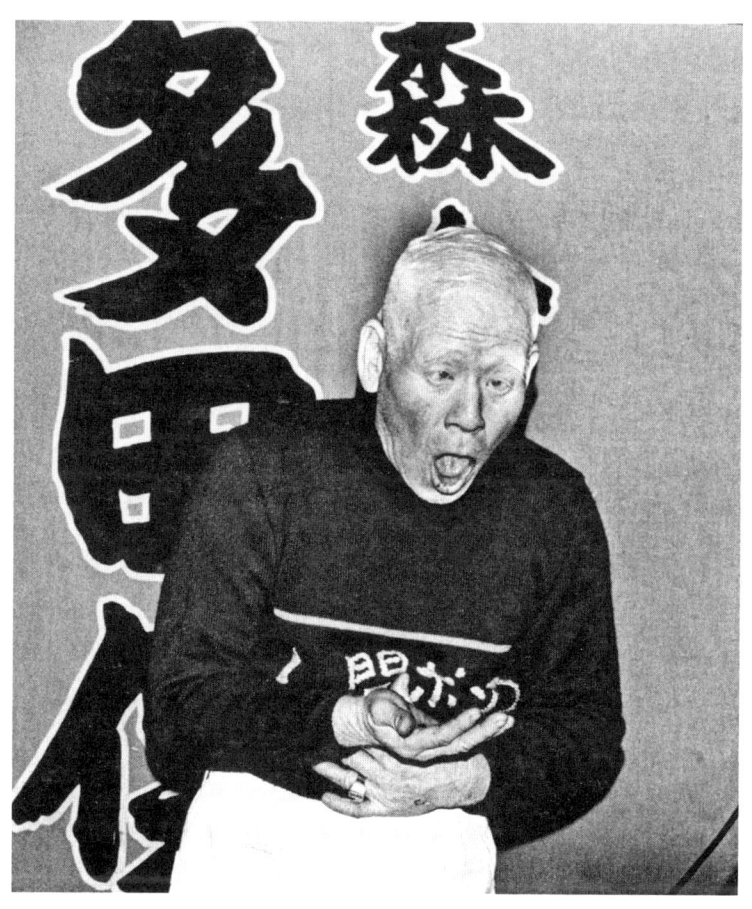

图 5　人肉泵

的男性白化病患者，身穿深色毛衣，上面写着"人肉泵"的日语假名。他会吞下很多闪亮的黑白纽扣，在观众喊出"白"或"黑"后，"人肉泵"就会眨动那双苍白的小眼睛，吐出一颗相应颜色的纽扣。他的拿手绝活是"泵金鱼"。他会先吞下一条橘色的活金鱼，再吞下一条黄色的，摇几下头，就像我在日本西部一条河上看到的吞鱼的鸬鹚。他让金鱼顺畅地从食道滑过。"橘色！"众人喊道。他不慌不忙，精神高度集中，然后橘色的那条金鱼就会从他嘴里喷射出来。

这些也许都是雕虫小技。我到后台一看，注意到"蛇女"的下半身是用竹子和纸板糊起来的，就明白了把脖子变长的把戏；但我仍然不明白"人肉泵"是如何按照观众要求呕出不同颜色物体的。不过这种巡演有一些特质让我迷醉，那种未加雕琢的感觉，那种原始粗糙的吸引力。我想，这就是被简化到最基本元素的表演。我明白，这与我的中产阶级浪漫情结，与我那"对堕落与邪恶的渴望"大有关系。这不过就是对一个陌生世界的窥视，一个偷窥狂对禁忌世界的一瞥，但我就是看不够。所以我跟着"人肉泵"和他的家人（"蛇女"是他老婆，咬鸡头的女孩是他们收养的女儿，"狼人"应该是他舅子吧）四处巡演，在后台拍照，祝贺自己与戏剧界的底层有了交集，他们对于我是绝对的"他者"——尽管这无疑像唐纳德·里奇关于"纯真"的梦想一样虚无缥缈，但我当时还没意识到这一点。在他们离开东京去外县其他神社巡演之前，"人肉泵"把他的名片递给了我。"有时间来找我们吧。"他说。地址是一个小镇，离谷家所在的岐阜不远。

遗憾的是，我在1976年夏天看的最精彩的表演，手头却没有留下照片记录。表演地点不是在东京，在那里，获得娱乐表演资格的许可法规比其他城市都要严格，这也许是因为1964年的东京奥运会，如三岛所写的，东京必须像一丝不苟的家庭主妇那样把一切打理体面。东寺豪华剧场位于京都，就

三　"情色、怪诞与无意义"　　　　　　　　　　　　　　061

图6　咬下活鸡头的女孩

在火车站后面，那里是旧时指定给"部落民"聚居的地方。这些贱民从事着在习俗看来不大干净的工作，这些工作都与死亡有关，比如屠宰、鞣制、肉类包装，旧时还有处决囚犯的刽子手。整条街一片黑暗，东寺剧场闪烁的霓虹灯是唯一的光亮。

　　场内十分宽敞，如同谷仓，中间有个缓慢旋转的圆形舞台，男人们一排排坐着，等待表演开始。我和津田坐在第二排。剧场非常准时地暗了下来，柔和的粉色灯光洒满舞台。穿着闪亮青色西装、打着紫色领结的年轻男子拿着镀铬麦克风亮相了，他声如洪钟地欢迎我们的到来，那声音诡异地回荡在剧场之中。主持人开始介绍演员们的名字，演员们拖着步子上台，提着塑料野餐篮，上面整齐地覆盖着布片，布片上有史努比等卡通人物。我看见其中一个女演员在亮相前把一个婴儿交给了某个舞台工作人员。噪声严重的音响播放着美国歌手弗兰克·辛纳屈（Frank Sinatra）的《夜色中的陌生人》("Strangers in the Night")。

衣衫不整的姑娘们齐齐鞠躬，一起发出卖弄风情的笑——今晚能招待我们尊贵的客人，真是愉快之至。她们蜷伏着身子，掀开篮子的盖布，小心翼翼地在舞台边缘摆开各种道具：不同尺寸的振动棒，有粉色的、黄色的和紫色的，黄瓜，以及用彩色玻璃纸包装的避孕套。一切都以最得体的礼仪进行，道具有条不紊地被摆成一排，《夜色中的陌生人》仍然在播放。

她们站起身来，摆出一些带暗示意味的姿势。她们的脸如同面具，就像能剧演员或文乐*木偶。观众席的男人们有老有少。有的西装革履，打着领带，看着像直接从办公室赶过来的；有的穿戴像学生，其中几个还带着运动包；有些年纪比较大的男人穿着日本工人的制服，宽松的卡其长裤，系着厚厚的羊毛腰带，脚踏黑色的大头帆布鞋。

在旋转舞台上，几个姑娘露出友好的笑容，慢慢地走到边缘，避孕套等道具就摆在那里。其中几个人拿起假阳具或黄瓜，走进透明的方形大箱子里，这些箱子被升高到我们头顶，发出有些嘈杂的声响。音响里开始播放一首老派的日本歌谣，主题是一个孤独的母亲等待着儿子从海外归来。津田朝我耳语说，那是一首战时的歌曲。

"好，看仔细了。"在这些事情上已经是老手的津田说。姑

---

* 全称是"净琉璃文乐木偶戏"，是日本的传统舞台艺术形式，集说唱、乐器伴奏和木偶剧于一体。

娘们一个个来到舞台边缘,向观众席上的男人们招手,请他们上台到她们中间来。与此同时,我们头顶上的透明箱子里,姑娘们正忙着把假阳具和黄瓜插入自己的阴道。男人们嘻嘻哈哈地傻笑着,互相怂恿着,想让别人上台。一个穿着商务西装的男人被朋友们推到了前面,但他拒绝上台,恼怒地涨红了脸,挠着后脖颈,这是日本人尴尬时经常做的动作。最终,一个穿着运动鞋和运动裤的学生上台了。他笔挺地站着,像列队接受阅兵的军士;姑娘则甜甜地笑着,把他的衣服脱个精光,只剩下一双白色的运动袜。她熟练地给他套上一个避孕套,然后挑逗地躺了下来。"天堂之门即将打开,先生们。"打着紫色领结的主持人说。观众席发出加油鼓劲的呐喊。年轻人一眼也不看姑娘,只是臀部开始剧烈运动起来。

唉,一定是现场紧张的气氛影响了他。津田告诉我,学生们经常会为这样的场合攒钱,不然他们难有做爱的机会。年轻人开始冒汗,姑娘温言细语地抚慰他,告诉他没关系。但年轻人最后无望地晃动了一下屁股,放弃了。观众席上年长些的男人们被小伙子的失败逗得大笑不已。姑娘轻拍着他的后背,他慌忙地跑下台,脚上还穿着白袜子,裤子只提到了大腿的一半。

就这些了吗?我问朋友。他手掌下压,示意我淡定:"等着瞧吧。"主持人又举起麦克风宣布:"尊贵的来宾们,'特别展示'就要开始了。""特别展示?"我问津田。"等着就是了。"主持人对话筒喘着粗气,用英语说:"Open(打开)。"

观众席的男人们仿佛一直在等待这个巅峰时刻,他们拥上前去,瞪大了眼睛;三个女人坐在舞台的最边缘,斜躺下去,用手肘支撑着身体，非常缓慢地张开双腿，将自己暴露在神魂颠倒的观众们充满窥探的注视下。主持人发了一些放大镜和小手电筒。"请大家互相传着用一下，让每个人都好好看看。"他说。

剧场里一片死寂。没有人高声谈笑了。女人们像螃蟹一样绕着舞台边缘移动，来到男人们眼前。男人们一个接一个，轮流拿手电筒和放大镜窥视女性的隐秘之地。女人们请男人们慢慢来，不要着急。这场面带给我的震撼，完全不亚于第一次看寺山的剧团演出，或在红帐篷里看唐十郎的戏剧。这是一个既十分怪异又充满人性的世界，就像某种原始的仪式。

表演全部结束后，我和津田在车站附近的一个小酒吧喝了一杯。对于我们刚刚目睹的场面，他有个理论。他解释说，日本仍然残留着古老的母权制。他接着说，在神道教中，太阳被尊为母神，名为"天照"。传说有一天，天照生气了，退居到山洞里，世界陷入黑暗，恶鬼横行。其他神明对这样的情况忧心忡忡，想好言将她哄出来，但天照固执地拒绝了。他们用尽了所有的招数：让公鸡啼叫，假装天已破晓，还在洞穴前放了一棵树，上面挂着珠宝和一面铜镜；但天照大神依旧不为所动。后来，掌管欢娱宴饮的女神"天钿女命"开始在木桶上狂舞，一边跺着脚，一边拉起衣裙，展现自己的私处。众神都大笑起来。天照再也抑制不住自己的好奇心，从藏身之处偷偷往外看，看到树上挂着的铜镜映出自己的面容，被迷住了；众神这才得以将她拽出来，世界重现光明。

津田给我讲了这个故事，还告诉了我其他很多事情。之后我们在京都站分开了，津田要回东京，我要去不远的一个小镇，希望能拜访到"人肉泵"和他的家人。我不知道自己想象中他们的日常生活是什么样子，那应该是某种形式的狂欢，他们也许住在一个引人遐想的简陋小木屋里，或者甚至跟其他流浪艺人和怪胎一起住在帐篷里。我可以想象他们练习吞剑、吞金鱼或发出狼嚎的情景。

日本的地址都毫无逻辑，所以我找他们家很费了一番功夫，最后终于找到了。那是一栋普通的现代住宅，有着和其他数百万座房子一样的蓝瓦屋顶，位于一条相当沉闷的郊区街道上。"人肉泵"穿着卡其裤和格子衬衫，把我迎进门，奉上茶和甜味的和果子。我们闲聊了一番天气、最近赋税上调带来的困难以及出行上路的麻烦。电视一直开着，音量调得很小。没有了演出行头，"狼人"看上去就是个相当沉默寡言的家伙，穿着灰色厚毛衣。"蛇女"不停地叫我多吃和果子，直到我实在一点也吃不下去了。咬鸡头的女孩向我打听阿兰·德龙，她和数百万日本年轻女性一样，很崇拜他。她可能想当然地认为，和德龙同为外国人的我会对她的偶像有些专门了解。

他们对我再好不过了，但我禁不住有点泄气。神秘感已经无影无踪，绝对的"他者"并不存在。我并不能洞悉某个秘密世界的阴暗深处。我的浪漫幻想被刺破了，稍稍地刺破。

那么，我的沉浸是一种错觉吗？也不完全是。毕竟，是我们共同的人性，让我在欧洲初次看到日本电影时，就被其吸引。而我在患白化病的吞金鱼表演者那普通的家中，也发现了这种共同的人性。和很多普通家庭一样，他们家在平和的表面之下，也可能隐藏着各种隐秘怪异之事。可即便事实真的如此，我那次也并没有看到。我的错觉是,我以为怪异只会呈现在表面上。但我的老师唐纳德,常常告诉我,"日本人格"从不具有隐匿的深度。"他们会认真对待表象,"他这样说,"外表就是实质,那是他们审美观的核心。"

也许他是对的。表象很重要。在日本,我曾试图模仿过在我看来很酷的穿衣风格。70年代,年轻人中流行过穿日本传统木屐的风潮,特别是在夏天。按照规矩,木屐应该配和服,但年轻小伙子就用牛仔裤来搭配。木屐是用一块木头加上夹脚布条制成的。少数真正时髦的年轻男子会穿更前卫的高齿木屐——过去通常是鱼贩子这类人穿,方便他们高于湿滑的地面行走。高齿木屐的鞋底特别高,穿着这种鞋就仿佛踩在低矮的高跷上。

我自然也穿高齿木屐,在东京狭窄的商店街上颤巍巍地走着。木鞋跟踏在柏油路面上,"咯噔咯噔"地响,就像马蹄声,令人满足,特别有日本的感觉。这也是我的沉浸体验之一。直到有一天,我去亲戚家位于青叶台的豪宅,就是我来东京头一个月住的地方。我"咯噔咯噔"地走向他家,当时街上人不少,其中还有初次给我介绍日本礼仪的亲戚家的仆人。突然之间,随着一声可怕的木头碎裂声,我感觉自己的鞋子塌了。于是我单脚穿着木屐,一瘸一拐地走到门口。没人笑我,礼貌不允许他们大笑。事实上,每个人都装作什么都没看见。

四　银幕后的梦幻殿堂

对于唐纳德·里奇来说，在俄亥俄州的莱马长大，一定是种煎熬。那是一个美国中西部的工业小镇，三K党余威犹存；对于一个富有艺术气质、渴望冒险的年轻同性恋男子，绝不是理想之地。他唯一能逃避现实的地方，就是西格玛电影院，那里为他敞开了一个更广阔的世界。他曾写道，感觉瑙玛·希拉*和约翰尼·韦斯默勒†比现实中的双亲更像自己的父母。用他的话来说："在西格玛那尘灰满布的黑暗中，我感到满足，那里让我觉得比在家的时候更自在，更有家的感觉。"‡

寺山修司在日本偏远的东北部长大，即便在东京定居多年

---

*　瑙玛·希拉（Norma Shearer, 1902—1983），加拿大裔美国女演员，曾六获奥斯卡最佳女主角提名。

†　约翰尼·韦斯默勒（Johnny Weissmuller, 1904—1984），美国男演员，在多部电影中出演"人猿泰山"，此前是游泳运动员，曾五获奥运会金牌。

‡　Arturo Silva, ed., *The Donald Richie Reader* (Berkeley: Stone Bridge Press, 2001).——原注

后,他还保留着浓重的乡音,很可能是有意保留的。他的父亲是一名士兵,在战争中去世了。他的母亲在美军基地的一家酒吧工作,常常不在家。亲戚们负责照顾寺山,他们开了一家电影院,寺山就是在那里长大的,他小时候坐在电影屏幕后面做功课,和俄亥俄州的里奇一样,听着影片里可怕的声音。那个"散发着尿臊味"的梦幻殿堂,成为寺山的诗歌与剧作中反复出现的主题。他的幻梦滋养了我的幻梦,我正是跟随他的剧团离开了自己的祖国。

唐纳德的"大逃亡"发生在战争的尾声,他加入了商船队。当时他最钟爱的书是一本巴洛克风格的"游记",名为《亚洲人》(The Asiatics),作者是弗雷德里克·普罗科施(Frederic Prokosch)。书中描述了一个年轻人从贝鲁特到中国的旅行。普罗科施从未涉足过柏林以东的任何地方,所以这本书完全出自想象,他从旅游指南和游记故事中搜集素材,进行编造。唐纳德其实在1945年或1946年见过普罗科施,当时他乘坐的商船停靠在那不勒斯(Naples),而普罗科施恰好在那里过冬。这位作家穿着一身优雅的奶油色西装,把船员们细细打量了一番,选了几个迷人的水手去城里共度一晚,唐纳德就是其中之一。普罗科施对他一见倾心,询问他有关海上艰苦生活的一切。唐纳德回答说自己非常欣赏普罗科施的作品,而这位伟大的文学家随即翻了个白眼,带着嫌恶转身离开了。

后来,唐纳德离开了商船队,申请了一份常驻日本的工作。因为在打字速度上天赋异禀,他被录用了。1947年,他来到东京,开始为美国军方报纸《星条旗报》撰文。那时的日本还处在美国占领下，美国人被严格禁止与"本土人士""亲善"。夜总会、酒吧、电影院、咖啡馆，甚至是歌舞伎剧场，都严禁美国人入内。要是有任何人被逮到曾偷偷潜入这些本土场所，就会背负耻辱，被遣送回国。唐纳德冒了这个险。他无法想象没有电影的生活，也想去本地人去的地方。

有个地方他很喜欢，那就是年代久远的摇滚座剧场，它坚挺地矗立在当时一片废墟的浅草，周围还有匆忙重建起来的脱衣舞厅、全女子歌剧院和滑稽剧场。唐纳德来到剧院中，"被夹在后面，闻着那时候人们飘着米饭味的汗臭，混杂着男人们抹头发用的山茶油的香味，除此之外，还有银幕背后，预期之中广阔、冰冷、尘土飞扬的虚空之感，散发着深受人们喜爱的气息。随后，灯光熄灭了"。

对唐纳德来说，那些电影也许不再像他在俄亥俄州时那样，是生活的替代品，但它们让他得以目睹一个完全属于日本的世界。银幕上到底在说什么，他一个字也听不懂，但他认为，这对他也算有点好处，迫使他更专注于眼睛所吸收的东西。就算不懂故事情节，至少也可以努力去理解故事的讲述方式。他注意到，日本电影与好莱坞电影相比缺少特写镜头；他还观察到中景镜头中人物的肢体语言。他震惊于镜头构图中对空间的运用——那留下了很多想象空间，有点像传统的中国画。

30多年后，米饭和山茶油的气味已然消失，但浅草和东京其他地区的很多老电影院还在：有的隐没于偏僻小巷，有的藏匿在地下商场，还有的高居百货商场顶层。70年代的东京是世界上最伟大的影院城市之一，在这里能看到的影片和纽约甚至巴黎一样丰富。东京有数十家艺术影院，放映安东尼奥尼*、大岛或费里尼的新片或旧作。散见于整座城市的数百家商业影院会放映最新的好莱坞电影和日本商业片。还有一些比较破烂低级的场所，烟雾缭绕，终日不散，通宵放映日本黑帮电影、浪漫色情片或武士史诗片。

出于对"泥土之臭"的个人兴趣，我会去看通宵放映的黑帮片，由高仓健或鹤田浩二主演。健先生与唐纳德的私人美男相册里那些粗犷的乡下男孩有着惊人的相似。这些电影都遵循意料之中的形式，观影人也都带着参加宗教仪式般的庄严：主角遭受了反派的严重羞辱，愤恨难忍，在混乱的最后一幕中孤独死去。与真正的黑帮有密切联系的东映株式会社是制作这类电影的主力军。犯罪集团往往都比较保守，他们是德行有亏的银行家、腐败的政客或贪心的建筑公司老板。他们穿着细条纹的商务西装，搭配华丽而俗气的领带。健先生或其他主角往往都穿和服。他们是硕果仅存的真正的武士，忠于古老的武士道精神：忠诚、舍己为人和公平正义。他们用武士刀来对抗那些道德败坏的人，而后者用的一定都是枪。

要论经典黑帮片的政治性，与其说是偏右翼，不如说是强烈地反现代。在影片里，一个几乎是完全虚构的纯洁而传统的日本，正被现代资本主义和西方的种种方式所腐蚀。这种对历史的漫画式夸张描绘可以追溯到19世纪中期，那时美国的坚船利炮迫使日本走出相对隔绝的状态；接着，20世纪60年代

---

* 米开朗基罗·安东尼奥尼（Michelangelo Antonioni，1912—2007），意大利著名导演、编剧、剪辑。

杂乱慌张的经济繁荣，以及对美国占领那些年的挫败伤感，更赋予了这类幻想新的生命。正因如此，健先生，一个本质上反动的主角，竟然也是左翼学生抗议者们的偶像——他们也渴望着一个纯洁的社会，而这种社会只可能存在于神话当中。

我与60年代那些学生活动家们并无同样的憧憬，却也感受到了黑帮神话的吸引力。那时，经典形式的黑帮神话已经成为过去。到了70年代，在很多方面与美国西部片都有相似之处的日本黑帮片变得更黑暗、更愤世嫉俗。也许，我偏爱早期的电影，与我想要逃离自己的出身背景有一定关系；但我认为原因不只于此。只要是略微有点浪漫情怀的人，谁会不喜欢和服男与西装男的对决、武士刀与现代枪械的比拼呢？经典黑帮片中的哀悼痛悔是具有普世性的，为的是我们共同的"失乐园"。

所以，当健先生将武士刀从腰带上顺滑地抽出，孑然一身去面对敌人的枪口，面对必然到来的死亡时，我也劲头十足地欢呼起来。这种自杀式的任务会有激昂的背景音乐相伴，通常是主角本人唱的；死亡是向腐朽的西化恶徒复仇之路上的最后一搏，主角歌颂这种死亡的美好。战争已经结束30年了，可"神风特攻队"的精神依然没有完全散去。就连睡着的流浪汉都会在影片高潮时醒来，朝着银幕高喊："去吧，健先生！像个男人一样死去吧！"

我很快认定，日大不能充分地满足我的日本电影教育需求。即便我还在继续用学校的暗房进行摄影创作，却不再去上电影课，连"伤感牛原"的课也不去了。我转而学起了唐纳德，像他之前在东京被炸毁的废墟中一样,将自己沉浸在日本式的想象当中,以此作为对日本生活的思考。也就是说,我的大把时光都耗在了电影院。

从这个意义上来讲,我的学校是东京国立电影中心——隐藏在京桥地铁站附近的天桥下,是一栋平平无奇的白瓷砖建筑。唐纳德把我介绍给了电影中心那些亲切和蔼的负责人。其中有位清水先生,战时曾在上海为一家日本制片公司工作,专攻符合日本军事占领目的的中国电影,且没有使其沦为粗制滥造的政治鼓吹材料。清水看着是个沉闷的家伙,但几杯心爱的清酒下肚就变了样子,咯咯笑个不停,满脸通红,讲起上海日据时期那旧日时光的故事。

清水很崇拜那家战时制片公司的负责人川喜多长政。川喜多是日本电影界的传奇人物,战前和妻子嘉志子*一起在日本发行欧洲影片,之后不断将日本电影推广到国外。40年代,他对中国人怀着真挚的同情,因此招来日本驻上海军官的怀疑,传言说,曾有日本特务机关雇用的暴徒企图杀害他。

我偶尔会瞥见川喜多在电影中心飘逸地行走。他是个英俊潇洒的银发男人,穿一套剪裁精美的炭灰色西装。他是出了名的有女人缘,这种气质依然挥散不去,仿佛一股淡淡的高级香水味儿。但出现更多的是他的妻子嘉志子,她颇具贵妇人的风

---

* 川喜多长政的妻子名叫"かしこ",有"日本电影教母"的美誉,通常被称为"川喜多夫人"。她的名字是用日语假名起的,因而无法像一般日本人那样直接挪用日语汉字人名。此处勉强选取日语中与假名"かしこ"相对应的三个汉字作为她的中文译名。

范，总是穿着低调的和服。她不仅是电影中心的常客，城里的私人电影放映会也几乎场场必到。她的礼仪十分周到，其他人在她面前都自觉粗鄙。她会在淡然地熬过一部表现穿皮夹克、戴墨镜的年轻男子的"青春片"之后，礼貌地微笑着，低下她梳着美丽发型的头，摆出半鞠躬的姿势，宣称那是一部"极其优秀的电影"，却丝毫没有要推广宣传的意思。

电影迷们在黑暗之中，通过代入角色，过着他人假想中的生活，这事有点儿恐怖。津田有时候会跟我去电影中心；有时候，我的同伴又变成一个映画学科的希腊留学生瓦西利斯（Vassilis），他脸色苍白，双颊丰满，热爱沟口健二导演的作品。他满口都是这些电影，几乎不谈别的，除此之外注意力偶尔会被某个穿着迷你裙路过的女孩吸引——他会发出轻微的呻吟，像一条狗吃完午饭后在伤心地思念着什么。瓦西利斯会滔滔不绝地聊沟口的默片，或者大谈特谈他1952年的电影《西鹤一代女》中那个著名的推拉镜头：田中绢代饰演的妓女想要去一位贵族的家宅中看她失散已久的儿子，而她曾经是那位贵族的侍妾。瓦西利斯甚至会模仿沟口1953年电影《雨月物语》结尾时竹笛演奏雅乐的声音。

在很长一段时间里，我每天下午都会去电影中心参加放映会，有时候晚上也去。那里会有小津安二郎的优秀影片回顾，也有黑泽明的。我自己则独辟蹊径，发现了成濑巳喜男的杰作，他始终是一位被低估的导演。孤独的酒吧女招待和渴望逃离压抑婚姻而不得的女人，他这些凄凉的故事和小津的家庭题材电影一样深深打动了我。木下惠介慧黠的颠覆性喜剧也有播放，此外还有一些更为少见的电影：战时那些极其优秀的日本政治宣传片，以及20年代的默片——这些片子总是从德国表现主义电影中汲取灵感，也同样有趣。我曾经在唐纳德·里奇的书中读到过的精彩电影不再只是一些名字，在京桥那座乏味的大楼顶层，它们一个个以闪烁图像的形式，活灵活现起来。

这些电影涵盖了日本社会的方方面面，但在艺术电影中，有一个主题似乎占了绝对的主导地位，那就是往往扮演悲情角色的女性——自我牺牲的英雄母亲、温柔良善的妓女、陷入无望之恋最终自杀殉情的女人。在一个女性解放进展如此缓慢的国家，对相关题材的兴趣可能显得很矛盾。也许这与男性的负罪感有关。沟口健二本人是东京和京都两地妓馆的常客，他曾经在一家性病诊所的满屋妓女面前，为男人对她们的所作所为道歉，还抑制不住地流了泪。

作为电影中心的常客，我很快看清了在黑暗中与我一同流连于此的同伴。他们是一群奇怪的家伙，也是场场必到：一个上了年纪的瘦弱男人，总是戴着白色牛仔帽，系着饰扣领带；一个穿着时髦的"娃娃脸"，穿着鸽灰色的西装，配一个珍珠领带夹，像个20年代的电影明星；一个40多岁的矮胖男人，看着有点像流浪汉，一头油腻的长发，一件脏兮兮的牛仔外套，背后印着"我是日本嬉皮"的字样。他们每次都坐在第二排同样的座位上，除非有倒霉的影迷无意中占了他们的御用位子，这会招来走廊上低声的抱怨。

我觉得他们应该不算很好的朋友，放映结束之后，他们会各走各的路。但在影院里他们可谓形影不离。每部电影的间隙，他们会围在走廊上，回顾各自最喜欢的电影中的场景，还会重演里面的对白片段，就各个演员交换意见。小津1949年的电影《晚春》的最后一幕，笠智众扮演的父亲在独女的婚礼之后只剩孤独一人，这场戏被那群人逐帧剖析。有时候，他们会为了两场表演的孰优孰劣而轻声争吵。

我没有加入这个特殊的小团体，但和往常一样，我在他们的边缘徘徊，侧耳细听。我一直不知道他们的名字，他们当然也不知道我姓甚名谁。但不知怎么的，他们听到传言，知道我是约翰·施莱辛格的亲戚。这产生了叫人难堪的后果，就是我每次进入放映厅，就能看到第二排的那些人头朝我这边转过来，还悄声说着"修了新家"[*]。

我想，对于电影迷们来说，笠智众或田中绢代，或者说得准确一点，他们所塑造的虚构人物，比任何现实存在的人类都要更为真实。所以，总体上来说，影迷比乐迷或芭蕾舞迷都更诡异，因为他们是黑暗中的生物，把自己融入了别人的生活。

但我当然也是他们中的一员，也沉浸在日本电影黄金时代那些编剧和导演想象的日本生活之中。小津、沟口和黑泽，这三巨匠当然是我心中所爱。有人说，对这三位不可能爱得一视同仁，因为他们的风格和气质都大相径庭：小津崇尚带着禅意的极简主义，沟口表现华丽且带有绘画气质的日本美学，黑泽则有着技术上的天才表现，他借鉴了好莱坞式的剪辑手法，叙事紧凑，同时也借鉴了日本古典戏剧的风格。

---

[*] 此处模仿"施莱辛格"的日式发音。

通常认为，在这三巨匠中，小津是最为"日本"的。他的电影公司甚至一开始拒绝在海外发行他的电影，认为外国人绝对看不懂，还可能会嘲笑穿着西装在榻榻米上啜饮茶水的日本人。黑泽有时会被批评"散发着黄油臭"，这是日本人的一种说法，用来形容有"假西洋鬼子"气质的人或事物。我虽然只是个初入电影门道的愣头学生，也明白这是无稽之谈。黑泽是三巨匠中唯一活到 70 年代的，他在日本国门之外的成功给他招来了怨恨。他是一颗公认的"冒头钉"，评论家们要尽己所能将其敲回去。

一些西方电影爱好者对日本电影有着近乎邪教般的推崇。其中一位狂热"信徒"是个叫马克斯·泰西耶（Max Tessier）的法国人。他对日本电影有种迷信般的膜拜。他在相关方面的知识，堪比总是泡在电影中心的那些"吸血鬼"们。如果有人问他，他明明连日语都不会说，也从来没在日本待过，为什么会如此沉迷于日本电影，甚至对其他电影种类几乎置之不理，他就会很生气，仿佛对方是在问一个同性恋为什么喜欢和男人睡觉。他谈起自己对日本电影的热爱，就仿佛那是一种生理上的必需品。

我想我可以解释自己对日本黄金时代影片的迷恋。黄金时代从 20 世纪 30 年代一直持续到 60 年代，在那之后，电视毁掉了电影公司体系，伟大的日本电影越来越成为珍稀之物。小津、沟口、黑泽、成濑以及其他知名度没那么高的导演们所拍摄的电影，都有一个共同点，就是体现了情感丰富的现实主义。他们去探讨更阴暗的人性冲动，涉及性、社会和精神，那种罕见的直白诚实，在欧美电影里比较少见。这不仅仅是电影天才碰巧济济一堂的偶然结果，日本观众也在其中发挥了重要作用，他们非常吃情感丰富的现实主义这一套。今天的情况似乎已经并非如此了，个中原因我不甚清楚，也许是因为就连关于苦难与贫困的共同记忆都在消退。

唐纳德曾经写到黑泽，说他的电影主角们从来都不只是存在，而是始终处于一种养成中的状态。这句评论深深留在我心中，因为这既是在阐释黑泽的作品，也能用来描述唐纳德本人。这句评论让我想起他对我说过的话：身在日本的外国浪漫派，关于逐渐养成的自我，以自由开放的心态去拥抱不确定性。唐纳德还曾说过，所有伟大艺术的主题都是现实的本质。也许正因如此，黑泽明才以非常固执的态度，把各种细节处理得恰到好处。一切看起来都必须真实。一部以16世纪为时代背景的电影，里面的道具都得用真东西，不能用假货。黑泽在拍摄1957年上映的电影《蜘蛛巢城》时，曾斥巨资修建了一座中世的古城堡，后来发现修建过程中使用了钉子，又把城堡拆除了——因为钉子不是那个时代的东西，而摄像机有可能捕捉到这个错误。这一切都是属于黄金时代的奢侈，各个电影公司赚的钱足够去纵容这些明星导演。到了70年代，这样的时代一去不复返。黑泽逐渐发现，在日本不可能得到足够的资金来拍他想拍的电影。1971年，他一度试图用剃刀自杀。

八年之后，我在现场见证了黑泽的完美主义，当时他的电影《影武者》邀请我和唐纳德出演葡萄牙传教士，虽然我俩其实长得一点儿也不像伊比利亚人。这部电影的部分资金是一家

图 7　黑泽明和演员们在《影武者》的拍摄现场

好莱坞公司提供的。我们那两个角色都没有台词。那是一场群戏，我们甚至可能不会被看到。尽管如此，我们在东宝公司一个狭小的化妆间，面对镜子为角色化妆和穿戴服装时，黑泽还是花了整整一个下午，吹毛求疵地调整我们的装束打扮——唐纳德的头发要上适量的白粉，我们的耶稣会教袍也得剪裁精确。最后，所有工夫都白费了：这两个小角色给了另外两个外国人。

但我还是见证了黑泽拍摄《影武者》的一个战斗场面。电影的时代背景是16世纪，一名罪犯受命假扮一位将死的大名，以此维持追随者们的士气。黑泽戴着蓝色单沿帽和墨镜，高高在上地站在剧组面前，双臂抱胸，双唇紧闭，下巴抬起，仿佛将军在检阅自己的部队。他蛮横地挥舞着手臂，大喊道："准备！开机！"数百名骑马的武士应声从山坡上冲下来，午后太阳的金色光芒从马蹄飞扬起的尘土中透过。这时，黑泽嫌恶地跺跺脚，命令士兵们回去，全部重来一遍——有人刚才挥绿色战旗略早了那么短短的一秒，毁了这个镜头。

在那之前我就见过黑泽了，那是1976年，在斯坦利·库布里克（Stanley Kubrick）的《巴里·林登》（*Barry Lyndon*）私人放映会上。电影结束，灯光亮起，川喜多夫人介绍说我是约翰·施莱辛格的外甥——这是我唯一值得一提的身份，虽然也很站不住脚。这个高个子男人戴着深色眼镜，礼貌地微笑。接着他发表了相当长的讲话，谈了库布里克用来拍摄18世纪烛光照明内景时使用的新型55毫米镜头。这就是他喜欢谈论的话题：技术，而非理论。他讨厌别人问他电影的含义，因为作品应该为自己说话。他可以解释技术细节，解释他的多机位设置，或者他御用的胶片。但他讲这一类事情已经讲得太久了。我看着记者招待会上的他，抽着香烟，吞云吐雾，听着那些之前已经听过太多次的问题，几乎掩藏不住自己的不耐烦。日本人把他称为"黑泽天皇"。很多人都怕他。

黑泽曾经说过，在他的电影之外，他是不存在的。他必须随时有个项目在进行，否则不如死掉。70年代末，他休息了一段时间，等着为《影武者》筹到足够的资金。这让他特别烦躁。为了渡过经济上的难关，他出演了很多三得利威士忌的广告。广告的制片人是他最信任的助理、杰出的女性野上照代，被亲切地称为"野酱"（小野）。也许，除了他自己，黑泽只信任野上的艺术判断力。他从不对她大喊大叫。她就像是他的"御守"（护身符）。拍摄每个镜头之前，黑泽都会转身看着站在主摄像机旁的野酱，问她觉得行不行。一天，野酱给我打电话，问我愿不愿意和那个法国"电影史学家"马克斯·泰西耶共同参加一个威士忌广告的拍摄。我们要去黑泽那个位于富士山外侧山坡的乡间宅子里和他进行一场谈话。

黑泽并不开心。他坐在椅子上，抽着烟，向摄影师下达命令，告诉他正确的角度和合适的灯光。每当黑泽向摄制组发出指令，真正负责导演这个广告片的人就会紧张得冒汗。我转身看向窗外，黑色的火山地貌沿着斜坡向远处那座著名的山一路延伸。马克斯说了两句"天气不错"之类的话，黑泽闷哼一声。接着我问了他关于1954年电影《七武士》中一个场景的问题，黑泽说："嗯……"

我们正与伟大本身共处一室。两个热爱日本电影的欧洲人，要在一个威士忌广告中和黑泽明谈话,却舌头打结,结结巴巴,不知道该说些什么。打光灯让我热得受不了。很快,我就像焦急的导演一样汗如雨下了。"请您说话。"广告片导演悄声道,朝黑泽投去紧张的一瞥。

黑泽又点了一支烟,右手握了一杯琥珀色的大麦茶,等待着。马克斯问了他关于《蜘蛛巢城》的问题。好像就是在这附近拍摄的吧?黑泽那藏在有色眼镜背后的双眼终于放了光。是的,他说,指着外面的黑沙地。那座城堡曾经就建在那里,三船敏郎(《蜘蛛巢城》的主演)也是在那里的城墙上被近距离射来的箭穿透盔甲射了个对穿的。黑泽指明了那著名的最后一幕的机位,并用双手示意三船扮演的"日本中世麦克白"如何慢慢跌倒并死去。此时,我们正在其中拍摄广告的电影景观突然被赋予了一种奇异的生机。我可以在脑海中回放一些电影片段:带着颗粒感的黑白风景,雾气,风声,以及三船眼中的恐惧。几乎就像是那古老的城堡再一次透过窗户影影绰绰地赫然耸现。至于那个广告,我想应该是从来没播出过。

挺奇怪的,我并不记得和唐纳德一起去参加过很多放映会。我们经常谈论电影,但很少一起去看。我在电影中心的时候,他肯定是没去过那里的。但我们一起去过的一家电影院,至今还让我铭记在心。

唐纳德住在一栋公寓楼的顶层小房间,从那里能俯瞰"不忍池",就是那个莲花盛开的池子,我就是在这个池子旁边的红帐篷里第一次看到了唐十郎状况剧场的演出。公寓楼所在的上野地区属于平民百姓聚居的"下町",比起东京比较富裕的"山手"丘陵地区,唐纳德在这里更自在些。浅草也离得不远。从唐纳德住的公寓楼走上个几分钟,就会遇到一系列杂乱的小巷,里面布满闪着霓虹灯的歌舞厅和提供不正当服务的按摩店。烫着鬈发、脖子上有文身的年轻皮条客们会在附近转悠,努力把客人拉进去。遇到炎热的夏夜,唐纳德喜欢在莲花池旁的小公园游荡。多年以后,就是在通往那个公园的水泥台阶上,爱德华·赛登施蒂克失足跌下,因为颅骨骨折去世。

公园附近有一座古雅的神社,始建于14世纪,之后经历了多次重建,名为汤岛天满宫(又名"汤岛天神"),供奉的是一位10世纪的诗人,他死后成了掌管雷电及其他自然灾害的天神。但奇怪的是,天神大人也是男性之爱的守护神,神社周围曾经聚集着男妓馆,还有无证经营的歌舞伎表演场所和赌窝。不过这些都消失已久了。

唐纳德经常光顾的电影院位于这座神社和他的公寓楼之间,是众多专门放映浪漫色情片的电影院之一。售票亭两侧贴着海报,有的是女学生被蒙面男人蹂躏,有的是黑帮分子以他们特有的邪恶方式来对待家庭主妇。要进去得下一些台阶才行。"来啊,"唐纳德像个欢欣愉悦的导游,"你一定得看看这个。"

我有点摸不着头脑,因为怎么也想不到唐纳德会对这类电影感兴趣。我们走进那通向影院的阴暗走廊,扑面而来的浓重汗味、尿臊味和刺鼻的清洁剂味让人难以忍受。水泥地滑溜溜的。男人们在公共厕所进进出出,总是在整理裤腰带,努力摆出一副随意的样子,但他们的眼神四处乱飞,像在寻找什么。

四　银幕后的梦幻殿堂

　　进入影院之初，几乎什么也看不清，只听见一个女人在欲仙欲死地大声喘息。我转身看向银幕，一个戴墨镜的男人正用假阳具取悦一位看上去颇受尊敬的女士。唐纳德已经消失了。等双眼终于适应了阴暗的环境，我才发现自己是唯一在看银幕的人；这一次，这梦幻宫殿之中，没有人仅仅满足于代入他人的生活：每一排座位上都有不同年龄的男人，赤裸程度各不相同，都上下起伏着，轻轻摇摆着，互相紧抓着。银幕上的高潮声也掩盖不住观众席上叹息与呻吟的交响。我发现唐纳德在另一头，脸上露出深感满足的笑意。

　　过了一会儿，我觉得已经开足了眼界。"不，不，"我的"先生"唐纳德说，"等你看了厕所再说，坑位上有窥孔可以看。""不用了。"我说，我真觉得我已经明白这儿怎么回事了。唐纳德略显失望，把我带到外面阴暗湿滑的走廊上。就在那时，一个穿着女装的中年男子从公共厕所出来了，嘴上还抹着花掉的红色唇彩。他一认出唐纳德，就低下头，非常礼貌得体地鞠了一躬，以万分的恭敬说道："先生。"他的语气不带一丝讽刺，就像在对一位学问高深的伟大人物说话。唐纳德也很恭敬地鞠躬回礼。

　　也许，"纯真"终究还是存在的。

五　对他者的迷恋

　　在我们定期的咖啡小聚上，唐纳德不是在谈论电影或日本人，就是在谈论性。他工作地点附近的一家咖啡馆很受年轻女性的欢迎，她们都穿着整洁而拘谨的工装——灰色的及膝短裙和锃亮的黑色鞋子。她们会拿起精致的银勺，从高高的巧克力巴菲上舀奶油。唐纳德爱点芝士蛋糕，吃得狼吞虎咽。"性在日本，"他断言，嘴里还塞满了蛋糕，"总感觉唾手可得。总有主动的邀约。人总是不断被诱惑。"他舔掉嘴唇上的蛋糕屑，又继续说："却又经常在你刚好够不着的地方。"

　　他众多的调情故事可没给我这样的印象。他曾经声称，自己经常使用的一个技巧，是问地铁上的年轻男子，下一班开往品川的船何时出发。品川是个毫无生气的工业郊区，在很久以前是进入东京这座城市的门户，所以这个问题明显是非常奇怪的。但这么一问，可以说就破了冰，有时候可能会让两人建立更亲密的关系。

不过我能明白唐纳德的意思。日本的广告、大众媒体和娱乐，种种文化都深深浸没在色情幻想之中，我以前待过的国家没有一个能达到这样的程度。在日本，关于色情的想象并不像在其他很多国家那样隐秘和边缘化，而是完全坦率开放。这就会让人觉得，在这里，性有着无限可能。但民众中普遍存在的礼仪感又确保了情况并不一定如此。

然而，日本是西方男人的性爱天堂，这个观念由来已久，至少在大家的想象中是这样。16世纪末的葡萄牙耶稣会传教士在劝说日本上流社会人士信教时，目睹那时候的女人们自由地与丈夫离婚、堕掉不想要的胎儿或大搞婚外情，十分惊讶，特别受震撼。那些早期传教士对日本生活的记述，读起来就像如今极端正统的穆斯林对西方的描绘一样。但在那以后，日本社会已经发生了巨变，让那些伊比利亚传教士震惊的女性社会自由，在后来的几个世纪里收缩了很多。但日本是个放纵之地，那里有低眉顺眼的艺伎和"蝴蝶夫人"，这样的形象依然不断流传着。

1885年，法国作家、海军军官皮埃尔·洛蒂（Pierre Loti）来到日本，他决定娶"一个小个子、黄皮肤、黑头发、猫眼睛的女人"，和她一起住在"小纸屋"里。他通过一个专门做这类事情的中介，以每月100日元的固定花费，安排了一段临时姻缘。那个年轻的女孩在洛蒂的文字中成了永生的"菊子夫人"（Madame Chrysanthemum）。两人无法用共同的语言交流，洛蒂也没法把她视作一个完全的成人（她当时年纪应该在18岁上下），而是把她当成一个玩偶，"仅仅是一个供人取笑的玩物，一只形式精巧的小动物"。这个娇小的玩偶少女就是《蝴蝶夫人》(*Madame Butterfly*)的蓝本。*

在莱顿上学时，弗朗索瓦·特吕弗的电影《婚姻生活》让我久久难忘，从某种意义上来说，这部电影和《蝴蝶夫人》一样，隐含了共同的主题。那个年轻法国男人一旦玩腻了，就将恭子弃之如敝屣，正如洛蒂对待菊子夫人，以及海军上尉平克顿（Pinkerton）对待他的"蝴蝶"——仿佛这是一件完全自然的事。

我已经坦白过恭子对我的吸引力。和唐纳德不同，我来日本，并非为了逃避某个压抑我性取向的社会。我的女朋友也绝不像个玩偶。但我无法想象的是，沉浸在一种文化中，却没受到感官欲望上的吸引。有些人研究了一辈子中国，却不喜欢吃中餐，这让我特别困惑。日本当然能让我产生情欲上的悸动。正如马克斯·泰西耶对日本电影的爱，这不太容易解释清楚，不仅仅关乎人们的外形（虽然这也算是部分原因），还关乎欲望与得体、放纵与庄重这种奇妙的混杂，可以用作家阿瑟·凯斯特勒（Arthur Koestler）在一本书里写到日本时所用的词来形容：隐忍享乐主义。

还有别的因素，但要表达出来，很难不被指责为种族主义。其实，对另一个民族色欲上的痴迷，与种族刻板印象是不可能截然分开的。我曾认识一位声名赫赫的汉学家，他在中华文明方面的渊博知识，是和他对这种文明的热爱相匹配的。他在北

---

* Jan van Rij, Madame *Butterfly: Japonisme, Puccini & the Search for the Real Cho-Cho-San* (Berkeley: Stone Bridge Press, 2001)——原注

京居住过多年。这位大学问家曾对我说,他和中国女人做爱时,根本无法抑制自己正在"干中国"的想法。

我想,他要表达的意思和我对日本戏剧(说句实在的,就是"人肉泵")的入迷比较接近,就是对他者的迷恋,一种渴望求索其奥秘的欲望,不仅是精神上的,还有身体上的。当然,这种求索是无望的。你可能会从着迷之中醒来,但这些奥秘的本质就是让人难以理解的。也许唐纳德在咖啡馆想告诉我的就是这个。这并未让我停下尝试的脚步,我试过好几个女人,还有一两个男人。当然,还有跟我同居的那个女人。但我从来没有觉得干过日本。

1960年,阿瑟·凯斯特勒到访日本,之前他在印度待了几个月,任务是去发现亚洲精神对西方人是否会有什么启示。他并没有什么重大的发现,尤其是在印度。到了日本,嫌恶与狂喜交替而来。直到现在我都觉得他对这里的初印象很有道理:"感官的愉悦是游客对这种文化的必然反应,它的表面已经被打磨得光鲜亮丽,有着绝对的雅致精美:微笑的仪态礼节、提供跪式服务的女招待、带幛子门的房屋、玩偶、和服,以及最重要的,一种闪动着情色微光的氛围,仿佛梳子梳过女人头发时的闪光。这种完全不用心怀愧疚的色情,在欧洲是从古时候开始就闻所未闻的。"*

最终,凯斯特勒认为,"这是一个由隐忍享乐主义者和禁欲的骄奢淫逸之徒组成的国家",那种微笑的礼仪让人厌烦,

---

* *The Lotus and the Robot* (London: Hutchinson 1960). ——原注

甚至像机器人。他再次使用了玩偶这样的形容。但也可以从另一个角度来看这个问题：人为的社会礼仪，对高度标准完善的礼节形式的遵从，可能会产生适得其反的效果，让充满人性与个性的事物显得特别突出。歌舞伎起始于17世纪初，最初是社会边缘人表演的狂野色情娱乐，后来被人为地文雅精细化，成为最打动人的戏剧艺术。演员们实际上是在模仿文乐木偶的动作，而很多歌舞伎剧目最初就是根据这些木偶构思的；但他们一点也不像机器人。仿佛越把人类的激情压抑在程式化的常规惯例之中，这激情爆发出来的时候，就越剧烈夸张。

70年代末，我为荷兰电视台拍摄了一部纪录片，讲的是一个百货公司如何培训年轻女性操作电梯。这些所谓的"电梯女郎"，行为一点也不自然，脸上化着浓妆，穿戴整齐划一（高跟鞋、白手套和一本正经的白色平顶小圆帽），还有她们歌舞伎一样的假声，以及在每一层停留时恰到好处的鞠躬。她们经过长时间的培训，扭曲了自己本来的声音，还有机器教她们如何准确地鞠躬45度。最终呈现的效果真是不可思议，那些如盆景一样被修剪的人类，仿佛路易十四宫廷上的侍臣们一样谨守礼仪。人们会倾向于认为，这种经过巧妙人为规训和束缚的女性特质，其背后的动机是并无恶意的。但里面也有一些叫人十分不安的情色意味，仿佛在飘着童真广告歌曲、铺着大理石地板、放着电梯轻音乐的现代百货公司里，注入了热辣辣的性虐恋元素。

1976年冬天，我和澄江决定分手。在这个安全避风港中，我总有种怅然若失的感觉，分手肯定和这个有关系。情色的极乐之地在召唤我，我想探门而入。于是，我搬进了一栋老旧建筑二楼的破烂公寓。公寓位于目白，那是个人口稠密的地区，其间有被围墙围起来的精致宅邸，也有朴素的小房屋，离东京的铁路枢纽池袋不远。公寓是传统的日式风格，有两个房间、一个厨房和一个卫生间。大房间也做卧室用，地上铺着略微破旧的榻榻米，装有推拉幛子门和木头做的护墙板。窗外是一个小小的池塘，池边绿竹与鸢尾环绕。卫生间里有个老式木质浴缸，如果不定期洗刷，就会变得黏糊糊的。厕所也是传统的样式，就是在地上挖个洞的那种蹲坑。

这样的公寓在东京越来越难找，因为越来越多的人都有了现代化程度更高的住处——带塑料浴缸、抽水马桶，没有榻榻米。我住的地方虽然有点破旧寒酸，却是我的心头爱。下面那层住着一对焦虑的年轻夫妇，他们有一个小孩。我经常在家举行闹哄哄的聚会，客似云来，爬上楼梯的时候会发出嘎吱嘎吱的响声，而年轻夫妇从来没抱怨过。

我的一个女朋友是爵士歌手，她会在深夜引吭高歌，唱起佩姬·李（Peggy Lee）的歌曲，想让我高兴——为什么要选佩姬·李，我也不太清楚。另一个女朋友疯狂地喜欢洛克西音乐团（Roxy Music），爱穿黑色皮裤。还有个学法国文学的学生，在一个歌舞剧团里跳裸体舞赚外快，还会滔滔不绝地谈论19世纪末巴黎的颓废派诗人。还有一个人也是舞者，在隆冬时节，陪着我去了布满岩石的日本海海岸旅行；我们在破旧的木质小旅店里做爱时，雪花就像白色的飞蛾一样打在窗上。在那些相

五　对他者的迷恋

识超过一夜的男孩子中，让我记得比较清楚的是个在迪斯科舞厅偶遇的艺术生，他总会拖来一本本昂贵的意大利版《Vogue服饰与美容》(*Vogue*)，希望我能翻译。我问他为什么不买美国版的，那样会方便很多，他说他一直梦想着去看看罗马。我还记得他们的面孔，但很遗憾，大部分人的名字都已经从记忆中消退了。我一直和澄江保持着联系，她还住在我们以前那个公寓里，对我的生活细节一无所知，但以一种平静安详的自信耐心地等待着。用她的话来说，这就像是佛陀注视着猴子在自己的手掌心跳舞；她是佛陀，而猴子，当然就是我。

有那么几个月，我和一个叫罗布（Rob）的朋友合住在公寓里，他是我在莱顿学中文时的同窗。在中国文学学者这个身份之外，罗布还是一名鼓手。他在台湾研究了20世纪早期关于上海夜生活的文学作品，后来乘船来到日本，不久便应邀加入了一群雄心勃勃的日本摇滚乐手。他们在东京城外一个脏乱的娱乐区为脱衣舞表演伴奏，以此维持生计。船桥的歌舞厅尤以淫秽出名。

罗布面色苍白，金发齐肩，有种维京人的气质，非常吸引特定的日本女孩；她们喜欢外国人，恰好我们也对她们感兴趣。罗布不必用下一班去品川的船什么时候出发这种问题来吸引她们的注意。他其实什么都不用做，只要嘴上叼着香烟羞涩一笑，女孩子自然就来到他身边了，问能不能跟他练习一下英语。只要气氛对了，什么得体，什么礼节，全都会以惊人的速度被抛在脑后。或许更常见的情况是，面对外国人，日本人更能抛却那些刻板正式的规矩。这是作为"外人"的好处之一。

种族或文化上的痴恋并不只有单一的对象。罗布的"战利品"之一,一个名叫庆子的漂亮学生,就对埃里克·克拉普顿(Eric Clapton)迷得如痴如醉。她小小的房间墙上贴满了克拉普顿的照片,仿佛一个秘密的神龛。她对罗布说,第一次在咖啡馆见到他,就觉得他很像自己的偶像——其实这和实际情况相差甚远。每当做爱时,她都会用卡带录音机放埃里克·克拉普顿的歌,罗布倒不怎么在意这个习惯。但有一天两人正经历激情时刻,她忍不住对着他的耳朵大喊:"埃里库*!"就连罗布都觉得,这样有点过分了。

罗布向我讲述那次遭遇时,我想起了那些专门迎合各类音乐发烧友的咖啡馆:有的只放歌剧,有的只放自由爵士或曾经风靡一时的摇滚金曲。日本人会用"狂热"来形容这种对于特定门类的无限热情。马克斯·泰西耶对日本电影狂热,我的朋友瓦西利斯对沟口的电影狂热,有的日本女孩对白人男子狂热,有的则对黑人狂热。有家叫"梦幻"的迪斯科舞厅,女人们在那里搜罗从全东京好几个美军基地来的黑人。附近是一家名叫"红雀"的酒吧,年轻女性很喜欢去那里找外国人。女性小说家山田咏美在美军基地周围或"梦幻"那样的迪斯科舞厅里偶遇黑人男子,与他们发生性关系,并在此基础上创作小说,在日本声名鹊起。她对那些黑皮肤性伴侣的描述,竟与洛蒂对自己在长崎那个玩偶妻子的描述怪异地相似,都是玩弄之后就弃之而去的东西。

---

* 此处为"埃里克"的日式发音。

五　对他者的迷恋

　　山田的癖好可能是小众口味。大部分日本人都对与外国人发生亲密关系毫无兴趣，这种想法甚至可能让他们厌恶作呕。但在70年代的日本，作为白人男子的好处是显而易见的。外国人得到的关注程度是他们在国内永远达不到的，而且这种关注不只来自迷恋高加索血统的女孩子。外来人拥有实打实的特权，人们很容易就把"罕见"错当成"特别"，甚至与"优越"混为一谈。那时候就已经有很多西方人（大部分是美国人）作为所谓的"达人"上电视，以此来获得不菲的收入，尽管他们唯一的技能就是讲得出一点日语。他们会出现在脱口秀或综艺节目中，仿佛训练有素的海豹。只要他们一开口，演播室的观众就会开心地尖叫欢呼。70年代，最著名的"外国达人"（简称"外达"）是个美国女人，她不仅能讲日语，还带有浓重的大阪口音。

　　得到这么多关注，很容易就会导致德不配位的高傲。此外还同样容易对自己的外国人身份产生怨恨，不满于日本人对努力想要融入的外国人的抗拒。一天，我在银座的一家中餐馆和一位澳大利亚朋友一起吃午饭，他后来成了杰出的剧作家。和我一样，他也很早就是寺山修司的崇拜者。他的日语十分流利，足以掌握江户时代的"讲谈"*这种高难度艺术，这种技能在日本人中间都难能可贵。有一次他受邀去参加一个著名的电视节目，展现他在这方面的熟练精通。他回顾着当时的情况，我能感觉到他怒意渐起。当时，他在演播室里，穿着古时讲谈师穿

---

* 类似于"评书"的表演形式。

的传统和服。作为流行文化专家的节目主持人向他保证，他将得到极度的尊重，配得上他钻研这门艺术的大师身份。绿灯亮起，他上得台来，结果惊恐地听到主持人用英语大吼一句："哈罗！"这一下子就宣布了他是个神奇的会说日语的老外，观众哄堂大笑。

想到在电视台演播室遭遇的羞辱，我这位朋友仍然满脸通红。他向站在桌边的年轻服务生点了我们午餐要吃的菜，服务生用非常优秀的英语回应了他，我朋友实在控制不住自己了。"该死的，"他用流利的日语说，"你们怎么就不能跟我们说日语啊！"服务生被这位客人突然的爆发弄得有点惊慌，坦白说他的日语并不是很好，因为他刚从台湾来。

我自己的态度起伏比较大，有时候一天之内都会有变化。我有时候会接受甚至享受自己的外国人身份，但有时候又会突然因为别人认为我应该符合自己的种族特征而恼怒。在大部分日本人眼里，一个典型的"外人"应该是白人，而且不仅要是白人，还得是美国人。亚洲人绝不是"外人"，黑色人种则用"黑人"来专指。好奇的日本人会询问你是否真的吃得下生鱼片；如果你能用筷子吃饭，惊讶的夸奖就会铺天盖地而来。起初，这些都没什么关系，甚至还有点可爱。毕竟，那个年代，日本人，尤其是大城市之外的日本人，很少有真正见过活生生的外国人的。我甚至会不断地被错认为是美国人，还会有人出题一样考我在加州或纽约的生活细节。这些从比较宏观的方面来说，都不算是什么极端的困难，但随着时日渐长，人就有点烦躁了。我只认识少数几个人，对于自己外国人的身份一点儿也不烦恼，

五　对他者的迷恋

其中之一就是唐纳德。他很喜欢"栖于木上，稳如泰山，从远处观察世界"。

可以肯定的是，日本人普遍更喜欢外国人有自己特定的行为举止，而不是像日本人那样行事。我搬进目白的公寓后不久，一个叫格雷格（Greg）的美国摄影师请我和他一起去京都，他要在那里一个珍贵的老艺伎馆里拍照。格雷格块头很大，不太整洁，是个越战老兵。他一句日语都不会说，所以需要我去做翻译。

京都的艺伎馆是非常传统的场所，有专属的严格礼仪，复杂详尽，如同皇室宫廷。我决心拿出自己最得体的日式行为规范，鞠躬要恰到好处，并用敬语来表现彼此之间的地位关系。我脱了鞋进屋去，低低地鞠躬，并向滑开美丽纸门的女主人说出日本人常常挂在嘴边的道歉（"非常抱歉在如此繁忙时叨扰"之类的话）。她也鞠躬回礼，却掩饰不了迷惑的眼神，好像觉得我疯了。接着，我听到格雷格"咯噔咯噔"地来到木地板上，咧嘴大笑着，喊道："嘿，妈妈桑！"这位穿着昂贵和服的优雅女士顿时面色生辉，露出无比轻松的表情。"嗨，格雷格，你好吗？"她用京都口音的英语回应道。

不过，电视演播室和艺伎馆当然不能代表日本社会。有私交的朋友们并不会把外国人当作训练好的海豹来对待。与黑泽明合作时间最长的助手、三得利威士忌广告的制作人野上就是这样一个朋友。她是一位优雅的大都市女性，不管对方来自哪里，她都能应对自如。我和马克斯·泰西耶一起到黑泽的乡间别墅参加了广告拍摄后，野上又请我去参加了一次三得利广告的拍摄,这次那位大导演不在。我被安排在一个酒吧场景中做临时演员,和另外一些外国人一起喝威士忌。我的室友罗布也在受邀之列。

在现场,有人给我和罗布指明了站位。那是东宝株式会社的摄影棚,黑泽的很多杰作都是在那里完成的。棚里有个长长的美式木吧台,酒保像玩沙槌一样挥舞着鸡尾酒摇酒壶。和我们一同参加拍摄的临时演员们大部分都是从附近的美军基地招募来的,其中有一些黑人海军陆战队员。没有黑泽在场,导演也不再为其威严而畏畏缩缩,而是像个大师一样,大摇大摆地高声指示手下的摄像师和调音组。灯光已经调整就绪。导演是个戴着墨镜和白色棉帽的瘦弱男人,这身装扮是日本电影人必不可少的。他喊了开机。

我们和陆战队员们聊起了天,自认还算活泼热烈,并喝着玻璃杯里威士忌色的大麦茶。"卡,卡!"导演非常激动烦乱地喊道。我们也不知道做错了什么,但也很愿意重新开始。"开机!"我们再次开始聊天,这次说话声音更大了,也喝了茶。"卡!"导演喊道。"不对,不对,不对,"他说,"我来给你们演示一下。"他走到那几个黑人陆战队员站的地方,开始疯狂挥舞手臂,仿佛一只生气的大猩猩。"要像这样,"他解释说,用拳头往空中戳着,"要更像黑人!"

陆战队员们大笑起来。"哦,好的,"他们说,"我们明白了。"导演再次喊"开机",黑人们开始跳来跳去,大吼大叫,互相击掌,就像完成一次灌篮后的篮球运动员。这次,导演竖起了大拇指,他很满意。那些黑人一点生气的样子都没有,这方面他们都是

五 对他者的迷恋

老手了。

一个难忘的下午，在京桥的电影中心，我清楚地意识到，种族的幻想不只是东方对西方，也不只是反过来。我看过很多优秀的电影，但有一部电影给我留下了比它们都更为深刻的印象，尽管它绝非一部杰作。那是日本战时电影系列展映，这部是其中之一。导演是为电影公司卖命的伏水修，电影名叫《支那之夜》，是1940年在上海拍摄的，当时那里处于日本占领之下。另一个拍摄地点则正是我做临时演员拍威士忌广告的东宝摄影棚。电影的两位主演之一是长谷川一夫，日本影坛万人迷；他决定离开原公司转投入对手公司门下时，原公司雇了个黑道分子，用剃刀划破了他那张著名的侧颜。另一位主演是身量小巧的年轻女演员李香兰，来自伪满洲国——当时是日本的傀儡政权，旧称满洲，即今天的中国东北地区。

长谷川扮演的是日本商船队的一名船员。一天，他在上海滩散步，看到几个日本暴徒在调戏一名年轻的中国女人（李香兰饰）。他救出了那个女人，并把她安置在自己的旅社"大和屋"（"大和"是日本的旧称，充满爱国意味）。李香兰饰演的角色在战争中失去了双亲，态度决绝地拒绝了来自恩人和他善良的日本朋友们的好意。她的顽固让这位船员大怒，扇了她一耳光。当时的日本观众将这臭名昭著的耳光解读为船员对这个女人真诚而强烈的示好。中国人则认为这是一种公开的侮辱，并认为李香兰竟然委身出演这卑劣的一幕，让整个中华民族蒙羞。在电影的最终，商船队船员成功俘获美人芳心，她爱上了他，并终于认可了日本人的善意。

他们决定结为连理。但就在这幸福的中日联姻实现之前，日本船员的船遭到中国"土匪"（这是日本人对所有游击队员的称呼）的伏击，之后双方进行了一场枪战。中国女人确信爱人已死，悲痛欲绝，来到伏击发生的地点。那里风景很美，有座漂亮的宝塔，俯瞰着一条古老的运河。她唱了一首日本童谣（《支那之夜》的奇特之处之一，就是在影片进行到大约一半的时候，这位中国姑娘就开始用完美无瑕的日语说话了），然后走入风景如画的运河，一心求死。接着，奇迹发生了，那位日本船员原来还活着。他听到她唱的歌，将她从水中救起，这对恋人紧紧相拥，在银幕上留下侧影——这是中日在战时团结一致、对抗西方帝国主义的动人象征。

反正，这就是在中国的影院放映的大结局，在那里，影片里令人作呕的愁绪无人买账；而日本观众则享受了专门拍摄的特供场面——女主角最终在运河中自溺身亡，从而迎合了日本人心中关于浪漫的刻板印象，即女人因为对男人的爱而牺牲自己。

作为政治宣传片，这部电影称得上是令人瞩目。比电影还要著名的，是那首旋律悠扬的主题歌，由李香兰亲自柔声唱来："支那之夜，啊，支那之夜／那窗前的柳儿，摇啊摇曳／那红色的灯笼，支那的姑娘／那等待郎君的夜晚，那栏杆外的细雨……"曲子的旋律是对中式音乐的拼凑模仿，是迎合日本消费心理的中国风。李香兰，日本人对这个名字的发音是"Ri Koran"，她因为出演这种电影的背叛行为而被中国人谴责，却在日本大红大紫，掀起了一股追捧中式音乐和时尚的热潮。日本姑娘们都学李香兰的穿衣打扮。在东京最大的音乐厅外，人们排起长队，就为了听她一展歌喉。那是在1940年，中日战争正如火如荼地进行着。就在《支那之夜》上映的三年前，日军在当时的中国首都南京杀害了数十万平民百姓。

李香兰走红的主要原因，不是她平平无奇的演技，也不是她只比演技略胜一筹的唱功，而是她在日本人眼里富有异域风情的外形。李香兰是个娇小的女人，灵动的大眼睛，秀发之中插一朵莲花，总是穿着中式丝质旗袍，虽然不是传统意义上的美女，但在40年代日本人的眼里，她代表了亚洲的魅惑之光。她就是"泛亚主义"理想的代言人，是所有乐于臣服大日本帝国的黄皮肤种族的代言人。简而言之，李香兰是个色情的幻梦。

如果说这部电影本身值得铭记，其背后的故事则更是跌宕精彩，因为李香兰其实根本不是中国人。她真名叫山口淑子，是1920年出生于满洲的日本人。她的父亲生性大胆，当时正在那片大陆上冒险，在南满洲铁道株式会社给日本雇员教授中文。他也是个赌徒，财务上的困难迫使他请求一位同情他的中国将军收养自己的女儿。山口淑子精通中日双语，还从声乐老师那里学到了一点俄语，那位老师是十月革命后逃到满洲的白俄歌剧演员。

20世纪30年代末，完全由日军出资、日本人经营的"株式会社满洲映画协会"（简称"满映"）要寻找一位中国女演员，在政治宣传片中出演爱上勇敢的日本士兵或工程师的当地女孩，以达到宣传日本共荣事业的目的。结果他们发现，要找到愿意出演或符合要求的中国女演员，是不可能的。多轮选角未果之后，协会会长在伪满洲国电台听到了一个年轻歌手用三种语言唱歌。成为明星的诱惑足以说服这个姑娘来履行自己的爱国责任。于是，年轻的淑子迅速变身成了名叫李香兰的中国女孩，她的真实身份一直是个被严加守护的国家级机密。

1945 年日本战败之后，上海的爱国人士以汉奸罪名将李香兰逮捕。她将会被处死，而拯救自己的唯一方法，就是拿出必要的日本文件来证明真实身份。幸运的是，她有个强大的保护神，此人对她来说不只如父如兄那么简单；他就是日本电影制片人川喜多长政，我有时候会看见他在东京的电影中心走廊上徘徊。再次变回山口淑子的她，有段时间曾是他的情妇。唐纳德·里奇记得在川喜多夫人嘉志子的葬礼上，她当场崩溃，大声啜泣。"母亲！母亲！"她这样哭喊着。这行为未免有点太装腔作势了，因为正在长眠的这位女人，是被她戴了绿帽的。

美国占领日本期间，山口淑子的事业再度起飞。美国情报人员对她了如指掌，因为《支那之夜》是他们的日语教学中最常使用的影片之一。那首仿中国风格的电影主题曲在美国战略服务局训练中心已经很有名了。那位改名为"山口雪莉"的女演员很快出现在好莱坞的电影中，比如 1955 年的《竹屋》（*House of Bamboo*），主演是美国影星罗伯特·瑞安（Robert Ryan），他饰演身在美军占领下东京的美国黑帮分子。电影海报上的山口雪莉半裸出镜，是美国男人想象中完美的"艺伎女子"。电影中的著名一幕，是她轻轻按摩着罗伯特·斯塔克（Robert Stack）的背部，同时喃喃自语道："日本女人生来就是为了取悦男人的。"

这种双重或者说三重表演的行为让我深深震撼。她是在日本电影中假装中国人的日本女人；是具有异域风情、风骚妖艳的"泛亚"艺伎；还是既让日本男人想入非非地"干中国"，又让美国男人想象"干日本"的影星。

山口的离奇故事以非常奇怪的方式让我想起自己的童年。从小，我就习惯将文化行为视作某种表演。我的外祖父母是德国犹太移民的后代，已经是十足的英国人，和他们在一起时，我也扮演了一个完美英国男孩的角色。在海牙的家中，我才恢复成荷兰人。幼年时期，我和荷兰的亲英派人士打板球，那些人总摆出一副英国派头，很势利地要把自己和荷兰普通大众区分开来，就像几代人以前，由于矫揉造作的贵族做派的遗留，最时髦的人都要说法语。早在我脑子里有"日本"这个概念之前，我就已经在疯狂迷恋"英国风度"了。"李香兰"对我而言是一个象征，并非象征着泛亚主义，那显然对我毫无意义；她在我心中象征着让自己的幻想跨越国家与种族的边界，将生命视为一场持续的表演。

看过《支那之夜》大约十年之后，我见到了山口淑子。当时她是保守党派自民党的国会议员。自民党想要改善与中国的关系，让她加入也是希望她能在文化方面起到外交作用。在这之前，她还重塑过一次自我形象：60年代她做过电视主持人，专门采访第三世界领导人，比如伊迪·阿明（Idi Amin）和金日成。巴勒斯坦的战事也是她关注的议题，这让她跻身激进的极左派边缘团体，这个圈子里有一些日本赤军的同路人，后来成为色情电影的导演。

她以中日夹杂的方式和我聊天,有时候一个句子说到中间就会切换语言。我无法想象她和日本人说话时也会这样,不过我代表的是外面的世界。我们一起坐在她位于国会议事堂附近的办公室里。她身上的电影明星派头仍然很足:那柔和的粉白面庞上没有一丝皱纹,戴着大大的紫框眼镜,一头漆黑的秀发,泛着漆器一样的光泽。一个穿着毛绒拖鞋的助理给我们倒了绿茶。

"我仍然觉得中国是我的家,"她说,"现在去回望那些电影,我很惭愧。但我当时很年轻,别人让我干什么我就干什么。我当时不觉得自己做错了什么。你看,我自视是日本和我出生之国的友谊桥梁。"她的眼睛瞪得大大的,那无助脆弱的样子,和我记忆中《支那之夜》里她向日本船员表白时一模一样,也像戴安娜王妃(Princess Diana)博取男记者同情的方式。我感觉自己好像又见证了一场精心排练过的戏剧表演。

我询问她见伊迪·阿明、萨达姆·侯赛因(Saddam Hussein)、毛泽东、亚西尔·阿拉法特(Yasser Arafat)和金日成的情况。"啊,金日成,"她柔声道,"一个被严重误解的男人。他握手时特别温暖热情,还有一双洞穿一切的眼睛,感觉能把你完全看透。"还有毛主席……有那么一瞬间,她仿佛有点动情,全身轻轻颤抖了一下。"他是一个伟大的人,一个伟大的亚洲人。你知道他对我说了什么吗?他说他战时看过《支那之夜》,并且感谢我出演。我觉得肩上的重担被卸下来了。"

我不太知道该如何回应。换了更好的采访者,可能会再逼问她一些问题。片刻沉默之后,她说:"我知道我曾经站在错误的一边,所以我希望我们大家都能成为朋友。我将成为各民族之间的桥梁。这就是我的目标,我一生的事业。"

多年以来,《支那之夜》始终在我心头萦绕不去。之后我又见过山口几次,但她仍然是个谜。我得到的只是她重复的表演。她的故事也成为日本的现代神话,在几部电影、不止一本他人代写的自传、一部话剧、一部音乐剧甚至多部漫画中被不断传说。她永远不可能和这个神话分开。最终,在多年以后,我写了一部关于她的小说,与其说是关于她真实人生的故事(她人生的真相依然神秘无解),不如说是对她编造的人生进行的虚构讲述。

最终,我不得不搬离目白那套心爱的公寓。那处公寓的房东是一对夫妇——一个镶着参差不齐的闪亮大金牙的商人,和他那目露贪光的可怕妻子。他们想把这栋楼拆了,建一座现代公寓楼,或者可能修个停车场。我不想搬家,楼下那对焦虑的夫妻也不想。在日本,只要正在承租的房客到当地政府缴房租,让当地政府作为第三方代收,就很难被赶出去。一开始,商人的老婆会上门来劝说我们搬家。我告诉她现在搬不起。她眯缝起眼睛,涂脂抹粉的脸上绽开了精明而微妙的笑容:"我们都明白'外人'是啥样的。我们知道你们外国人很会赚钱的。"

我对反犹主义的毁谤言论总是很警惕,一下就想起在东京很多商店看到的书籍,上面写着犹太人如何成为世界的主宰。但我觉得这应该不是她的意思。"外人"可能就是指真正的"外人":贪婪、势利、粗鲁。

　　劝说很快变成了施压。一天,楼下那位焦虑的年轻妈妈哭成了泪人,因为女房东威胁了她,还警告说房子会在地震中倒塌,她的孩子必死无疑。接着女房东又威胁我说,要是我继续拒绝从命,她就会告知我的大学。果然,我很快就被日大的院长召到办公室,这个笑容可掬的官僚对我说,他听到了某个有关住房的问题;我当然应该明白,不能再以这种方式给学院带去不便。

　　于是我搬到了一个古老的艺伎聚集区的单间公寓里,隔壁住了两个创价学会*的佛教狂热信徒。他们每天都会在我门口放一份宗教资料,直到那摞从未被读过的资料堆得过高,不得不被移除。我把自己狭窄的盥洗室当成临时的暗房来冲洗胶片。隔壁是个老式的公共浴池,我每晚都会去那里洗个澡。与我一起泡澡的人们都很礼貌,他们会假装我不在场。

　　要说后来发生的事情和目白的那个面目可憎的女房东有关,或者与日大胆小怕事的院长有关,那就太虚伪了。这事根本就没有借口。新年前夜我在京都的行为就是非常不体面。

　　当时我们五个人一起去京都旅行——我的朋友津田,室友罗布,研究日本历史的美国留学生吉姆,日大校友"阿金",还有我自己。顺子,一个年轻的前卫舞者,与罗布形影不离,后来也加入了我们。我们在鸭川岸边找了个相当破旧的旅社,

---

*　成立于 1930 年的学会,最初由教育改革家组成。创立者信奉佛法,一生致力于日本的教育改革。

所有人挤在一个房间里。这家旅社和那附近类似的地方一样，曾经是个妓馆。50年代后期，官方下令禁止卖淫，这些老房子很多都被改成廉价的旅社，主要接待年轻的外国人。日本人大多对这些曾经声名狼藉的地方有所顾虑，所以敬而远之。经营我们那个旅社的和善老太太叫"阿绢"，自己就曾在那里做过妓女。她对战后占领期间的美国士兵们怀着美好多情的回忆。

新年第一天是日本最重要的节日。全家人会一整天聚在一起，品尝丰盛的冷盘佳肴，都是早在新年之前就精心准备好的。朋友们会一起去喝清酒，吃味噌汤里的糯米团子，这活动从一大早就开始了；通常头天晚上他们会去寺庙和神社参拜。阿绢也许曾经做过妓女，但也自豪地坚持着京都的传统，她承诺说，我们一早醒来，就会看到一桌子丰盛的京都新年菜肴。

津田也为新年安排了一些特别节目。他一直很擅长取悦老太太，她们都把他看成一个前途光明的知识分子，觉得自己可以帮他一把，助他成就辉煌的文学事业。其中一位老太太是个非常高雅的人，来自京都的老派家族。她住在一栋美丽的传统宅子里，有经过精心打理的日式庭院，还有个专门进行茶道仪式的房间。她盛情邀请津田带他的朋友们去享用传统的新年午餐。

新年前夜，霜雾茫茫，京都白雪覆盖的寺庙屋顶之上星光璀璨。我们出发的时候，并没有过多考虑第二天要享用的盛宴。街上挤满了成群结队的日本年轻人，很多人为了节日穿上了和服，拖着慢吞吞的脚步，走向那些在战争中奇迹般幸存下来的古代宗教场所——在战时，千钧一发之际，京都在原子弹要轰炸的城市名单中被划掉了。据说当时的美国陆军部长亨利·L. 史汀生（Henry L. Stimson）曾经在战前到过京都，想到这座历史悠久的城市会被炸毁，他觉得无法忍受。

我们喝了很多啤酒，接着又传着喝一大瓶清酒，每个人都直接对瓶吹。我们喝得晕乎乎的，再加上天寒地冻，就闹腾了起来。这次绝不能叫他们再礼貌地忽视我们这些外国人了。我不记得是吉姆还是我自己的主意，我们打算让陌生的日本人也遭遇一下我们日常生活中不得不听的陈词滥调——把角色对调一下，一定会是绝妙的笑话。你吃得下生鱼片吗？我们这样问大惊失色的旁人。你会用筷子吗？你用得这么熟练，太厉害啦！你能给我们讲讲美国的事情吗？就这样，我们醉得越来越厉害，也变得越来越讨厌。换成其他任何一个国家，我们都绝对会遭受一顿非常合理的痛打。但当时我们没有，这只能感谢日本人的礼貌。

津田和阿金也假装觉得这一切很好玩。我们喝了一瓶又一瓶的清酒。午夜过后，我是真的站都站不稳了，只能被人拖回旅社；阿金直接摔出了我们房间的玻璃窗，引起一股冷风，但我们都没注意到，因为好几个人都迅速坠入了深沉的梦乡。只有吉姆或者罗布，还有那个年轻的女舞者没睡；他们当中的一个，或者可能是两个（没人记得清楚了），就在那榻榻米上的玻璃碎片之中，和舞者发生了关系。

第二天早上，我们很晚才醒来，发现阿绢摆了一桌子精美的菜肴，还给每个人准备了小瓶的清酒。光是看着吃的喝的，就够让我们觉得恶心了。罗布和阿金哀叹一声，陷入了近似昏迷的状态。等到阿绢进来祝我们新年快乐并问我们吃得开不开心时,我只能找各种借口,并解释说昨晚过得不太好。她把房间里乌烟瘴气的混乱场面看在眼里,一言不发地退了出去。

下午2点左右,我们终于在剧烈的头痛和翻江倒海的反胃中勉强醒来,去拜访津田那位善良优雅的女资助人。我们本来应该中午就到的。黑色的方桌上摆满了最精美的菜肴,黑色的漆器盒子里装着经过精心摆盘的鲱鱼子和做成菊花形状的莲藕,还有饱满的红鲑鱼子和巨大的糖渍烤虾。我们的女主人身穿低调粉灰花朵图案的优雅和服,毫无嫌恶之色地解释道,要是我们早点到,情况会好很多,因为碗盘的颜色是专门挑选过的,要配合那透过和纸窗户的光线。现在已经晚了,她不得不换一套食器,来配合当下的天光。

在她解释的同时,我们出于礼貌试着去夹一些菜,津田告退去了厕所,发出可怕的咕噜声,我们都很努力地装作没听见。尽管身体状况的确不佳,我们还是撑过了那顿午餐,进行了一场礼貌的交谈。吉姆拿起一个漂亮的茶碗,翻转摩挲着,问是不是江户时代的古董。是的,善良的女士回答。"你说得很对。你们外国人真是见多识广,相比之下我们日本人就太孤陋寡闻了。不过也不完全是江户时代的,历史要更悠久一点,其实是安土桃山时代的,16世纪末。"

等津田终于"浴吐重生"走出来,我们也差不多该走了。桌上的精美菜肴我们大部分都没动过,夕阳已经在下沉,投射下美丽的光辉。我们对女主人千恩万谢,并为迟到致歉。"没关系,"那位女士说,"非常欢迎你们所有人随时再来。"

我第一个从木质走廊下到石质的玄关，我们的鞋子在那里被摆成完美的直线，静静等待着。我弯下腰来穿鞋，头朝门口，屁股朝着我的朋友们和正在鞠躬送客的女士。然后，我完全忍不住，下面发出了一个声音，仿佛短促的喇叭声。大家在惊愕之中沉默了片刻。我站了起来。我们都装作什么也没听到，什么也没闻到。

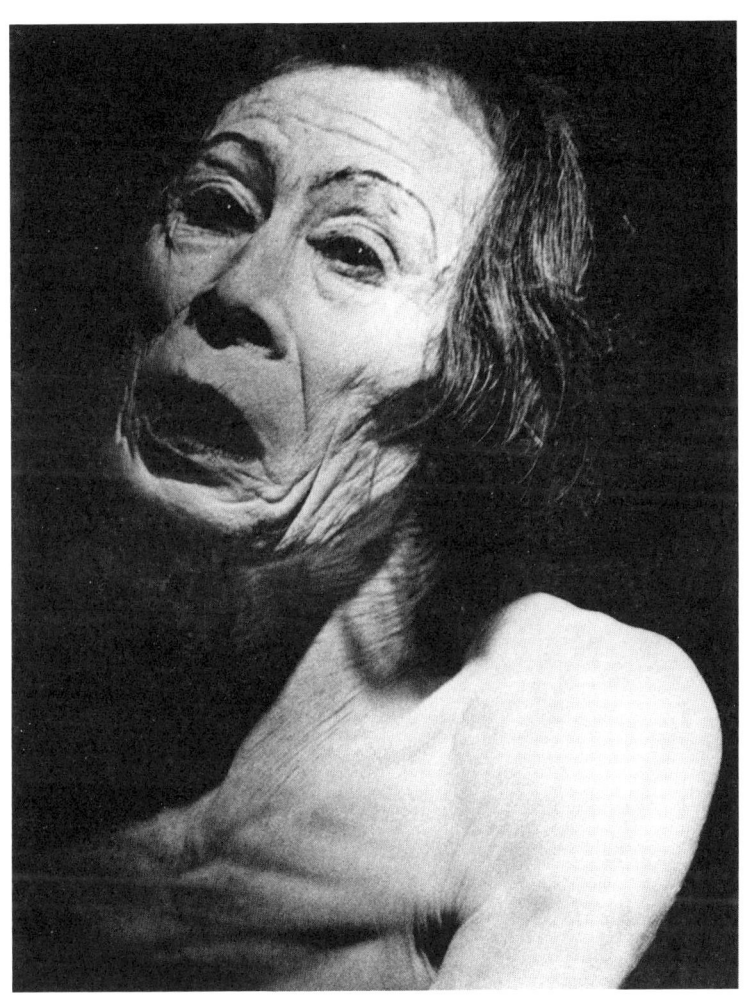

图 8　70 多岁的大野一雄在跳舞

六　真实藏身于有意的丑陋

　　1977年新年前夜,石棉馆。这栋位于目黑区的二层建筑在成为舞蹈工作室之前,制造的是石棉这种有毒绝缘材料,工作室也因此而得名。一楼有很多人正轮流拿一把沉重的大木槌打糯米,制作过新年吃的传统年糕。我知道其中很多都是名人,但我只认出少数的几个,也不是很清楚他们到底多有名望:池田满寿夫,版画家和小说家,瘦得像一朵蒲公英,窄窄的头上萌发着浓密的鬈发,他正四仰八叉地躺在地上熟睡,周围的喧闹丝毫没影响到他。日本最伟大的当代诗人谷川俊太郎正与皮肤苍白的随笔作家、翻译萨德侯爵(Marquis de Sade)作品的涩泽龙彦进行深谈。涩泽戴着墨镜,用轻柔而顿挫的声音说着18世纪正式场合用的法语。摄影师细江英公也在,他曾经为三岛拍下模仿圣塞巴斯蒂安(Saint Sebastian)被箭穿透的裸体照。细江的相机镜头对准了一群男舞者,他们都剃着光头,像一颗颗褐色的鸡蛋,在这混乱的人群中起起伏伏,时隐时现。

我注意到了建筑师矶崎新，还有舞蹈家大野一雄——他是位外表文雅的绅士，70多岁了，喜欢穿白色蕾丝舞会礼服进行风格鲜明的慢速探戈表演，并以此闻名；尽管他连路都不太走得了，但这些表演还会持续到他90多岁的时候。穆罕默德·阿里（Muhammad Ali）的旧情人、性感诗人白石嘉寿子也在场。自由爵士钢琴家、戴着金属圆形眼镜的山下洋辅正在为既是演员也是舞者的麿赤儿倒清酒。

我跟在麿赤儿的身边。他说，来见见土方吧。我当然知道这位土方是谁。但凡身在日本，又对戏剧和舞蹈感兴趣的人，都知道土方巽的大名，他是暗黑舞踏之父。暗黑舞踏是一种现代日本舞蹈形式，多少算是土方在50年代发明的，是对西方芭蕾舞和日本古典舞的一种故意为之的怪诞美学逆练。土方自己刚刚息舞，但作为编舞者，他依然是舞踏界之王。石棉馆就是他的公司。他的岳父曾经拥有一座石棉老工厂。我初见土方，是在麿赤儿的舞团的一次表演中。"他来了，他来了。"我周围的人纷纷小声议论着，土方和自己的首席舞者芦川羊子从我们的座位旁经过。土方是个高个子男人，留着一小撮胡子，有浓黑的眉毛，椒盐色的长发松松地打成结，他看着就像个宗教灵修导师之类的人物，假装对自己入场引起的骚动视而不见。

我对麿赤儿说，我不知道该对那位伟大人物说些什么。不会的，麿赤儿坚持道，应该好好介绍我一下才是。我们沿着狭窄的楼梯而上，来到一个像阁楼的空间里，土方正坐在一张长长的木桌前，和一群人交谈着，其中大多数人我都不认识。芦川坐在他旁边，她骨架纤细匀称，一双近视小眼，下巴非常突

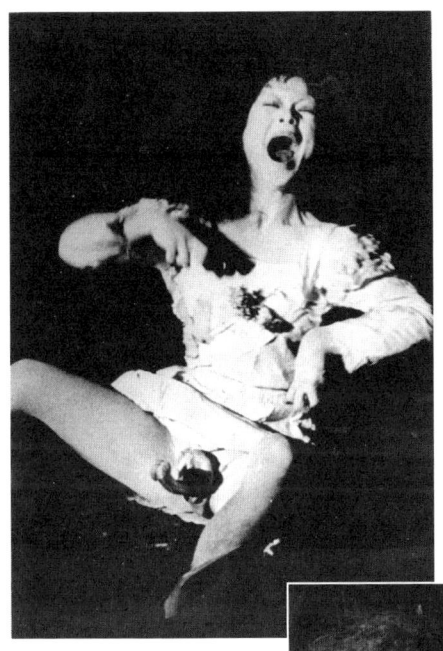

图9 舞者们在土方巽的石棉馆

出。舞台上的她,脸上涂满白粉,双眼几乎完全消失在眼眶里,黑漆漆的牙齿显得很突兀,看上去就像18世纪版画中某个风格鲜明的歌舞伎演员正在腐烂的尸体。

土方叫他的明星舞者起身挪位子。他拍了拍身边的垫子,叫我坐下。麿赤儿介绍说,我是一名年轻的电影专业学生,认识唐纳德·里奇。土方礼貌地点点头。他从1959年起就与唐纳德相识,当时土方进行了第一场舞踏表演,灵感来源于三岛的小说《禁色》,书里讲述了玩世不恭的老年小说家对美貌年轻男子的诱惑。在舞蹈表演中,阴茎勃起的土方把对年轻男子的强奸表演了出来;扮演这个年轻男子的舞者是大野一雄的儿子,他的大腿之间夹着一只活鸡。这场表演在东京引起了轰动。唐纳德是和三岛一起去看的,他被深深震惊了,决定和舞者一起拍一部电影。

唐纳德的那部电影是用8毫米摄影机拍的,时长10分钟,名为《献祭》(*Sacrifice*),长久以来都被认为已经遗失,但后来又被找到,并修复成了最初有点曝光不足的版本。影片中,在巴洛克时期音乐家亨德尔(Handel)的清唱剧《弥赛亚》(*Messiah*)的伴奏之下,一位年轻的舞者遭遇了一群男男女女的骚扰袭击,他们神志不清,身上的和服不断摇摆,在年轻舞者身上拉屎呕吐,接着用切肉刀把他阉割了。

我见土方的时候,还没看过那部影片,也记不清那时候到底听没听说过这影片。但我知道,土方的作品充满了痛苦、折磨和死亡。他经常提起让·热内(Jean Genet)。他最欣赏的艺术家是汉斯·贝尔默(Hans Bellmer),这位身在巴黎的德国超现实主义画家和雕塑家，专做残缺的女性玩偶，画性变态主题的精细素描。土方还有好几部舞蹈作品的灵感来源于萨德侯爵的作品。

"那么，年轻人，"他和善地为我倒了一杯清酒，"你到底是做什么的？"我解释说，自己在学习电影。他闷哼一声。"学习，学习，我们都在学习，但你准备用所学来做些什么？"我含糊地说了些关于摄影和电影的话，但没有什么底气。

"你叫什么名字来着？"我把名字告诉他，布鲁玛，在日语里听起来音调有些变化，像是"内裤"的发音。"啊，"他说，"内裤。那么，我亲爱的内裤，你喜欢什么样的音乐？给我来点儿不寻常的，我不知道的东西。"我吓坏了，答不出来，只好问他最喜欢什么音乐。"干吗转移话题？"他问，"我们在说你呢。"

我能感觉出他觉得我有点无聊。接着，他决定小小地表演一场，不是为了缓解我的尴尬，而是为了将这酒后慵懒的气氛改变一下。"芦川！"他对首席舞者喊叫道，"出去再买点儿清酒回来。"芦川一脸的不知所措。"但是，老师，"她喃喃道，"已经过了午夜，商店都关门了。"很难说土方是真的生气了，还是只是表面上做个态度。"你没听到我说的话吗？出去给我多带点儿清酒回来！"他不屑地挥挥手，"去，去，去！"

她就这样出去了，也是为了表演。她在天寒地冻的天气里闲逛了一会儿，直到觉得可以回去告诉大师自己尽力了。与此同时，土方已经不理我了，而是饶有兴趣地谈起了汉斯·贝尔默——他在20世纪30年代制作的那些以各种怪诞姿势扭曲的女性玩偶，是在抗议纳粹对所谓健康雅利安人的身体的盲目崇拜。贝尔默的玩偶与舞踏舞者及他们痛苦扭曲的动作有相似之处。土方解释说，日本人的身体和长手长脚的外国人的身体不同："我们所有的力量都在大腿上。所以跳舞的时候我们不是伸展，而是蹲下，我们想要贴近大地。"很久以后，我终于看了唐纳德的影片《献祭》，又回想起这句话。影片中，一个女人慢慢地将身体蹲沉到"祭品"身上，在他身上撒了尿，再帮忙把他的睾丸割掉。

接着，土方的话题转移到阿部定身上，就是那个在色情游戏中勒死了情人还把他的阴茎割下来的妓女，即《感官世界》的主角。"我认识阿部定，"土方说，"她是个艺术家。艺术家一定要像罪犯一样，他们必须要吸血。"

土方说话的时候，桌边的每一个人都屏气静声，对他这些总结概述点头表示同意。芦川悄无声息地溜回了房内，土方甚至没问她有没有想办法买到清酒，也许他已经把这事忘得一干二净了。"内裤，"我正要往楼下走的时候，他说，"你知道你是什么吗？你是一台电视机。"

我到现在还不能完全确定他这话是什么意思，但我应该算是大概明白了。这话不是什么好话，但说得有道理。我仍然沉浸在他人的生活中，一直在学习，却没有任何创造；像照相机一样不断反思，却没有做出自己的任何贡献。不过我曾有过一个小小的机会，能够去创造和贡献。在石棉馆的那个新年前夜之前的一年里，我至少已经开始让自己的一只脚跨入舞蹈界的大门。

六　真实藏身于有意的丑陋

1977年春天的某个时候，里萨尔特·滕卡特（Ritsaert ten Cate）出现在东京。我曾在阿姆斯特丹见过他，但从未真正熟识。他是米克里剧院的创始人，我就是在那里第一次看了寺山的天井栈敷剧团的表演。里萨尔特来自一个富有的纺织品制造商家庭，长得很有特色，尤其是在东京。他个子很高，举手投足有些笨拙，说起话来声如洪钟，脸就像一张没铺好的床——双眼耷拉着，两颊很松弛，双唇如同两片肝脏，一颗大光头后面流淌着一绺绺长长的金发。无聊的时候，他喜欢装出傻乎乎的荷兰腔调，这一定让日本人困惑不解。里萨尔特也是20世纪最重要的国际戏剧经理人之一，他培养了彼得·塞拉斯[*]、威廉·达福、罗伯特·威尔逊以及其他很多人才。日本人也了解这些成就，所以对他尊重有加。

里萨尔特是来了解日本戏剧发展情况的，我就是他的向导。我们坐着一辆黄色菲亚特在城里转悠，司机是个长发摄影师，名叫山口"赫比"（Herbie），是寺山前妻的男朋友。寺山的前妻过去曾做过舞蹈演员，烟不离手，我每周都给她上英语课。她的艺名叫九条映子[†]，天井栈敷由她管理。

里萨尔特虽然外表看着不太正经，却是个教养深厚的人，对于戏剧有着天生的卓越直觉。"我不用脑子去评判艺术，"他说，"我用原始的本能去感受它。"他从九条那里听说了土方和他的舞踏演员们，也看过一些相关的影片素材。他此行的目标

---

[*] 彼得·塞拉斯（Peter Sellars, 1957—），美国著名戏剧导演。
[†] 九条映子，日本女演员、戏剧与电影制片人。本名九条今日子，"映子"是她的艺名。1970年与寺山修司离婚，但保留了"寺山"的姓，称为"寺山映子"。

图 10　麿赤儿

是把土方哄骗到阿姆斯特丹进行表演，但最后未果。除了石棉馆之外，东京最大的舞踏表演团体是麿赤儿的"大骆驼舰"。里萨尔特也想见麿赤儿。

麿赤儿同意在位于东京东南边的拥挤住宅区的大骆驼舰工作室见我们。他的外形和里萨尔特一样引人注目：头发剃得一干二净，黑色的小胡子从两侧嘴角耷拉下来，还有一双洞若观火的忧愁之眼。他有种忧郁的气质，也略微带点阴恻之感；而实际上，他既热情又幽默。但在 60 年代，麿赤儿还在唐十郎的状况剧场做主演时，唐十郎喜欢让他演悲惨的鬼魂等怪诞角色，我能明白导演的用心，也明白为什么麿赤儿在很多电影里

六 真实藏身于有意的丑陋

都扮演这样那样的怪物。

　　唐十郎和麿赤儿都将土方巽视作他们戏剧方面的导师，他教会了他们将身体作为戏剧的中心元素。土方以及他之后的先锋戏剧践行者们，都对日本的学院戏剧风格进行了反叛。就在不久的过去，日本的演员和舞者们似乎还在过于频繁地模仿西方人。所谓回归本真之路，并不是直接复兴日本传统（比如能剧或歌舞伎），这些传统已经成为应该放入戏剧博物馆的过时；需要的是复兴日本戏剧的精神，通过风格独特、有时甚至是暴力的肢体语言去表达。寺山鼓励他的演员们直接与观众产生身体对抗。唐十郎的演员们以滑稽剧演员的夸张方式去使用自己的身体。70年代，麿赤儿离开唐十郎的剧团，创立了大骆驼舰，那是最有戏剧风格的舞踏团体。麿赤儿并非受过专业训练的舞蹈家，他是一个演员，但他在表演自己那些刻意显得怪诞奇异的舞剧作品时，用的不是口头语言，而是肢体语言。唐十郎和寺山修司坚持使用口头语言，麿赤儿则将其抛弃了。

　　我和里萨尔特坐在麿赤儿工作室的木地板上，看着他的舞者们像经过防腐处理的尸体一样，慢慢地活过来，手脚抽搐，面目狰狞，瞳仁翻滚，张大嘴巴发出无声的尖叫。他们缓慢地爬行，或是蹲下去，像贝尔默的玩偶那样将身体扭曲。这是在排练，所以他们没有用白米粉化好全套的舞踏妆。男舞者全都像佛教僧侣一样是光头，有些甚至连眉毛都剃掉了。录音机里，德国摇滚乐队"橘梦乐团"的金属之声在吵闹着。

　　回到里萨尔特的酒店后，我问他有什么想法，他耸耸肩。他无法解释，他其实没觉得这有什么了不起。土方才是正宗的真东西，他一直重复着这句话。我理解不了他这种质疑的态度，我觉得麿赤儿的舞者们很优秀。直到后来，里萨尔特回阿姆斯特丹很久以后，我才明白了他那种凭直觉所产生的想法。我们在麿赤儿的排练室看到的是一种非常具有日本风格的现象：一位伟大的艺术家，通过纯粹的大胆和实验，创造了一种戏剧方法，而后演变为一种相当成熟的风格，由各个流派的大师来传承，每位大师又都进行了自己的改变。茶道也经历过同样的变迁，曾经，那是喝茶时关于审美享受的自发表达，现在则成了一套僵化的规则，富家太太们会斥资去上各种茶道学校，进行学习。古典戏剧和插花也经历了这样的事情。现在，从某种程度上说，那种曾经先锋前卫的戏剧形式，也在遭遇同样的命运。

这话并不是在说麿赤儿的舞团是平庸的。他是一位杰出的表演者，他的舞者们也是一流的。他也并不是在简单地模仿自己的老师。但他们缺乏的是土方早期作品中的那种危险——任何事情都有可能发生，人们仍然会被激怒。这不仅仅是个性的问题。60年代创造的很多东西，在后面那些年月，都变得形式化，甚至做作了起来。1983年，寺山修司去世了，他的信徒们仍然以他所奠定的风格在表演他的剧作。他在戏剧上的创新凝结成一套模式，和歌舞伎或能剧的程式化动作一样，方方面面都变得僵化呆板。这种现象并非日本独有，但也许在日本要更为明显一些。

我第一次看舞踏，就被其吸引。尽管那是一种非常精妙成熟的舞蹈形式，但其实也是日本文化中那些情色、怪诞、无意

六 真实藏身于有意的丑陋

义之张力的又一种变体，是对"泥土之臭"的前卫表达。我自己在这方面的兴趣来源，毫无疑问与土方是不同的，他本来就出生于日本东北部泥泞的稻田之中。但不管怎么说，我也已经做好准备，要证明自己不仅仅是个从外面观望的摄像机。恰好，这与日本艺术家们的愿望不谋而合，他们也希望接触和联系本土之外的世界。

和土方不同的是，麿赤儿热衷于将舞团带到国外。暗黑舞踏在日本已经催生出很多舞团，舞团领袖很多都是有着古怪艺名的奇人。一次，"主教"山田出现在麿赤儿的工作室，带了两个年轻的裸体舞者，他用绳子绑着他们，让他们在自己身前爬行，仿佛他的爱犬。工作室里经常发生的对话，是要让舞踏传播到世界各地，就像一场不断发展壮大的运动。全身抹着白米粉的半裸日本舞者，模拟死后重生的样子，扭曲身体，这样的舞蹈形式怎么会风靡全世界呢？我一想就觉得很荒谬。但我错了。从80年代开始，舞踏团体已经在欧洲、美国以及亚洲的很多地区进行过表演。在日本国外最著名的舞团可能是天儿牛大的"山海塾"，他们在60多个国家都进行过演出。1985年，在西雅图（Seattle）的互惠人寿大楼，一名舞者脚踝上系着绳子，从六楼悬挂而下，结果绳子断了，他掉下来摔死了。这当然是个可怕的意外，但舞者始终没有改变他僵硬的姿势，仿佛在下落之时也在坚持表演。这场以生命为代价的表演被称为"生死之舞"。

我开始定期拜访麿赤儿的工作室时，天儿牛大还是他的舞团主演之一。天儿牛大出生于1949年，比麿赤儿小六岁。土方生于 1928 年，三岛生于 1925 年，寺山生于 1935 年，唐十郎生于 1940 年。有传言说土方曾经接受过"神风特攻队"的飞行员训练，但由于日本投降，在最后关头免于自杀身亡。寺山在战争中失去了父亲，家乡也被轰炸，他死里逃生。唐十郎小时候从东京撤离，回来后只见满目疮痍。麿赤儿的父亲在战争中死去，他的母亲因此疯了。天儿牛大在横须贺长大，那是个生活艰苦的小城，曾经是日本海军的大本营，1945 年由美国海军接管。所有这些艺术家，都以这样或那样的方式，被战争及其余波打上了印记。他们在可怕的暴力或其留下的残骸中长大。三岛，一个书生气十足的孱弱青年，被别人断言不适合参军，为此抱憾终身。他只能通过创作小说、出演电影和做摄影模特来实现他残酷而富有英雄主义的幻想；最后他来了真的，公开地像武士一样自杀，创造了十分轰动的血腥剧情。

死亡与重生是暗黑舞踏最常见的主题，麿赤儿为大骆驼舰编导的每一部作品都围绕这个主题展开。这种舞蹈形式似乎反映了日本如何从灾难的灰烬中痛苦地重生，而这灾难属于日本自己引火烧身。舞踏不仅是对拘泥谨慎的西方与日本上层文化的反叛，也是经历了亲朋惨死的日本几代人的一种表达。因此才有了那些抹着白粉的木乃伊般的身体，扭曲得就如同轰炸之后的尸体，慢慢匍匐爬行，去往重生之路。

尽管麿赤儿与他的舞团创造着病态的艺术，但我和他们在一起的时候是特别欢乐的。我们会通宵畅谈舞蹈、文化、性和文学，同时豪饮美酒。有一件事情我们不会干，就是嗑药。在

六　真实藏身于有意的丑陋

混乱的占领年月，很多日本人会服用一种叫"非洛滂"*的兴奋药物，黑帮从中获得了可观的收入。一些摇滚乐手则会服用其他种类的速效兴奋药物。在地下商场或地铁站，会看到年轻人颓然地靠墙而坐，头埋在塑料袋里吸强力胶。†不过，即便是在"地下"剧团的成员当中，也很少有人吸食大麻或可卡因。曾有一位著名的流行女歌手携带大麻被抓了现行，不得不公开道歉，并因此被各大电视节目封杀。

麿赤儿坚持要我和他的舞者们一起训练。只做一个旁观者是没用的；如果我想理解他们究竟在做什么，就必须将自己的身体投入进去。于是，我也蠕动、扭曲、蹲下，尽管我的舞蹈技巧十分基础。麿赤儿似乎不觉得这是个问题。"技巧不是重点，"他说，"我想看看你的感觉。"他会让我静止地站在舞蹈室的地板上，透过一层层的烟圈来研究我，有点像看手相的人在仔细观察一个人的掌纹。"每具躯体都有一个灵魂，"他说，"一种气场。"比起让他以这种方式来审视我的气场，我宁可糟糕地起舞。麿赤儿吸了一口香烟，自顾自地笑了起来。

在日本，各种当代艺术是没有官方补贴的，所以舞踏演员们会被派往歌舞厅和脱衣舞场所进行表演，为舞团赚点外快。这种做法是土方开的先河。麿赤儿，还有唐十郎和他的朝鲜裔妻子李丽仙，会进行一种名为"金粉秀"的表演。他们全身赤

---

* Hiropon，日语假名写作"ヒロポン"，本来是一家老牌制药厂的名字。该厂制造的药物中含有可以提炼冰毒的成分，厂名遂成为日本地下黑市中对毒品的一种代称。

† 强力胶可以产生麻醉、迷幻的效果。

裸，只用类似护裆那样的小小布片略微遮挡，身体其他部分都被涂成金色，就像007电影《金手指》（*Goldfinger*）中的女人。他们会在东京郊区烟雾缭绕的小型夜总会里，伴着磁带上刮擦声不断的汤姆·琼斯*或巴里·曼尼洛†的音乐跳舞；有时候他们也会去条件好一点的夜总会，有乐队现场伴奏。

一天，麿赤儿宣布，我该参加演出了。我抗议说自己还没准备好。麿赤儿笑了，说我只要摆好姿势，一动不动地站着，让同台的女孩围着我跳舞就好。和我一起出演的是一对搭档，他们的组合名称是"舞爱机器"。他们是很优秀的舞者，这让我光是站着不动就觉得紧张。

我们坐火车去了川崎，那里是贫穷的朝鲜人聚居的工业区贫民窟，街道破旧不堪，散发着腌白菜和下水道的气味。那里的法规比东京宽松，所以有很多脱衣舞俱乐部和色情演出。我们的目的地叫"山下乐园"，闪烁的霓虹灯招牌错将英文写成了"Paradize"。一个年轻男子把我们领了进去，他烫着发，文了眉毛，这种样子在底层黑帮分子中并不少见。这不是一场"金粉秀"，所以我们不需要把全身涂成金色。我和"舞爱机器"的女性成员杏合作表演的时候，只需要穿一条小小的红色紧身护裆。杏身穿银光闪闪的迷你比基尼底裤，叫我什么都不用担心。她既是舞踏演员，也是技巧高超的现代芭蕾舞舞者，所有的事情交给她就好，我只需要在舞蹈终了之时，把她抱在怀里。

舞台上有种湿冷的感觉，四周飘着陈年积累的啤酒和香烟

---

* 汤姆·琼斯（Tom Jones, 1940—），英国流行歌手，创作过很多著名流行金曲。
† 巴里·曼尼洛（Barry Manilow, 1943—），美国创作歌手和音乐家。

图 11　杏在脱衣舞剧场的化妆间

的气味。我能听到观众席中男人们在大声聊天,但因为彩色聚光灯直接打到我们脸上,我们看不清他们的样子。磁带里的汤姆·琼斯开始唱《并非不寻常》(It's Not Unusual),我摆出一个雄赳赳的姿势,有点像健美广告里的查尔斯·阿特拉斯*。杏围着我跳起她迂回扭曲的舞蹈。一切似乎都很顺利,我几乎已经放松下来,觉得这种事情我应该做得惯。呜呼,不过转瞬之间,放松就能变成自满。我在错误的时间走了神。杏将自己猛地投向我摆好的怀抱,汤姆·琼斯唱着收尾的调子("发现我爱你,并非不寻常,哇——哦——哦——哦"),我被吓了一跳,犯了我唯一可能犯的错误——把她摔在了舞台地板上。

观众没有喝倒彩,只有一片惊愕的沉默。这更糟糕,我的难堪仿佛填满了黑暗的虚空,如同可怕的瘴气。回到化妆间里,我们一言未发,只是匆匆穿上衣服启程回东京。在火车上,我再次向杏道歉,她勉强一笑。后来我再也没在歌舞厅表演过。

我做了两年电影系学生,至少名义上是这样;再加上麿赤儿等人都鼓励我去做点什么,创造属于自己的东西,我便决定要在电影短片的领域试试水了。最终,我写出了《初恋》的脚本,显示出了一个看过太多浪漫色情片的年轻人的种种痕迹,就连片名本身的讽刺意味也沉重得如一把大锤。

我的朋友津田演了主角。他饰演的是大城市里的孤独之人,渴望女人爱的滋养。一天,他走在街上,一个年轻的女人来到

---

* 查尔斯·阿特拉斯(Charles Atlas, 1892—1972),美国健美运动先锋人物。

六　真实藏身于有意的丑陋

他身边，保证能让他享受一番。两人去了男人的小小公寓——这场景就是在我当时位于目白的客厅兼卧室中拍的。男人觉得自己终于找到了个女朋友，但一番欢愉之后，她向他伸手要钱。盲目的怒火涌起，他杀了她。

我在日大电影系的朋友阿金用16毫米胶片拍摄了这部短片。石棉馆的一名学徒舞者，我当时疯狂爱着的美穗，扮演了片中的女人。美穗小巧玲珑，肢体柔软，正在学习法国文学，大部分的晚上都在银座附近一家大型滑稽歌舞剧院表演。战时，那位电影明星李香兰就曾在那座剧院开演唱会，后来日本投降后，她才变成了山口雪莉*。

我的这部电影是对异化的病态研究，是一部失败的作品，这事我不能归咎于津田、美穗或阿金中的任何一个。整个故事充满了生硬的黑暗，我甚至无法宣称它是我内心深处感情的真实表达——如果真的是这样的表达，电影可能会更有趣一些。它只不过是我在东京贪婪吸食的"情色、怪诞与无意义"的苍白反映，其他人以更高超的才智表达过同样的东西。《初恋》永远不应该放给任何人看。

然而这部电影还是被放映了，可能是外国人的特权再次发挥了作用。战时在上海的那位电影制片人川喜多长政的女儿，川喜多和子，经营着一家名为"法国映画社"的电影发行公司。

---

*　山口雪莉（Shirley Yamaguchi）是李香兰改回日本名"山口淑子"后在英文电影中使用的艺名。

她代理过维斯康蒂*、费里尼、维姆·文德斯†和戈达尔‡等人的作品,还把大岛的作品介绍给了日本国门之外的观众。和子是电影界最具吸引力的大人物之一,也一直都很慷慨,她提出在自己的映画社放映我的电影。就在同一间放映室里,曾放映过大岛、克里斯·马克§和戈达尔的作品。

我、和子和唐纳德·里奇一起坐定观影。15分钟后,灯光亮起,出现了短暂的沉默。"嗯,"和子明快地说,"我觉得应该去吃晚饭啦。"

那之后不久,麿赤儿决定让我参加大骆驼舰的下一场表演。也许是顾虑到我在歌舞厅的表现,他大发慈悲地没有让我做舞者,以免我难堪。我们将在日本展开一场短暂的巡演,先去名古屋,再去京都。麿赤儿一再叫我安心,说我的角色很简单,就是把头从舞台上的一扇窗户伸出来,模仿阿道夫·希特勒(Adolf Hitler)。这部舞剧名为《岚》,意思是"暴风雨"。演出时长和法国作曲家拉威尔(Ravel)的《波莱罗舞曲》(Bolero)一样,整个演出过程中这首曲子一直在以高音量播放着。麿赤儿旗下的明星舞者们,包括天儿牛大、杏、室伏鸿和池田"卡洛塔"(池田早苗),都在以舞踏艺术必不可少的方式蠕动、蜷缩并无声地尖叫着,他们全身涂满白米粉,还有用血红的油漆

---

* 卢奇诺·维斯康蒂(Luchino Visconti,1906—1976),意大利著名导演、编剧、制片人。
† 维姆·文德斯(Wim Wenders,1945—),德国著名导演、编剧、制片人。
‡ 让-吕克·戈达尔(Jean-Luc Godard,1930—),法国著名导演、编剧、制片人。
§ 克里斯·马克(Chris Marker,1921—2012),法国著名导演、编剧、制片人。

六　真实藏身于有意的丑陋

画出的一条条痕迹。

我扮演的"元首"要即兴地发狂辱骂，所以排练也没什么意义。于是我和舞者们一起，进行了同样的肢体训练。这未必提高了我的演出能力，却让我觉得更能胜任自己的角色了。从头到尾听完一遍拉威尔的《波莱罗舞曲》而不觉得烦躁不安，这并非易事；一遍又一遍地听，就会成为一种煎熬。但同时我看到了那些如尸体般的躯体以不同的姿态竭力重生，还看到了麿赤儿的独舞，他演了一具摇摇摆摆的僵尸，粉白的脸上有一双黑溜溜的眼珠子，仿佛某种夜行生物。这些场面，即使用最含蓄的形容词来说，也是十分引人注目的。

我们坐着一辆厢式大货车去了名古屋。每个人都兴致高昂，天儿牛大讲着笑话。大家回忆起以前的巡演，麿赤儿满含悲愁的脸因为大笑而皱成一团。那是一个阳光灿烂的日本的秋日，一切都如同清晰锐利的蚀刻版画，就连通常隐匿在云雾之中的富士山也在近乎钴蓝色的天空下格外醒目，仿佛一个甜筒冰激凌。一个男舞者颇有些招摇地背对着窗外，自言自语地感叹道，富士山也没什么好看的。

富士山之于日本，正如埃菲尔铁塔之于巴黎，具有标志性意义，而且这座山还隐含着右翼倾向。在神道教的世界里，很多岩石、河流等自然景观都被视为神圣之物，其中最为神圣的就是富士山。神道教最开始就是一种自然崇拜，有各种祈求多子多孙和丰收的仪式；到19世纪末，神道教成为国教之一，就和军国主义、极端民族主义以及对天皇的崇拜联系在一起，直到这些在战后美国占领时期被禁止。

我想，那位背对圣山的舞者之所以这样做，并不是为了在政治层面抗议其沙文主义的历史。反正富士山已经是个无害的象征，是公共澡堂的瓷砖墙上常见的装饰；后来，随着越来越多的人可以在家洗澡，那样的澡堂渐渐消失了。他的行为更像是对传统之美的一种舞踏式鄙夷，恰与他的身份相符。真实藏身于有意的丑陋。的确，土方的灵感来源于他在日本东北部乡村度过的童年，他创造的舞蹈作品并未歌颂大自然的壮丽，而是更多地让人联想到在水田中万分辛苦的劳作，以及在仿佛没有尽头的冬日，刺骨的寒风中，大家瑟缩的身躯。

名古屋是日本最整洁、可能也是最无聊的城市。和日本的几乎所有地方一样，在战争的最后几年，这里基本上被摧毁得差不多了。东京和大阪的重生就如同人生一样恣意无常，名古屋却不一样，是唯一按照精心规划来重建的城市。这座城市有着笔直而宽阔的大道，合理得如同数学等式。名古屋的出挑之处在于，它是弹珠机诞生之地。这种游戏机遍布整个日本，无处不在。名古屋的弹珠机赌场比电影院更多，更别提书店了。70年代，你在很远的地方就能听到那声音，银色的圆球连续不断地落下，再加上震耳欲聋的背景军乐——日本海军的《军舰进行曲》放得尤其多。

名古屋也不是只有缺少灵魂的新事物。我们将在一个摇摇欲坠的破败老剧场进行表演，把这里用作场地的大多是流浪表演团体，就像我曾经在东京那处古代刑场附近拍摄的那个。那座剧场现在很可能被拆除了，当时的木质建筑里飘散着一股霉臭味，来自没有勤打扫更换的榻榻米。舞台在一楼，我们都睡

六　真实藏身于有意的丑陋

在剧场上面那个大房间的破烂榻榻米上。晚上，我们也是在那里吃饭、唱歌和酗酒。

一个舞踏团体来名古屋巡演，当地的报纸和广播电台是完全不屑一顾的，所以我们只能自己做宣传。这就意味着，我们要开着货车经过主要的街道，用扩音器为演出做广告。大部分日本人都对右翼边缘群体无处不在的广播车感到厌烦（那些右翼群体成员大多是穿着制服的小混混，通过喇叭吼叫军国主义口号，播放战时的尚武歌曲），尽管他们很少表现出来；我也和他们一样。但我很喜欢以这种方式对人群喊话，听到扩音器让自己的声音在现代建筑中轰鸣，那感觉真好。

我们把货车停在名古屋的火车站入口附近，天儿牛大和卡洛塔等人在那里进行了一场半裸的舞踏表演，让上班族们颇为震惊。我则站在一边，用大喇叭邀请大家晚上 7 点半来看我们的演出。

到了 7 点 15 分，剧场已经人满为患到让我觉得有些危险的地步。这种情况不算罕见，我曾在窄小的木楼里看过一些演出，里面挤满了人，烧着煤油炉子取暖，没有消防通道。日本是一个高度秩序化的社会，一切都有相应的规则管束，几乎全民都怀着对意外的恐惧；然而，对某些事情的处理方式又轻率得奇怪，仿佛要是没有明确的规则，人们就觉得没必要使用常识。我初到日本时就很惊讶地发现，没人会乱穿马路，即便是街上看不到一辆车的时候；但在没有红绿灯的情况下，大家会想也不想就直接闯入来往的车流。

我们在名古屋的演出很成功。在《波莱罗舞曲》的旋律之中，死亡和重生被痛苦地一再展现。我在舞曲中小号响起的时候，从舞台上的一个窗口往外看，尽管观众只能看到我的脸，但我还是全身涂白，脱个精光，只穿着紧身兜裆布。我扮着怪相模仿希特勒，用装出来的德语咆哮大骂。麿赤儿穿着破烂的红色和服，前后摇摆着。最后一幕是整个舞团共同起舞，四周的红色绳子上挂着很多褐色的鱼干。那些绳子像动脉，也像肠子，就那样吊在舞台之上。

演出后的聚会就在楼上我们的就寝之处举行。长长的桌子上摆满了一盘盘美味的生鱼片，是当地一个舞踏迷送来的，他刚好是个鱼贩子。关于那个晚上，我只有模糊不清的记忆了：红光满面的脸庞，唱歌，喝酒，大笑。一位舞者爬到桌上，来了一段慢扭，还有三名女舞者随着我们有节奏的拍掌即兴来了段法国康康舞。一位友好的爵士鼓手拿着筷子在他的啤酒杯上疯狂地敲打鼓点。没有人受伤。大约凌晨3点，我们把被褥铺好就寝了。

京都的演出场地叫西部讲堂，比名古屋那个老剧场更值得一提。那是一座巨大的谷仓式建筑，有传统的日式屋顶，屋顶上还留着三颗彩绘的猎户座星星*的痕迹。弗兰克·扎帕（Frank Zappa）†前一年在这讲堂中表演过，宣布这是自己生平遇到的最疯狂的演出场地。他这话肯定有夸张的成分，但西部

---

* 1972年5月30日，三名日本赤军成员在以色列特拉维夫协助策划实施了卢德国际机场扫射事件，其中两人当场死亡。事后，京都大学西部讲堂的屋顶上便被画上了这三颗星星，以纪念这三位赤军成员。

† 弗兰克·扎帕（Frank Zappa, 1940—1993），美国著名作曲家、创作歌手和电影导演，音乐作品涵盖了摇滚、爵士、电子、管弦乐等各种音乐风格。

六　真实藏身于有意的丑陋

讲堂的历史确实很传奇。1937年，也就是日本全面侵华那年，京都帝国大学为纪念明仁亲王诞辰而修建了这座讲堂；到70年代早期，讲堂被激进的学生们接管，从那之后成为摇滚和戏剧演出场所。

排练结束后，正值夕阳西下，画着黄色星星的屋顶上洒满了焦橙色的光芒。全身涂满白色米粉和灰渣的舞者围站在棕榈树和柏树边，仿佛童话故事中的人物。这一幕实在太美了，我只能惊异地凝视着；再加上讲堂隐隐飘来《波莱罗舞曲》的乐声，更让这一切显得无比离奇。这时，我穿着皮裤的女朋友，就是那个喜欢洛克西音乐团的，说她要先回我们的住处了。她叫千惠子，是专程从东京来看我们表演的。她当时感觉不太舒服。

我们的住处在大学里一栋相当破旧的大楼上，是战前修建的。几个小时后，我找到千惠子和她聊天，她显然在为了什么事情而心烦，但也不愿意告诉我是什么事。直到几个星期后，我们在东京再见面时，她才坦白地说，我不在的时候，有个舞者想把她推倒在榻榻米上。她反抗时，对方说："你都跟老外做，为什么不从我们之中选一个来做？"

京都的演出甚至比在名古屋还要顺利。我们在住处专门开了庆功会。天儿牛大还是一如既往地和蔼可亲，在房间里走来走去，倒着酒，讲着笑话。麿赤儿笑容满面，像是嗑了药一样。我们围成一个大圈坐下，传着喝啤酒、威士忌和清酒。锅子里咕嘟咕嘟地炖着鱼。千惠子好像也已经恢复了过来。我们唱着高中时代的老歌，就像围坐在篝火边的学生一样；那些歌我从来没搞清楚过完整的歌词。大家还跳了舞。按照这种场合的惯例，我一向会被怂恿献艺一番，于是我唱了著名黑帮片《人生剧场》的主题歌："抛却我们的侠义职责，世界将会变得黑暗……"

凌晨1点左右，大家逐渐意兴阑珊，有一两个人已经蜷缩在被窝里了。麿赤儿抽着烟，和一个女舞者闲聊，可能是杏。我看到天儿牛大在屋子的另一端，盯着坐在我不远处的一个年轻男舞者。天儿牛大面色苍白，不苟言笑，突然之间，他抓起一个空的清酒酒瓶，用尽全力朝那个舞者扔过去。瓶子在他额头上砸碎了，发出难听的闷响，就像用锤子砸椰子。鲜血从他的伤口喷出，溅在我的衬衫上。

电影里的暴力我并不在意；但真实发生的暴力永远让我恐惧。我想离开。不管天儿牛大这么做有什么个人动机，也不管我究竟错过了什么团体动态，我都不想知道。我站起来，踏着沉重的脚步，走入了外面漆黑的夜色，千惠子则忠心耿耿地跟在我后面。我的衬衫被鲜血浸透，在秋夜的寒意中，让我感觉冰冷而湿黏。夜空星光灿烂，我们走过京都古老的街巷，两旁都是木房子。我们要找个地方住下。等惊惧逐渐消失，眼下的浪漫情境叫我颇为享受。

我们找到一家破旧的小旅馆，使劲敲打着竹门，弄出很大的声响，把老板娘从床上吵起来给我们开门。我不知道她看到一个外国人穿着血淋淋的衬衫，还带着一个年轻日本女人时，心里究竟在想什么。但奇迹发生了，她允许我们留下来过夜。

第二天早上，千惠子回了东京。我回到住处，对自己自以为是的离去略感羞惭。麿赤儿显然已经多次目睹过这样的场面，

六　真实藏身于有意的丑陋

很想安抚大家激动的情绪。他用英语对我说"很抱歉"。天儿牛大和那个男舞者之间似乎也没什么龃龉了。男舞者的头上缠着绷带，像包着一块头巾。我解释了自己对肢体暴力的看法，说我对此很厌恶之类的。麿赤儿点头称是，说暴力是不好的。不过，我的这种敏感，想必与舞踏所要求的强烈的肢体性相冲突。其中一个舞者表达得很明确，他转过身，用既惊讶又有些鄙夷的态度对我说："那么，布鲁玛，你仍然还是相信语言。"

七　寺山修司和唐十郎：两种前卫日本

和很多大城市一样，东京其实是由一系列"村庄"组成的。每片区域、每个社群，都有属于自己的独特氛围：银座有豪华的百货公司和昂贵的精品店；池袋就略显混乱低级，火车站后面的小街小巷有小混混和异装癖的妓女混迹其中；原宿摩登时髦，青少年蜂拥而至；神田很文艺，充满老式中餐馆和二手书的味道。

到了70年代，艺术和文化的重心几乎都转移到了西边，远离了东部隅田川沿岸的下町，那是旧时人气比较高的地方。下町的某些地区仍然有种褴褛破败的魅力，但浅草观音寺附近的脱衣舞馆和滑稽剧院已经成为污秽的遗迹，只能吸引零零星星的观众，都是老男人和想找地方打盹的流浪汉。战前曾是现代主义明灯的浅草戏剧团早已不复存在。曾一度声名远扬的电影院，比如浅草的名画座，已经非常破旧，终日放映色情电影和重播了无数次的黑帮电影。浅草仍然有个小小的朝鲜族聚居区，在那里可以买到用红辣椒腌制的泡菜，储存在圆鼓鼓的棕色陶土罐子里。1923年，在可怕的大地震之后，日本暴徒杀气腾腾地寻衅，在那里屠杀朝鲜移民（他们找了愚蠢的借口，声称朝鲜人往供水系统里下毒）。浅草的西式风格餐厅"亚利桑那"还在营业，伟大的文学浪荡子永井荷风曾经每天都要去那里吃一块猪排做午餐，一直吃到1959年去世。同样还在营业的还有通往寺庙的一排排铺位，贩售佛教配饰、廉价和服和汤圆。但永井所赞颂的那种属于下町的往昔魅惑，已经只存在于传说之中了。

活力之地早已转移到新宿，尤其是火车站东口附近人口密集的区域。新宿也有专属的神话，那里在60年代是反主流文化的要地。像年轻时的麿赤儿那样的嬉皮士，会在风月堂咖啡馆（我到日本的时候这家店已经没有了）厮混。在车站和歌舞伎町红灯区之间的宽阔大道上，学生抗议者曾和防暴警察搏斗过。

唐十郎和他的状况剧场在花园神社前搭起红色帐篷，旁边是纵横交错的小巷，统称为"黄金街"，曾经布满妓馆，后来妓馆被改建成小小的酒吧，贴满了电影和戏剧的海报。那种地方顶多能容纳十个人左右，艺术家、作家、记者、电影人和各种各样的夜猫子经常光顾，一起讨论艺术和革命，他们在酒后的激烈争吵只有真正的饱学之士才能懂。大岛渚在一部生动有趣、已经有些年头的电影中颂扬了这一切，电影名叫《新宿小偷日记》（1969），以狡黠的方式向让·热内的电影致敬。有很多新宿传奇人物都在其中出现，其中就有唐十郎和他的演员们，

七 寺山修司和唐十郎：两种前卫日本

他们在新宿站前倒立着，腰间缠着布，展示着假的黑道文身，并对着镜头自称是戏剧流浪者。

到了70年代，60年代的余烬还在发着微光。人们还清楚地记得，学生们曾经暴乱冲杀。1969年，唐十郎的演员们暴力袭击了寺山的天井栈敷，在那之前，寺山想黑色幽默一把，在唐十郎的新戏开演之夜给他送了个丧葬花圈。这些事情的见证人很多都还在。我在日本的时候，偶尔还会遇到斗殴事件，不过已经没人谈论革命了。在我写下这些文字的2016年，黄金街的酒吧已经被老主顾们弃之不顾，却在《孤独星球》（Lonely Planet）旅游指南中得到了广泛的宣传，成为西方年轻游客热衷的打卡之地。

我继续时不时地和寺山见面，地点就在天井栈敷的第一个工作室，也就是1969年被唐十郎的人袭击的那个，位于涩谷腹地。涩谷也许是东京最繁华和俗气的寻欢作乐之处，混杂着百货公司、酒吧、餐馆、钟点旅社和电影院，和新宿一样是霓虹灯闪耀的商业享乐之地，不过丝毫没有新宿的革命气息。涩谷从来都不是反主流文化的中心，但对寺山这种渴望逃离到大都市的小镇男孩来说，这里如同都市天堂。

天井栈敷的首个工作室依然有60年代叛逆的嬉皮印记。建筑物的外墙上有一张巨大的小丑脸，还有塑料的手脚、手绘人体模特和十二星座标志。大楼里有咖啡馆、小剧场和一个小小的办公室，寺山就在那里接待来客。他礼貌谦恭，甚至称得上热情友好，但也总是保持戒备。和安迪·沃霍尔（Andy Warhol）一样，他喜欢把孤僻症和暴露狂们都召集到身边，让他们在自己所创造的世界中充当道具。他有着偷窥狂一般的色欲想象力,不过作为一个男人,他又散发着冷静、专业高效和充满距离感的气息。在他的戏剧巢穴之中,他孤单一人,形影相吊。我们的谈话通常很简短,他会靠坐在皮椅上,说出各种精辟之语,比如"日本人在内心深处都是受虐狂"。

70年代末,涩谷逐渐摆脱了粗糙俗气,成为青少年文化的圣地。寺山将剧团迁往更安静也更昂贵的麻布地区,星座标志和塑料玩偶一去不复返。新的办公室兼工作室光鲜整洁,摆着铬合金的家具,有时髦的黑色墙壁。这很适合寺山。和始于60年代的很多东西一样,天井栈敷也在逐渐成熟,变得更为圆滑,更为文雅。寺山一直保持着自己独特的东北地区口音,但似乎在实现大都市之梦后,他身上的泥土气息已经逐渐被洗去了。(涩谷的天井栈敷工作室旧址,如今是一栋用钢筋和玻璃建造的高级办公楼。)

唐十郎和他的追随者们则与之大相径庭。我已经记不清到底是什么时候第一次见到唐十郎了。不管怎么说,我在那个搭在东京不同地方的深红色帐篷里看过很多部他的剧作。我那时候还和麿赤儿的大骆驼舰有联系。唐十郎对离开自己剧团的明星演员很少有好脸色,他觉得那是一种背叛,但他和麿赤儿之间似乎并没有怨恨。当然,他们没什么见面的机会,也不屑于去看彼此的作品。他们生活在不同的世界里,这在日本的剧团之间很是常见。他们的关系有点像黑帮或部落宗族,有时候会产生冲撞,但通常都坚守在自己的地盘上,装出对别人要做的事情极度漠不关心的样子。

七 寺山修司和唐十郎：两种前卫日本

我进入唐十郎的世界，是在一个周日的下午，这个我倒是记得很清楚。有一天，我打电话给他，可能是里萨尔特·滕卡特想让我联系他，看看他有没有可能去米克里剧院巡演。唐十郎当即邀请我去他家，那里住着他和妻子李丽仙，以及年幼的儿子义丹。李丽仙是个强悍的朝鲜裔日本美人，声音低沉沙哑，嘴微微噘起，像条热带鱼。她是唐十郎所有剧作中的女主角。自从学生时代相遇以来，他们就一直一起演出，唐十郎的剧作中也很少会有其他的女性角色。我听别人说，李丽仙不喜欢潜在竞争对手出现在自己面前；也有人私下悄悄议论，她的谨慎戒备是有充分理由的。这一家人的舒适家宅位于安静的西郊，远离新宿或涩谷的喧哗骚动，在二楼有个工作室。

工作室一端的平坦坐垫上坐着唐十郎、李丽仙和一些资深演员。我认出了小林薰，他个子很高，眼神忧郁，一头剪短的鬈发。小林薰和我年纪相当，通常会扮演麿赤儿在60年代的那些角色：长相怪异、沉迷于某种罪恶癖好的人。朋友们都直唤他的名字：薰。根津甚八则身量轻盈，皮肤比薰更黑一些，有点近视，但按传统眼光来看依旧英俊。别人对他总是称呼其姓：根津。唐十郎曾称他为东京詹姆斯·迪安[*]。他总是扮演浪漫的男主角，与鬼魂一样的女人或失散多年的姐妹上演爱恨纠葛，那些女性角色都由比根津年长五岁左右的李丽仙扮演。唐十郎自己则扮演厄运缠身的古怪之人，通常会在那些凶悍角色的阴谋诡计之下成为牺牲品。

---

[*] 詹姆斯·迪安（James Dean，1931—1955），美国男演员，曾是美国"垮掉的一代"反叛和浪漫的代言人。

图12 在状况剧场的工作室里排练

唐十郎默默地招手示意我拿个垫子坐他旁边。房间里飘着木头和汗水的气味。几个演员正在排练一幕戏，出自唐十郎比较短的一个剧目。有些男演员穿着破旧的日本军服。一个穿着白色内裤的年轻女人，显然不是李丽仙，正不要命地尖叫着。至于剩下的内容，我的记忆就不可靠了；我可能把一些意象和唐十郎的其他剧作混淆了。但我想男人之间应该爆发了一场争斗，我记得有很多的大吼大叫，演员们的脸庞因为愤怒而扭曲，也有人因为恐惧或惊讶而瞪大了眼睛。双关语和其他文字游戏从演员们的嘴里飞速地说出。一个牛奶瓶中血红色的水在一个男演员的头顶上打翻了。一个穿白色外衣、戴着墨镜的盲人用拐杖敲着地面，跟着录音机里油腻的萨克斯音乐唱了一首歌，

七 寺山修司和唐十郎：两种前卫日本

那是一部广受欢迎的电影的插曲；突然间，那些正在打斗的士兵们就变成了伴唱和声团，像舞蹈演员一样挥舞着手臂，抖动着双腿。

我连台词都听不大懂，更别说弄明白剧情了。如果仅仅用"夸张"来形容这个场面，那也太轻描淡写了。在这个用啤酒箱和破窗帘组成的临时舞台上，演员们制造的混乱不输给一个疯人院。然而，这一切看似混乱无序，其实是一场精心策划的程式化行为。演员们像舞者一样使用自己的身体，每一种情绪都通过夸张的肢体动作来表达。我目睹的那一幕跟传统一点儿也不沾边，但看上去就像是歌舞伎表演以一种完全现代的方式被重塑。（60年代，我还没有去日本，当时唐十郎旗下最大的明星之一，是个叫四谷西蒙*的美少年，他专门演魅惑迷人的女性角色。西蒙后来专门制作诡异可怕的裸体少女人偶，更是名声大噪。）

舞台上的混乱骚动固然吸引眼球，但我的目光完全离不开唐十郎本人。他完全沉浸在大家的表演中，嘴里无声地重复着每一个词，有时会为自己写的巧妙台词而微笑，那双漆黑的小眼珠子仿佛以一种奇特的热情在燃烧。唐十郎身上没有冷静与疏离之感，你能从这个人身上感觉到火山喷发一般的能量，很有吸引力，也有点叫人惊恐。他个子矮小，身材粗短，像个壮实的农民，有着柔和的娃娃脸，仿佛日本版的奥逊·威尔斯†。

---

* 四谷西蒙，本名小林兼光，日本演员、画家，"四谷西蒙"为其艺名。
† 奥逊·威尔斯（Orson Welles，1915—1985），美国著名电影人，集演员、导演、编剧、制片人等多种角色于一身。

这张脸上能看出一个想象力过于丰富的孩子的愉悦与残忍。

排练结束后，唐十郎说，你觉得如何？我们已经到了楼下。那个午后有些冷，所以我们都把脚放在榻榻米上的被炉下面。屋里满是剧团成员。唐十郎动了动下巴，示意一个年轻演员开一瓶威士忌。他们的身份等级一清二楚，连我这个新人都看得很明白。唐十郎说话的时候，每个人都洗耳恭听。有时候薰或根津，或剧团的其他资深成员，会回忆过去演出中的一些故事。年轻的演员们只会微笑和点头称是，他们的主要作用，是以一定的节奏给我们斟满酒，或者作为开玩笑的对象。我感觉自己仿佛处在一个关系紧密的家庭之中，有一个大家长，而且眼下这个家还有一个女家长——李丽仙说话也很有分量。据我所知并没有演员住在那里，但那里就是有一种集体生活的气氛。

对于这种在集体生活中相互依赖、有附着性的人际关系，日本人会用一个英语单词来形容——"湿"（wet）。传统的日本家庭关系是"湿"的。黑帮的关系是"湿"的。那种比较疏离、个人化，通常和西方生活方式有关的行为，是"干"（dry）的。寺山修司比较"干"，唐十郎则是绝对的"湿"。

唐十郎的"湿"不仅停留在隐喻层面上。他在舞台布置上经常使用水——让水从橡木上倾泻而下，或让演员们从一缸水中冒出来，有时候甚至从真正的河流中冒出来。他的写作中也反复出现海洋、池塘或沼泽的意象。状况剧场的演员们彼此之间的肢体接触特别多，他们会尖叫、打斗、哭喊。这和天井栈敷有很大区别，虽然天井栈敷的街头戏剧有时会引发暴力冲突。寺山会利用旗下演员们各自的古怪之处，但他主要是让演员们

七 寺山修司和唐十郎：两种前卫日本

成为他自己想象中那个棋局上的"人体棋子"。从视觉的角度讲，那些角色总是很有趣的，但演员们与其说是在一起表演，不如说是在各自摆姿势或念独白，就像完全沉浸在自己梦中的人物。

作为一个习惯性的局外人，我永远无法全心全意地投入到任何形式的家庭、团体或圈子中，按理说，比起唐十郎的世界，我应该更能适应寺山的那个世界才对。然而，我却一下子就被唐十郎和他的团体所吸引。天井栈敷的酷炫和寺山幻想世界中变态的色情促使我来到东京，但在日本度过将近三年之后，这些已经不像以前那样能充分满足我了。我现在渴望着来自唐十郎那个更"湿"的宇宙的热量。

我前面提到过滕卡特希望把状况剧场介绍到阿姆斯特丹的事。唐十郎感谢了我转达的邀请，但没有表示出任何兴趣。他们为什么要去西方呢？他给我讲了一些异常精彩的故事，都是近年来去首尔（Seoul）、孟加拉国、叙利亚和黎巴嫩的巴勒斯坦难民营巡演时发生的。演员们在几个月内进行填鸭式记忆，学会了用韩语、孟加拉语和阿拉伯语说台词。我颇为无礼地提问说，达卡（Dhaka）或贝鲁特的观众对这些内容懂了多少。"哦，大概有四成吧。"唐十郎回答道，脸上愉快地笑出了皱纹。

第二瓶威士忌喝光之后，唐十郎吩咐一个年轻演员拿些小菜出来。厨房里端出了一盘盘腌渍蔬菜和墨鱼干。根津回忆起在巴勒斯坦难民营碰到的一个小插曲。我几年前在日本看的第一部剧就是《风又三郎》，而他们当时则表演了一个经过大幅改编的版本。在难民营演出的时候，剧中的反派扮成了以色列领导人摩西·达扬（Moshe Dayan），日本情报机构则摇身一变成为以色列的情报机构摩萨德（Mossad）。巴勒斯坦突击队员被邀请上台做临时演员，孩子们朝扮成达扬将军的演员扔石头。回忆起这个不寻常的事件，唐十郎的双眼瞪得大大的。和我们一样，巴勒斯坦人也是流浪者，他说。他用惊异的眼神看着我，低声说："有些男人还拿起卡拉什尼科夫步枪扫射起来，我们都担心会出大乱子！"每个人都大笑起来。

我好奇是什么吸引唐十郎去了中东。去首尔表演的原因不难理解，他的妻子是原因之一，通过她，唐十郎感到与朝鲜人有种亲缘关系。通常，他深夜在家喝酒时，会用录音机播放伤感的朝鲜歌谣，用手背拭去眼中流出的泪。而日本人眼中的巴勒斯坦抗争，也许和残留的泛亚主义情结有关，这种思想曾经是战时政治宣传的主旋律，在60年代和70年代也贯穿了日本左翼分子的行动，为非西方民族反对"美国帝国主义"的抗争附上了一种浪漫情怀。唐十郎的一些朋友跟日本赤军有联系，其中有位叫足立正生的电影人，在贝鲁特过着流亡的生活。唐十郎曾出演过他的一些电影，那些电影杂糅了革命和暴力色情，奇特古怪，不过倒也不算非典型。其中有部非常让人难忘的作品，足立担任编剧，导演也是个激进分子，名叫若松孝二。唐十郎在其中饰演了一个病弱的连环杀手，在医院病房里折磨死了好几个护士。足立曾帮忙把唐十郎介绍给巴勒斯坦人。

唐十郎对巴勒斯坦冲突的看法似乎完全是基于感情的——那种听朝鲜歌谣时让他流泪的感情。他的剧作无论主题是什么，都不能简单地归结为煽动情绪。在叙利亚和黎巴嫩，唐十郎的剧作以一句"杀死犹太复国主义分子！"的呐喊结束，这在日

七　寺山修司和唐十郎：两种前卫日本　　　　　　　　　　　　　147

本是不可想象的。政治煽动并非他的专长。唐十郎喜欢借黑色幽默和颠覆逻辑来进行挑衅，我想他应该是在现实的起义中看到了戏剧上的可能性。通过扮演摩西·达扬来搅动巴勒斯坦人的暴怒情绪，恰恰是他所乐此不疲的事。"'状况'，"他经常会高喊，"一切都是为了'状况'。"唐十郎学生时代的论文写过让—保罗·萨特，萨特也是反帝国主义的日本左派眼中的英雄。我想，唐十郎是希望把自己具有挑衅意味的戏剧和现实生活的戏剧匹配起来，从而擦出飞溅的火花。如果公众把这两者混淆了，那就再好不过了。

　　我必须承认，在唐十郎家宅中度过的那个寒冷冬夜，我并没有思考清楚上述问题。唐十郎说起他自己在一个巴勒斯坦难民营用卡拉什尼科夫步枪射击时，我被逗乐了。人人都在唱着唐十郎剧作中的歌曲，打着节拍，就像听到弗拉门戈乐曲的西班牙人，真是有趣。唐十郎唱起他1967年的剧作《阿里巴巴》（*Ali Baba*）中的同名歌曲，我喝了三得利威士忌后醉醺醺的，也跟着大家一起拍起手来。我记得在大岛的电影《新宿小偷日记》中听到过这首歌。让唐十郎惊讶的是，我作为外国人，竟然知道这首歌。演员们开玩笑说，我肯定是个"间谍"。我很高兴能够参与到这个温暖的湿润世界，这感觉并不像在做"间谍"，而像是另一种沉浸的开始。

　　唐十郎和演员们对我很热情，我开始经常与他们相聚。新年的第一天，我们会在唐十郎家中喝得一醉方休。我还会去工作室参加排练。每当唐十郎去他在新宿黄金街最喜欢的酒吧时，我也会加入那一小群陪同的队伍。这样的出行李丽仙从来不会参与，这是只有男人能参与的活动。唐十郎是"亲分"，也就是像父亲一样的人物，通常被用来称呼黑道老大。我们是他的"子分"，即孩子或帮派小弟。每当走进他经常流连的场所，唐十郎都会趾高气扬，跟着他也会产生一种奇异的愉悦，一种归属感，甚至是狐假虎威的感觉。

我们总是频繁光顾同一家小酒吧，名叫"前田"，招待的客人大部分都是戏剧界的。电影人会去另一家酒吧，名叫"堤"（La Jetée），以克里斯·马克导演的法国实验电影命名——这位导演和酒吧老板娘曾有过一段情史。作家和记者们去的又是另一个地方。很少会有陌生人不请自来地走进黄金街的这些酒吧，这里的领地都被小心翼翼地守护着。大家首选的饮料是兑水威士忌，日本人称之为"水割り"，装在各自的瓶子里，瓶身上写着常客们的名字。

唐十郎曾经在前田酒吧上演过一些著名的斗殴事件。有一次，他把刚刚获得重要文学奖项的小说家野坂昭如痛打了一顿，这事被人们津津乐道。平时温良礼貌的野坂，当时喝了太多的兑水威士忌，奚落唐十郎从来没得过奖。这话把唐十郎心里那股黑帮老大的气性激起来了，就像那次他收到寺山的花圈。我在别的场合也目睹过这样的情况发生，他那张娃娃脸会气得铁青，然后拳头乱飞。

我自己在唐十郎的随从中究竟扮演一个什么样的角色，我也不太清楚。我显然不是一个演员，也不是有任何重大成就的艺术家或知识分子。当时，我在给《日本时报》写电影评论，

七 寺山修司和唐十郎：两种前卫日本

兼职做一点翻译，也偶尔给来日本的玛格南图片社*的摄影师们做助手，补贴一下我的奖学金。在唐十郎看来，我的主要优势在于，我是一个对日本的电影和当代戏剧都很感兴趣的外国人，尤其对唐十郎本人很感兴趣，这是很少见的。我们经常谈论的话题之一，就是天赋——谁有天赋，谁没有。这对他来说很重要，一个没有天赋的人是无论如何不可忍受的。你可以是个流氓，但必须要有天赋。唐十郎也许在我身上瞄到了一些可能性；但即便说我有什么天赋，我也不清楚究竟是在哪方面。我的舅舅是约翰·施莱辛格，这可能也是一种优势。唐十郎非常欣赏他导演的《午夜牛郎》(*Midnight Cowboy*)。

一天晚上，我在前田酒吧看到作曲家武满彻坐在角落里，小心翼翼地捧着他那杯兑水威士忌。出了点故障的霓虹灯光透过一扇小窗，在他那鸟儿一般的眉眼间闪烁。武满彻是那个时代最伟大的作曲家之一，人却很是腼腆。几杯酒下肚后，他喜欢唱弗兰克·辛纳屈的歌。唐十郎和武满彻之间没有太多的语言交流，唐十郎谈论了几句他的歌唱天赋，武满彻就唱起了《带我飞向月球》("Fly Me to the Moon")，悦耳的男中音飘荡在酒吧之中。这样一个小个子男人竟然能有如此宏大的歌喉，真令人惊讶。

唐十郎那一代日本艺术家对西方文化（尤其是美国文化）抱持着非常复杂的态度，怨恨、嫉妒和欣赏都同等存在着。我确信唐十郎的泛亚主义情绪与他的"外国人情结"有关。和武

---

* 世界知名且具有相当影响力的摄影经纪公司，于1947年成立于法国巴黎，在纽约、巴黎、伦敦和东京都设有分部。

满彻、大岛渚乃至寺山修司一样，他也经历过被白人占领的民族屈辱，那些白人从整体上来说更为富有，更为魁梧，也更为强大。日本男人对此特别敏感，他们的男子气概受到了冒犯。

其实，把这种情绪描写得最为尖锐的，是野坂昭如，就是唐十郎在前田痛打过的那个小说家。他写过一篇精彩的短篇小说《美国羊栖菜》。主角是个名叫俊夫的年轻人，他在战争中长大，老师们一直告诉他，西方人在生理和心理上都比大和民族低一等。当他发现事实并非如此时，深觉震惊。在占领结束多年之后，俊夫带着敬畏与怨恨相混杂的心情，想起一个美国大兵有着"木头般粗壮的手臂"和"包裹在光鲜军裤之中的雄赳赳的屁股"，觉得"难怪日本战败了"。

有一天，俊夫不得不招待一位来东京的中年美国商人。对方名叫希金斯（Higgins），他深情地回忆着自己在占领时期当兵的日子。他们去看了一场性爱表演，日本的"头号人物"本该出场展现自己的勇猛强壮，可他那晚休息，没有登台。俊夫和他招待的那位自鸣得意的白人客人一起见证了日本男子气概的崩塌，战后早些年遭受的屈辱如潮水般涌上心头。

就在武满彻唱《带我飞向月球》的那一晚，我和唐十郎一起坐在吧台边，面前摆着我们的兑水威士忌，他问我喜欢哪位西方剧作家。这个话题也经常出现在我们的谈话中，这个艺术家和那个艺术家相比较而言的优缺点，这是在通过共同爱好来联络感情。不管有没有外国人情结，唐十郎的品位从来都不算褊狭。我提了几个名字，接着，他有点出乎意料地说："你知道我喜欢谁吗？田纳西·威廉斯（Tennessee Williams）。他真

七 寺山修司和唐十郎：两种前卫日本

的很棒，对吧？"吧台前的其他演员都默默点了点头。

田纳西·威廉斯的风格是美国南方哥特式的感性，唐十郎却有种粗粝的超现实主义气质，这两者我不太能对得上号。《玻璃动物园》（The Glass Menagerie）和《风又三郎》似乎也远隔十万八千里。我努力去理解为什么威廉斯作品中胆小的劳拉（Laura）关于玻璃制品的私密梦境会吸引唐十郎，毕竟他创作的都是充满骚乱的新派歌舞伎作品。一直到后来我才明白，两者之间确实是存在联系的。唐十郎也有一个私密的梦境，充满了残酷与温柔，这几乎是他所有剧本的基础。和威廉斯乃至寺山一样，这个基础是由他的童年记忆构建的。

唐十郎出生在东京下町腹地。战前，他们一家搬进了长屋，位于上野和浅草之间的下谷万年町，离吉原和山谷那穷街陋巷的红灯区不远。万年町曾经是东京最臭名昭著的贫民窟之一，在江户时代就已经名声在外，是拾荒者、皮条客、挖沟人、小赌徒和游乐场艺人蜗居的地方。唐十郎的家庭其实原本算中产阶级，但他的祖父声色犬马，将家产败光，不得不举家搬到了如此污秽的地方。为了躲避战时的轰炸，唐十郎被疏散到乡下，待了一年。1945 年，五岁的他回到东京，下町已经基本被夷为平地，然而奇怪的是，他家的房子幸免于难。唐十郎经常回忆起在废墟中玩耍的乐趣，风景非常清朗，可以一直看到富士山。他还喜欢讲异装癖娼妓的故事，她们住在公共厕所，还会彼此持刀械斗抢地盘；或者"潘潘女"（pan pan girls），就是专门勾引美国大兵到废墟里打个快炮的妓女。他会回忆起那些在街上游荡的黑道小混混，还有豆腐贩子的女儿，她把自己生下的死胎的骨头啃了，然后上吊自杀。他会想起那些贫困的退役老兵，在街上叫卖小吃，勉强度日。他母亲会带他去浅草那些偷工减料的剧院，他在那里看到了当时最火的喜剧演员，梦想着成为"三个火枪手"之一，或者"基督山伯爵"。

按唐十郎自己的讲述，他是个安静好学的孩子，在学校成绩优异。但他成长的地方永恒地塑造了他那令人毛骨悚然的想象力。无论他怎样将希腊神话、日本童话、法国存在主义的片段与流行文化和当代事件混合，他在战后的下谷万年町观察到的精彩人物都总会不断地从他的剧作中冒出来，就像不肯飘走的鬼魂。他们就是他那玻璃动物园中的藏品，每创作一部新剧，他都会对其进行新的排列组合。

我住在东京的时候，唐十郎童年时的那个世界当然早已不复存在。下町经历了大规模的清理，就连万年町那些在战火中奇迹般存活下来的木屋，看上去也是古雅别致，而非寒门陋舍。唐十郎对此并没有任何怀旧之情。我常常听到他悲叹自己出生在东京，而不像寺山或土方那样生于东北部的乡村。他常常觉得东京的文化虚假浮华，无所依托。他向往的"泥土之臭"，存在于日本乡村泥泞不堪的地方，那里还有鬼魂在游荡；或者是东亚或中东那些比较贫穷和黑暗的地方，比如朝鲜或巴勒斯坦。比起正在一路高歌走向繁荣昌盛的日本，那些地方的生死抗争显得更真实，或者至少更有戏剧性。

也许下町的吸引力只来自虚构的神话，但我和在日本的其他一些外国人一样，被那个地方迷住了，还总想着搬到那里去住。上野、浅草或下谷的人们似乎比山手的那些资产阶级居民

七 寺山修司和唐十郎：两种前卫日本

要更踏实可靠。我喜欢他们日常生活中的那种传统气息，他们对热闹的神道教节日的情感，他们敏锐的幽默感，以及他们文化中那种整体上的"湿"。

我对下町的这种向往，唐十郎不以为然，认为这是被误导的浪漫，毫无意义。他说那里已经没有任何有趣的东西了。整个东京都已经变成中产阶级的天下。至于传统的流行文化，从穿着和服的落语演员所讲的陈词滥调，到被怀旧文人大肆颂扬却早已变得庸俗的歌舞伎剧场，他都彻底地鄙夷。他不明白我到底看中了其中的什么。毫无疑问，这跟我是个老外有关系。

他很可能是对的。不过我最终确实被拉进了下町文化的一个奇异而阴暗的角落，这经历来源于我作为摄影师的另一种生活。

我认识唐十郎之后不久，一天，唐纳德·里奇给我打电话，他想提个建议。长久以来，唐纳德一直对日本传统刺青很感兴趣，就是覆盖身体大部分的那种，从双肩到膝盖，有时候甚至到脚踝（虽然真正的行家认为这样很庸俗）。这些文身以神话英雄、樱花、枫叶、瀑布和令人畏惧的守护神的形象出现，在日本已经达到非常精细的程度；但在那些所谓"备受尊敬"的体面人眼中，刺青还是一件丑事，有损脸面。大部分公共浴池和游泳池都不许文过身的男女进入。日本独特的刺青艺术被外行称为"入墨"（入れ墨），内行则称为"雕物"（彫り物），通常都被与黑道联系起来。

大部分黑道分子的确会全身刺青。最早的刺青也的确是惩罚的标志。数百年前，在一些地区，罪犯的额头上会被刺上表示"狗"的符号。那些从事与死亡有关、在传统观念上属于不洁工作的贱民，通常也会有标记身份的刺青。但到了18世纪末，这些耻辱的印记已经变成了一种高雅艺术。一些伟大的木版画艺术家，包括葛饰北斋和喜多川歌麿，都会用深深浅浅的蓝色、红色和绿色来设计身体刺青。

刺青除了在黑帮分子中很常见以外，在从事崇尚阳刚之气的行业的硬汉中也流行起来，比如消防员、建筑工人、轿夫等。最流行的刺青图案来自14世纪的中国古典小说《水浒传》，这本书写了一群传奇匪侠的故事，在18世纪的日本大受欢迎。日本的硬汉们喜欢在背上刺史进（日语的发音是"Shishin"）。史进诨名"九纹龙"，他自己背上就文了九条青龙，十分精细。

唐纳德的建议是做一本关于刺青的桌边书。他中意的刺青师叫二代目雕文，他的父亲是杰出的文身大师初代目雕文。唐纳德之前就找过他，但不知怎么的，两人不太合得来，我也一直不清楚个中原因。要不我试着联系一下？能说日语一定会有帮助。要是我表现出得体的尊重，二代目雕文也许会同意我去拍照。我当然对这个想法很感兴趣。二代目雕文的独特之处在于，他还在用手针践行自己的手艺，而没有用电针；他的手法和18世纪时一样。他的住处和工作地点都在下町的一个叫御徒町的地方，离唐十郎长大的地方不远。

我去见二代目雕文，带上了昂贵的米饼，这是很得体的礼物。他的住处在一条狭窄的街上，两旁都是小木屋。1945年，这里一定曾被炮火夷为平地，但街道的布局还是延续了几个世

七　寺山修司和唐十郎：两种前卫日本

图13　二代目雕文背上的"九纹龙"史进刺青

纪以来的样子。街角有家豆腐店，沿着街道走远一点，会看到头上扎着白头巾的人正忙着做榻榻米。在那些两层木屋的屋顶上，晾晒的衣服在风中飘动着。不知何处的收音机里飘出如泣如诉的日本歌谣。女人们用东京口音说着闲话，一个穿木屐的老人正在照料他的盆景。这里就是最具下町特色的地方了。

我们第一次见面时，雕文很少说话，但带着一种粗犷的和善。我们在楼下的房间喝着绿茶。他是个大块头，脖子后面有几层肥厚的"富贵包"。他穿一件薄薄的白衬衫，再围上一条厚厚的羊毛腰带。我看到他领口上方有一块淤青状的青蓝阴影，左臂上开着花。他让我下周再来，到时候他会给一个屋顶建筑工刺青。这位客人来自热海，那是东京南边的海滨度假胜地。

雕文把二楼当成工作室，上面憋闷得叫人窒息。来自热海的男人趴在一块毯子上，他留着短发，裹了白色的缠腰布。刺青师坐在他身上，像是摔跤比赛一样把他扳倒在地。师傅左手拿一把笔刷，用食指和中指夹着，仿佛那是一根香烟。他要先给小小的针刷上墨，再刺入屋顶建筑工的皮肤。我已经看出了用记号笔画出的轮廓，是《水浒传》里的某位好汉。紧密的针束在皮肤里快速进出时，发出了去除鱼鳞一样的刮擦声。雕文不时用一块美丽的彩布擦去血迹。客人基本没说什么话，偶尔，疼痛会让他略微抽搐，但他尽量不表现出来。刺青师一边忙着点刺、划线和擦血，一边指出最容易感到痛的部位，主要是腋下和乳头周围，那些地方的神经最接近表皮。当然还有更痛的地方——我听说有个男人把龟头刺成了茄子的形状和颜色。但这是一种专门的技术，疼痛也会带来强烈的快感。我还从没亲眼见过这样的事情。

雕文脱掉了他的白色汗衫，露出满背的"九纹龙"史进刺青，非常壮观。我并不直接叫他"雕文"，也不叫"雕文先生"。传统匠人的世界，和黑道乃至剧团一样等级森严，称谓是非常严肃的大事。他是他们这个行业的"亲方"，即首领，或掌门。

我当时并未意识到，但显然初代目雕文那时候还在世，只是已经病入膏肓。我从没见过这位大师活着的样子，但参加了他的葬礼，算是表达我的敬意。他们家宅外的街道上站着一排排黑西装男子，有的留着平头，戴着墨镜，是典型的黑帮打扮。白色的大花圈上用优雅的黑色汉字写着赠者之名。室内摆着大量的白色盆罐，飘出过于浓烈的香火味。白色花朵包围起来的精致佛坛上，摆了一张黑白照片，上面的刺青大师一脸严厉之

七 寺山修司和唐十郎：两种前卫日本

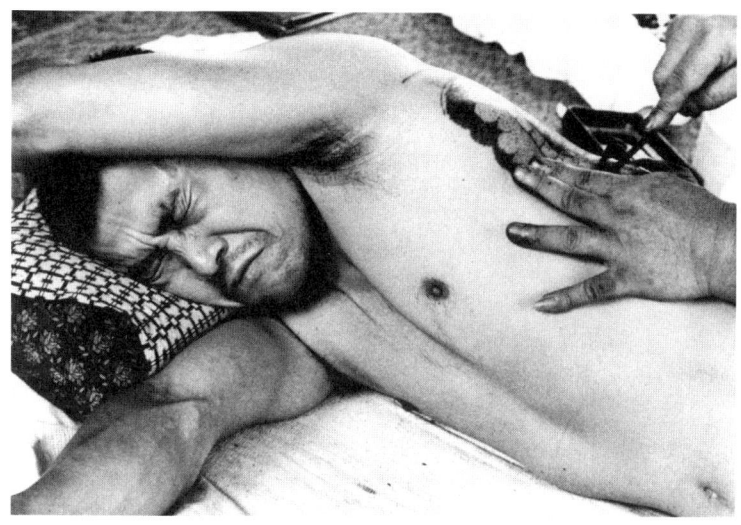

图 14　正在刺青的男人

相。佛坛前面就是棺材，棺材里躺着初代目雕文，前一天家人刚为他沐浴净身过。他穿了白色的和服，那套行业用具就摆在他手边：装着各种颜色墨水的瓶子；一个木漆盒，里面摆着一排排手针，长短不一，整齐地分为红、蓝、绿三部分。和服领子之上是老人蜡白的脸，刚好能看到他身上刺青的最上面部分，颜色像褪色的蓝色牛仔裤。

　　二代目雕文是个沉默寡言的男人。我从来没有真正跟他深交过，但他允许我出现在他的工作室里。在那数月期间，他用优雅而英勇的形象装饰了客户们的后背。我从头到尾跟踪了热海那个屋顶建筑工的刺青过程。还有其他客人：一位寿司师傅、一个木匠、一个建筑工人，还有一两个长得很硬汉的人物，他们被介绍给我时，说是商人，但发出心照不宣的窃笑。

我问他们为什么要刺青，为什么想用这不可消除的艺术来为自己打上一生的烙印，还要因此丧失来自社会的尊重？最常见的答案是对传统的热爱。这些男人都是守旧派。但还有与之相关的其他原因，很难说得清。我们去著名景点游览时，这种原因最为明显，这些男人会成群结队地站在冰冷刺骨的瀑布下面，或者神龛前，或者面朝大海的岩石上。就像摩托车俱乐部一样，文身指示着一种共同身份，一种归属感。黑帮分子喜欢以团结紧密的家庭形象示人，他们的纽带是复杂详尽的效忠准则，尽管其中大部分都是美化犯罪行为的无稽之谈。但对于没有多少其他关系的男人们来说，黑道生活的"湿"显然具有吸引力。即便是没有任何黑帮背景的文身男人，看到与自己品味相同的人，也会觉得有种无形的纽带。恰恰是社会强加的污名让他们愈显特殊。

这种归属感甚至会扩展到妻子身上。我拍到的一个男人名叫武，是个建筑工人，他说自己坚持让妻子也做了全身文身。据他说，妻子文了一条青龙，一路蜿蜒到她的大腿上。但他又伤心地说，可惜了，一次意外的剖宫产手术把这个图案弄得乱七八糟，现在那条青龙好像长了两个头。

我喜欢雕文和找他刺青的那些男人，他们都很热情，也很温和。但我还是坚定地站在他们的世界之外。雕文曾好心提出在我的手臂或后背上刺青。我们考虑了几种图案：地藏菩萨，护佑旅行者的神明；还有可能更奇怪的，死去的孩子；或者是小英雄金太郎与巨大鲤鱼搏杀的场面（"金太郎杀鲤"）；再或者可能就文个优雅的樱花图案。但我愚蠢地拒绝了他。我猜自己应该是担心这件事的不可逆性——万一我厌倦了地藏菩萨、金太郎或者樱花,该怎么办呢?

　　如今想来,我很后悔。我也从来没有搬去过下町。唐纳德·里奇和我不同,他在上野住了30多年,直到2013年去世的那天。从他的住处可以俯瞰那个种满莲花的池塘,我初到日本时,唐十郎的状况剧场就是在那里演出了《风又三郎》。我再一次盘桓在一个独特小世界的边缘,心满意足地做一个"外人"。

图 15 宝冢歌剧团

八　人形玩偶与肉体叛乱

　　我也不记得自己为什么选了《少女假面》来翻译。那是唐十郎早期的作品之一，并不是他的典型风格。他在1969年为另一个剧团创作了这部剧，这个剧团就是铃木忠志的早稻田小剧场，他们常常去米克里剧院巡演。

　　在那之前，我从未翻译过剧本，我的写作经验也仅限于为《日本时报》写影评。但我仍然自视为一个摄影师和有抱负的电影人。现在想来，翻译唐十郎的作品，应该是我接近他和他那令我痴迷的想象世界的一种方式。事实上，《少女假面》是个不错的选择，那是唐十郎最具冲击力也最连贯的剧作之一。和他所有的作品一样，唐十郎在其中创造了一个超现实的混合体，杂糅了日本历史、社会讽刺，以及一个以他自己的独特方式重新编排的老故事。

　　剧中主角在现实世界确有其人，名叫春日野八千代。她生于1915年，在全部由女性组成的"宝冢歌剧团"做了多年的台柱子。她受到无数日本少女的崇拜，擅长演风流倜傥的男性角色，最值得一提的是《呼啸山庄》（*Wuthering Heights*）里的希斯克利夫（Heathcliff）。她还扮演过哈姆雷特（Hamlet），也是广受好评。春日野八千代是她的艺名，字面意思是"永远盛开的春天"。留着短发，中性打扮，未婚，这位"永远盛开的春天"也被称为"永远的处女"，至少在唐十郎的剧作中有这样一个名号。她在宝冢歌剧团最后的演出，是舞剧当中的一段独舞，该剧名为《清纯、端庄、优美》，这也正是歌剧团的座右铭。那时候的春日野已经是 91 岁高龄。五年后，她患肺炎去世。巅峰时期的她与美国钢琴家李伯拉斯（Liberace）略有相像，但她比后者更有男子英气。

宝冢歌剧团受到日本青少年的狂热崇拜。年轻的女孩们彻夜排队买票，只要出现一个歌剧团的明星，她们就会狂喜地尖叫，甚至晕厥。演员们"雌雄同体"的特质是吸引人的一大因素，她们制造的浪漫梦幻没有任何性威胁。（日本的确流传着歌剧团内盛行女同性恋的黑暗传闻，但这些通常不会传到年轻追星族们的耳朵里。）我曾经对这种女扮男装的现象产生过某种怪异的兴趣，甚至还去了宝冢市，一切于 1914 年在那里开始。宝冢曾经只是大阪附近的一个温泉度假区，现在却成了歌剧团崇拜者们的"卢尔德"（Lourdes）*。他们会走过一座粉红色的桥，经过一栋叫作"幻觉"的大楼，来到那座巨大的粉红色剧院，看自己的幻梦在舞台上一一展演。

---

* 法国南部城市，著名的天主教朝圣地。

战时,这个"清纯、端庄、优美"的歌舞团也被动员起来做军事宣传,颂扬亚洲诸国的手足情谊或日本榴弹炮的强大威力。有照片显示,宝冢的姑娘们会扮成海军军官在舞台上跳舞,舞台被设计成了驱逐舰炮台的样子。那期间,春日野大部分时间都在伪满洲国演出。战后,在希斯克利夫、白瑞德(Rhett Butlers)和风度翩翩的奥地利贵族等角色营造起来的粉红薄雾之中,战争中的一切被迅速遗忘了。

在唐十郎的剧作中,"永远的处女"战后留在了满洲,住在一个叫作"肉体"的地下咖啡馆。她已经不太确定自己是否真的就是希斯克利夫,有时候会把肉体咖啡馆误认为是《呼啸山庄》中的约克郡荒原。春日野扮演的角色成了居住在黑暗中的鬼魂,寻找着属于自己的肉体,仿佛一个戏剧舞台的吸血鬼,想要从更为年轻的肉体中汲取生命力。而肉体的提供者是贝,一个对宝冢歌剧团狂热到欲罢不能的年轻女孩。她演了《呼啸山庄》中凯瑟琳(Catherine)的角色,和春日野扮演的希斯克利夫演对手戏。两人的结合将在春日野的坟墓中完成。她们以宝冢歌剧团的风格,在一个浴缸上跳舞,浴缸里装满了从1,000个处女眼中挤出的咸涩泪水。战时,风暴般的大火曾经肆虐东京,一个商人带着那时候大火中干渴的记忆,突然冒出来哀求一口水喝。伪满洲国的警务司司长在春日野阴郁模糊的记忆中出现。大结局那一幕,贝(凯瑟琳)将春日野的脸当成面具戴上。"看呐!"她大喊着,"我们找到你的脸了!"而春日野不忍直视这张面具。"我不想要这张脸!我什么都不是!"

在这部剧中,很多支线交织在一起:对战时往事的遗忘,青春期幻梦的诡异,公开演出中身份的混淆。但归根结底,主题还是关于"肉体"。唐十郎不止一次地告诉我,他认为表演是一种受虐的形式。他这话的意思与寺山所说的日本人都是受虐狂完全不同。唐十郎并不是在表达有关屈服于更高权威的社会学观点。在他的戏剧观中,演员就是要向观众展示他们的肉体。传统上,演员这个行业是被其他人看不起的"下九流",唐十郎很爱利用这个传统;但演员们在舞台上的肉体赋予了他们特殊的光环,唐十郎称之为"肉体的特权"。唐十郎的导师土方巽,就将1968年自己的一场舞蹈表演称为"肉体の反乱",即"肉体的叛乱"。

所以唐十郎的剧本很难翻译。就连日语文本也需要演员们用肢体表达出来,才能显得活灵活现。当然,大部分戏剧都是如此,无论是什么语言。但翻译《少女假面》的困难,也关乎文化背景。如果对宝冢、春日野、伪满洲国警务司司长甘粕正彦一无所知,很多笑话就没了笑点,或者完全失去意义。唐十郎古怪的幽默依赖于巧妙的双关语,在日语里面很精彩,但很难翻译出来。

我翻译的《少女假面》没找到出版商[*],毫无疑问是因为我作为译者的经验不足。但我很高兴自己做了这项工作。对我来说,唐十郎的剧作不再只是令人眼花缭乱且扑朔迷离的场面。将自己沉浸入他的文字之后,我感觉更深地理解了他。

---

[*] 后来出了一个译本,由 Robert T. Rolf 和 John K. Gillespie 担任编辑,发表于 *Alternative Japanese Drama: Ten Plays* (Honolulu: University of Hawaii Press, 1992).——原注

八 人形玩偶与肉体叛乱

而唐十郎似乎也很高兴，或者至少是很感兴趣。尽管他有泛亚主义情结，但在西方世界的声望仍对他有一定的吸引力。的确，唐十郎那代人有着强烈的爱恨交织的情绪，而这种情绪又总是引发他们对亚洲的复杂感情，因此，西方的认可就变得更为重要。

尽管《少女假面》被痛苦地尘封在我的书桌抽屉里，我的身份却发生了小小的变化。我不再只是一个好奇的老外，一个电影专业的学生，或者"间谍"；我变成了唐十郎的译者。不过，这个基于在两种语言间转化的技能的新身份，并不是没有一定的模糊性。唐十郎和他的妻子李丽仙都喜欢向我指出，运用除自己母语之外语言的人都是缺乏天赋的。真正的天才都会坚持使用自己的语言。熟练掌握一门外语算是一种表演，但毫无艺术价值。

唐十郎无法容忍法语或英语说得过于流利的日本人。那些说外语的人在其他日本人面前炫耀的时候显得特别烦人，唐十郎喜欢胡言乱语地模仿他们的说话方式。我能理解他的反感，我也觉得炫耀流利日语的西方人很讨人嫌，尽管在不少时候那个炫耀的人正是我自己。这不仅仅关乎一种被迫产生的自卑感，或者按照唐十郎的话来说，一种外国人情结；还很可能涉及更深层的东西。一个人把母语之外的语言说得太流利，让人想起来就觉得不真实，他没有明确的身份，是一个模仿者——一个"间谍"。

《少女假面》中，有好几个场景都出现了一个腹语师和他的人偶。究竟是谁在通过谁说话，并不总是一清二楚，因为他

169

们会互换身份。我大部分时间都生活在日本人中间,说着日语,有时候觉得自己有点像那个人偶。我模仿着日本人的说话方式,甚至会做出相应的肢体动作——打电话的时候做出鞠躬的姿势并快速点头,从头到尾都面带笑容。有时候我会觉得自己像在现实生活中做演员。人们总是倾向于认为,在不同的文化中生活,会让人变得更为充实丰富,此言不虚。但也有些时候,使用外语的人会感到正在抛弃一些关乎自我的东西;或者换个说法,外语只是一个面具,隐藏了更为真实的东西,不管这东西是什么。我有时候会诉诸奇怪的防御机制,比如故意夸大日本人的行为举止,把它们变成一种戏谑的模仿。这种表现很可能被人认为是一种嘲讽,同时可以制造出距离感。这至少给了我一种错觉,感到我正坚定地维护着自我的一个重要组成部分。

唐十郎和李丽仙说天才只会一种语言,我不知道他们提出这个观点究竟是出于率真直言,还是故意轻慢。艺术家和其译者之间的关系总是很微妙的,其中有种依赖和从属的关系。当这位译者作为一个外国人,身处当时还相对孤立的某种文化中,他就代表了这种文化与更广阔世界的微弱联系,这样一来两者的关系就变得更为复杂。即便是这位外国人更能在不同文化之间游刃有余,艺术家也必须非常清楚地表明自己才是那个具有优越天赋的人,这对他很重要。

唐纳德·里奇曾警告过我,加入著名艺术家的追随团体是有风险的。黑泽明在西方名声大噪,里奇的文章功不可没。作为关键的先驱人物,唐纳德让日本电影进入了西方视野。黑泽明很清楚这一点,也很希望将唐纳德纳入自己的小圈子。唐纳德会被召到深夜的酒局上，席间伟大的黑泽会朝密友们发泄情绪。但唐纳德选择保持距离，保护自己的自主权。他会观察、评论、批评或赞扬。"湿"，并非他的风格。

大约在翻译《少女假面》期间，我就已经不再是日大的学生了。奖学金结束了，我必须设法谋生。既然我是个摄影师，我决定学习更多的相关专业技能。我认为最好的学习方式，就是找个已经功成名就的摄影师给他做助理。我之前帮过玛格南图片社的一些摄影师，算是初涉了这个行当，但来自那个图片社的查尔斯·哈伯特（Charles Harbutt）、伯特·格林（Burt Glinn）和伯克·乌兹尔（Burk Uzzle）其实都是新闻摄影记者，他们是独行侠，除了日语翻译之外不需要太多帮助。我感觉自己需要学习更多的东西。

一个日本摄影师热心地把我介绍给了立木义浩，他需要一个第二助手。立木是东京名流之中的魅力美男子，以时尚摄影和风格鲜明的华丽裸照而闻名。他曾在巴黎和加州拍摄过一个名叫加贺麻理子的女演员，并把那些黑白照片集结成了一本著名的摄影集。加贺或是在法国一家酒店的房间里舒展着身体，或是在圣莫尼卡（Santa Monica）码头前摆好姿势，或是外面只披着一件皮草大衣、里面完全赤裸地做着鬼脸。这些照片恰恰能吸引逐渐打破孤立状态、渴望西方异国情调的日本。

立木高大英俊，总是衣着光鲜，有点像60年代的意大利时髦影星，看上去很有时尚摄影师的风范。那个年代，日本的外国车还极其稀少，而他就开着一辆锃光瓦亮的银炭色雪铁龙

DS。我在他那时髦的工作室里进行了一次简短的面试，工作室位于东京西化程度最高的六本木，那里全是迪斯科舞厅、酒吧、模特经纪公司、照相馆和欧洲餐厅。日本的第一家比萨店就在街角，传言说，开店之初，最常光顾的客人是爱赶时髦的黑帮分子。立木瞥了两眼我那条破旧的牛仔喇叭裤，没发表什么意见，只说我下周就可以开始工作了。

同一天的晚上，我们又在六本木的一个高级酒会上巧遇了。酒会贵客云集，都是摄影师、设计师、电影人和模特。寺山的前妻九条今日子让我与她同去，我当时在努力教她英语。在这种场合，低级助理一般不应该和著名的摄影师厮混，更别说与他们进行私下对话了。但立木魅力十足，也相当圆滑，于是我们一杯杯地喝着香槟，一起私聊。到离开的时候，他朝我耳语道："今晚就今晚，但千万别忘了，我是'先生'（老师）。"

享有特权的老外不应该忘乎所以，这已经是最友好的警告了。"先生"这个称呼，在艺术、文学和学术界，就相当于工匠中的"亲方"，是奠定上层地位的尊称。

我上任后的第一个任务，是为一本光鲜亮丽的女性杂志拍照片。模特都穿着昂贵的和服，而我唯一的贡献就是监控整个拍摄过程。我记不清第一助手的名字了，可能叫田中吧；应该说，是老师叫他"田中"，我称呼他"田中先生"。我们几乎是完全同龄的。

立木不必对田中多说什么，偶尔咕哝几句，再做做手势就够了。这类拍摄是常规任务，田中完全清楚老师想要什么——不需要什么花哨的东西，但一切都必须恰到好处。优雅的女郎们穿着色彩斑斓的丝绸和服，聚光灯必须凸显和服上错综复杂的花纹。很快，田中就专业而冷静地调好了灯光，摆好了银色的反光伞。田中叫我认真看好好学，这样下次就知道该干些什么了。然而，下次并不是在六本木的摄影棚里拍和服，而是在横滨的酒店房间里，一个欧亚混血的小明星裸体出镜，以各种姿势舒展地躺卧在镶有镀金装饰的大床上。

新格兰酒店建于 20 世纪 20 年代，是为数不多挺过了二战轰炸的建筑。战后驻日盟军最高司令麦克阿瑟将军（General MacArthur）曾下榻此地。酒店仍然散发着一种旧世界的异国气质，黄铜门把手、高高的天花板、水晶枝形烛台，还有路易十六时期椅子的仿品。立木在他的摄影作品中，除了将这种西方旧世界氛围作为背景外，就是让裸体模特们在古雅的日本寺庙或传统的武士宅邸前摆好姿势——这些地方铺着上好的榻榻米，摆着漆器屏风，在战后的日本，几乎和新格兰德酒店一样充满了异国风情。

田中用下巴指了指几盏灯，以非常权威的气势哼了一声。立木正在阳台上抽着高卢牌香烟。小明星还裹在一条蓬松的白色浴巾当中，有人在给她化妆。海港传来凄厉的雾号声，随着凛冽的凉风从开着的窗户飘进来。我根本不知道该做什么。我笨手笨脚地摆弄着那几盏灯，基本上也就是做做样子，十分煎熬。过了一会儿，田中低低地咆哮一声，向我投来愤怒的目光，亲自动手了。"看好了！"他吼道，仿佛我是一条没能耍好把戏的顽劣小狗。

就连说这么几个字，田中都觉得很烦，因为我本应该默默地通过模仿来学习，日本所有学徒都是如此——不问问题，没有任何口头解释，学徒靠模仿老师的动作来获取技能。这就是所谓的"用身体来学习"。寿司师傅也会这样，但他们的时间比我多。一个学做寿司的厨师会花上数年的时间，只拌寿司米或磨姜，之后才能稍微靠近砧板。无尽地重复简单卑微的任务，承受直接上级的辱骂，这也是一种心理训练（或者按照某些日本人的说法，是一种灵魂修行）；以克服困难的行动，来证明你的全心投入。

在欧洲或美国做摄影助理，倒也未必比在日本更轻松。我只是实在不具备做这项工作的条件。如果我是个更实际的人，无疑会更快掌握立木用光的技巧；但我不是。我也不擅长揣测上级的意图。简而言之，我并不擅长"用身体来学习"。

尽管有一副意大利影星的皮囊，立木在很多方面都是一个老派的日本匠人。他的父亲开了人像照相馆，位于四国的一个小城。四国是日本四大岛中面积最小、人口也最少的。50年代末，很多人去东京闯荡，希望扬名立万，立木也是其中一员。有时候，结束了一天的工作，他会靠在自己的黑色真皮沙发上，一条腿随意地搭在铬铁扶手上，拿一罐朝日啤酒，聊他的摄影作品；说得更准确些，是我们喝啤酒，他更喜欢来杯茴香酒加冰。"我把自己视作某种厨师，"这是他的金句之一，"我的任务是做出完美的寿司卷。"他用了英语的"delicious"（美味）这个词，并假装把一块金枪鱼片捏在一个小饭团上。于他的摄影作品来说，这不失为一个好形容。他的理念（在做作的高雅场景中拍裸照）可能有那么一点俗气，但成片总是很好看。立木是个技术大师。

我和田中的关系依然不太融洽。"用身体来学习"不仅仅是去调整棚拍灯光，还有以各种各样的象征性方式来表现资历的高下。整个运作过程就是立木向田中表达，田中再传递到我身上。如果有第三助手的话，我可能就可以再传递给他们，以达到满足自己的目的。

其中一个象征性的表达与没点燃的香烟有关，我是吃了苦头才学会的。当时田中坐在立木那辆雪铁龙的驾驶座上，等着老大开会出来。他用左手举起一支没抽过的七星牌香烟，我完全没注意到，直到他突然大叫起来："还不知道应该做什么吗，你这个白痴？"我非常天真地回应说："不知道，该做什么啊？"他发出一声非常恼怒的悲叹。"我举烟，"他最终叹着气开了口，仿佛疲惫的父亲面对不愿学习的孩子，"你就要点烟，立刻点。"

我后来注意到，田中本人在这方面做得天衣无缝，甚至做成了一种艺术。他会在立木的手伸向口袋去拿烟盒的那一瞬间，就迅速地拿出打火机。

这些羞辱都微不足道，我本应该学会从容应对。但这种上级对下级、前辈对后辈的关系还有另外一面，让我觉得更难忍受。田中虽然表面看不是个和善的人，但他本意是好的。作为前辈，也意味着有一种责任，要更为和蔼地去"照顾"后辈——既要严厉坚定，又要辅以如父如兄的慈爱表现。这通常涉及喝酒，在日本，酒精是社交关系的一大润滑剂。喝了酒之后，人们就应该卸下防备，更没有顾忌地说话，甚至暂时把通常的身份等级放在一边——理论上，你可以讲老板的坏话，到第二天，一切都既往不咎。

实际上,田中经常会带我去一家酒吧喝得酩酊大醉,总是他请客。他的脸色会变得红润起来,双眼闪着满是善意的温柔之光,然后絮絮叨叨地说起我的工作、我的未来、日本文化的来龙去脉,甚至我的感情生活。他会好心地提一些建议,有时候甚至眼含热泪。我不应该脸皮太薄;我应该以更识相的方式来保护自尊心。但我觉得这种高人一等的"恩赐"行为,比因为没点烟而被吼还更让我难以忍受。

一天,我告诉立木,我感觉自己并不是做摄影助理的那块料。他的态度好得不得了,表示完全理解。我的无能让田中也很难做。立木祝我未来一切顺利,至今,我仍然会充满感情地想起他。我们再也没见过面。

我尽管做了翻译,但在写作上仍然没有进行太多尝试。不过我很乐意为《日本时报》写影评,这是唐纳德·里奇曾经从事过多年的工作。我写了大概两年,直到 1979 年,那时我厌倦了自己赞扬或否定别人辛苦成果的嘴脸。《日本时报》的大多数编辑都是欧亚混血,因为这样或那样的原因无奈被困在日本。主编约翰·山中(John Yamanaka)有一半的英国血统,平时抽烟斗,说话略有些结巴,带着爱德华七世时代绅士的那种圆润口音。还有一个我已经记不清名字的人,很是和蔼可亲,负责艺术版面,他也是有一半日本血统,另一半可能是美国血统。他被困日本时,恰逢最糟糕的时机——1941 年末,珍珠港事件爆发的时候,他很不情愿地被征召入伍。他在缅甸丛林的可怕战役当中幸存了下来。曾经有一次,他那淡褐色的眸子

八 人形玩偶与肉体叛乱

中含着眼泪，给我讲季风时节日本士兵被困在沼泽中，为了逃脱凶猛的湾鳄而爬到棕榈树上，但由于筋疲力尽，无法支撑下去，最终只能落入鳄鱼的利齿之中。

除了和朋友津田拍过一部短片，我没有任何电影制作的实战经验，直到一家荷兰电视公司邀请我拍几部纪录片。VPRO电视台以大胆冒险的节目策划而闻名，播出过荷兰最好的电视讽刺剧。本身就是著名纪录片导演的鲁洛夫·基尔（Roelof Kiers）开启了一档综合节目，播放来自世界各地的短片，我要为之贡献的就是关于日本的片子。

我拍了三部纪录片：一部关于日本军队，一部关于雅马哈摩托车厂的工人生活，还有一部我前面已经提过，关于大阪一家百货公司的电梯女郎培训。我的摄制组包括一名摄影师和一名音效师。剪辑方面，一位日本电视界的老手来帮了我的忙。我们经常彻夜工作，要把15分钟的影片剪辑得恰到好处。三部影片中最成功的一部，至少是我记忆最深刻的一部，是第三部，电梯女郎的故事。

那是大阪最大也最讲究的百货公司之一，一早就会有穿着制服的女服务员在门口站成笔直的一排，鞠躬，微笑，说出欢迎光临之类的话，问候前来购物的客人。电梯女郎们化着浓妆，穿着红色与奶油色相间的正装裙和锃亮的白鞋，戴着插一根黑色小羽毛的红帽子。她们都是经过魔鬼训练的完美女郎。有人进入电梯时，她们会鞠躬，用戴白手套的右手以完全准确的角度在电梯按键之间上下按戳，并用训练有素的假声介绍每层楼的特色。她们就是人形玩偶，和大阪著名的文乐剧场中的木偶一样，都是人工制造的产物。她们在电梯里表演的手势和声音，都被打磨到了最完美的程度。我想要把达成这一切的过程拍下来。

我本可以在日本任选一家大型百货公司，那些公司都有电梯女郎，穿着公司专门的制服。我之所以选大阪那家，是因为我看到过一张"鞠躬机"的照片。那家公司有人发明了一个精巧的装置，可以训练女郎们以精确的45度角鞠躬。那台机器看上去有点像个大天平，但有个托胸板，当受训人压在那块钢板上，就会有个移动的箭头来标出鞠躬的度数。标准也可以设成15度，适用于在比较随意的会面时鞠躬，或者30度，适用于对离开商店的顾客鞠躬。

我们拍到了鞠躬机的使用过程和电梯女郎们的培训课。她们在课上练习假声，说四层到了，本层主要贩售女装和儿童玩具，或者十层到了，本层主要贩售陶器、家居用品，兼做艺廊。该片的拍摄历时数月，我们从头到尾地跟踪了一个女郎的受训过程，她叫山田博子，经历了精彩的"变身"。这变身不仅是从她的培训开始到最后的公开仪式上拿起电梯女郎证书的那一刻，还有每天都在重复的过程。

早晨，博子会穿着牛仔裤来上班，和朋友们愉快地谈笑，还嚼着口香糖。她是个活泼的年轻女子，爱笑爱闹。但只要练习一开始，她脸上的表情就会完全消失，像戴了面具。她的音调会提高，身体动作也变得特色鲜明，如同能剧舞者。

我必须坦白，起初，我带着典型的西方人态度，一边窃笑，一边旁观这样的场面，怀着成见认为日本人确实是人形机器。

图 16 《独角兽物语》中的唐十郎

但博子绝对不是机器。她是在做一场表演，而且以此为荣。我问镜头前的她，为什么决定做电梯女郎。她歪着头想了一会儿，只用了一个词来回答："憧れ"，即"渴望"。日本人用这个词来表达对某件事物的向往，比如"憧れのパリ"，意思就是"对巴黎的渴望"；年轻的追星族说起全是女性演员的宝冢歌剧团时，用的也正是这个词。

人形玩偶的美学，当然和唐十郎"肉体的特权"的理念相悖。唐十郎的演员们做出疯狂的肢体动作，正是在刻意反抗日本传统中的人形盆景之美。但他的身体反抗，舞台上的舞蹈、打斗、鬼脸、吐痰和尖叫，其实也同样是日本传统的一部分。那是早期歌舞伎表演的传统，是河边乞丐的传统，是神道教狂欢节日的传统，是新宿学生示威的传统，是土方巽舞蹈中"肉体的叛乱"的传统。两种传统都被程式化了。它们是同一枚美学硬币的正反两面。

1978年，我翻译《少女假面》后过了一年，唐十郎突然给我打电话。他说有事要告诉我，让我马上过去。我走进唐十郎和李丽仙家楼上的工作室时，一些演员朝我微笑着，好像知道一些我不知道的事情。我们围成一圈坐下来，唐十郎讲述了他对下一部戏的想法。这部戏将被命名为《独角兽物语》，是日本台东区版的《独角兽的故事》(*Tale of the Unicorn*)*。

台东区属于下町，是唐十郎出生的地方。剧中出现了一个迷宫，位于下谷，是他度过童年的街区。剧中还会出现：在

---

* 《独角兽的故事》是一个德国童话，讲三兄弟和这种神奇生物之间的温情故事。

八 人形玩偶与肉体叛乱

空中飞舞的猪排；一个变装皇后，养育了一个在下谷医院与女婴调了包的男孩；一位犬神；一个婴儿交易公司的男人，为了一个装有胎盘的塑料袋而大打出手；还有日本陆军中士横井，他一直以为战争没有结束，在关岛（Guam）的丛林里藏身到1972年。在下谷医院被调换的男婴叫忒希奥（Tessio），是希腊神话中忒修斯（Theseus）名字的意大利语变体；女婴叫阿多内（Adone），是阿里阿德涅（Ariadne，也来源于希腊神话）的意大利语变体。他们喝下彼此的鲜血，阿多内会用一个线团引导忒希奥穿过迷宫，一直走到纳尼亚（Narnia），也就是 C. S. 刘易斯（C. S. Lewis）的著作《纳尼亚传奇》（*The Chronicles of Narnia*）中那片虚构的土地，而忒希奥则一路挥舞着木剑，

图17　小林薰拿着一个胎盘

拉着一辆自行车,车把上拴着一个独角兽的角。

我边听边点头,但什么也没听懂。"还有你,"唐十郎高声地笑了一下,"你也会参演。你就是'老外伊万',可能是个俄国人,但自称'午夜牛郎'。"

九　蓝眼睛里看日本

　　情节也许并不是唐十郎剧作的重点。我到现在也并不真正清楚《独角兽物语》到底讲的是什么。唐十郎没有直接讲述故事，而是围绕着与这部剧相关的意向来谈，最后总是归结到他的童年。

　　有一次，我问他有没有看过歌舞伎表演。回答是没有。但他说，毫无疑问，"歌舞伎被埋藏在我潜意识里的某个地方"。他对戏剧最鲜明的记忆，是与歌舞伎大不相同的。唐十郎常常回忆起浅草的脱衣舞馆，离自己位于下谷的家不远。表演的间隙，为了给姑娘们留出时间换上另一套暴露的演出服，喜剧演员们会登台，表演即兴短剧或滑稽的剑术，持续时间不超过五分钟或十分钟。一些专门来看脱衣舞娘的赌马的人，会趁这段时间看看赛马结果。而唐十郎则对这些肉体展示间隙的短暂闹剧着了迷。

　　"美智金（Mitikin），"唐十郎压低声音，激动地说，"在赌场剧院。他是个玩杂耍的酒鬼，太厉害啦。在舞台上和另外一个演员比剑之后，他会冲出剧场，跑到浅草寺，再冲回来继续比剑。有一次我去化妆间看他，他正大嚼着塑料袋里的米饼。他破旧的西装上面沾满了米饼屑，地上也全是米饼，女郎们的高跟鞋一踩上去就碎了。美智金突然说：'听！你听到森林里暴风雪的声音了吗？'"

这件逸事叫人听得颇为费解，但也暗示了唐十郎看待世界的方式中很重要的因素：浅草脱衣舞馆简陋的环境，忧伤古怪的老年喜剧演员，还有最重要的，突然从直白的语言跳转到比喻，这往往涉及从低级文化到高级文化的切换。唐十郎童年世界中污秽的荒诞——争吵的变装皇后、低贱的罪犯、卑鄙的杀人事件、妓女——都被他编织进了他自己版本的古代神话：阿里阿德涅帮助忒修斯逃出东京下町的迷宫，寻找刘易斯笔下的纳尼亚。剧中的人物也会以出人意料的方式发生"变形"：上了年纪的变装皇后阿春，在妇产医院调换了婴儿；后来他又突然变成陆军中士横井冒了出来，就是那个避世28年的男人。唐十郎的剧情展开，是基于梦的逻辑，或者说是缺乏逻辑。

简而言之，我要扮演的老外伊万，可能是个俄国人，自称是"午夜牛郎"——这个角色其实也不算特别奇怪。

剧中的我戴一顶特别可笑的皮质牛仔帽，出场时间很短。在第三幕，我被"纳尼亚义勇队"的军乐团追赶到舞台上。小林薰饰演的婴儿交易公司总经理（同时也是犬神八房）说我是个俄国佬。我说我不是俄国佬。谁管啊，他吼道，所有的白人都长得一样。于是，我开始迂腐地解释说，白人可以分为日耳曼民族、斯拉夫民族……够了！犬神喊道，在北京人看来，你们都是该死的外国人，你是个间谍！我随之大喊："我是午夜牛郎！"我们如此这般演了一段时间，又讲了一些关于俄国人的笑话，他们在战后夺取了日本在太平洋的领土；还有关于美国大兵分发口香糖的笑话，和唐十郎同龄的人大概都有这样的战后占领时期的回忆。

其中的重点当然并非奚落外国人，而是嘲笑日本人对老外的普遍态度。能参演唐十郎的戏剧，我实在受宠若惊。这让我觉得自己被这群人接受了。也许，这甚至意味着我在这位剧作家眼里还算有点天赋。我终于真正沉浸到了日本社会的一个湿润的小角落。

一天晚上，排练结束后，我们没有散，而是继续去新宿夜游。那是一个和煦的早春夜晚，街道上车水马龙，人头攒动，显得稠密而温暖，霓虹灯如同星星一般高高地闪烁着。最终，我们去了唐十郎常常光顾的一个地方，是作家们喜欢去的一家小酒吧。如果我没记错，应该是叫"娜嘉"（Nadja），以安德烈·布勒东（André Breton）的超现实主义小说命名，那部小说讲的是他与一个疯女人的情事。酒吧里灯光昏暗，桌子是黑色的，烟雾缭绕，放着迈尔斯·戴维斯*演奏的轻柔乐曲。那是个愉快的夜晚，大家迅速地把一瓶瓶威士忌喝了个底朝天。我与唐十郎同桌，就坐在他身边——那个位置通常要留给团体里资历比较高的成员。唐十郎老大派头十足，穿着一件浅灰外

---

* 迈尔斯·戴维斯（Miles Davis, 1926—1991），美国著名爵士音乐家，素有"黑暗王子"之称。

套，打着红绸领带，为大家点了更多的酒水，眼睛眯成两条细缝，像一只心满意足的大猫。大部分人都直接叫我的名字，发音为"伊万"，和剧里一样。有人说"可怕的伊万"，有人说"老外伊万"，还有人说，不，应该是"怪老外伊万"。怪老外，就是那个能说日语的老外，没有典型外国人做派的伊万。我哈哈大笑，但并不确定自己是否喜欢这个称号——虽然出发点没有恶意，但还是散发着在欣赏经过训练的贵妇犬耍可爱把戏的意味。

长夜将尽之时，我进了男厕所，发现旁边就站着根津，他在《独角兽物语》中饰演忒希奥。他转过身，用他那张日本詹姆斯·迪安的英俊面孔对着我，而我则一心一意地看着眼前的白瓷砖墙。他说："你知道吗，只有当你是日本人的时候，才能真正在我们的戏里表演。"我问他这是什么意思。"嗯，"他说，"如果你是老外，就不能'演'外国人。"

我嘀咕了几句不同意见，但他的话一直让我难忘。我想起歌舞伎剧中的"女形"，即专门扮演女性角色的男性演员，真正的女性无法以相同的程式化方式出演那些角色。如果想别有一番味道，就只能让女性来扮演那些专门扮演女性的男性。我是个怪老外，我应该扮演的是个在扮演老外的日本人。也许这才是根津想表达的本意。也许他是对的，至少我有时候确实这么觉得。

当然，《独角兽物语》也要在红帐篷里上演。我们巡演的第一站是大阪，帐篷将会搭在公园里脏兮兮的水泥山上，在那里能俯瞰动物园。接着我们将辗转到熊本的河岸边，那是九州的一个古老城市。然后我们再前往京都，最后回到东京，在池袋站附近的铁路线之间被煤烟熏得乌漆漆的地方表演。整个巡演过程要持续将近一个月。

动身之前，团里的演员不破万作带我去见了《朝日画报》的编辑。《朝日画报》是《朝日新闻》的周末增刊杂志，现在已不复存在。他们的想法是让我为巡演拍照，并写一篇文章。那位编辑身材瘦长，留着长发，一副嬉皮士的派头，穿着深灰色的西装，说自己非常希望知道"外人的看法"。他甚至还可能用了当时媒体圈形容我这样的人受命写东西时常用的一句话："蓝眼睛里看日本。"

我大喜过望。我不仅成为这个群体中的一员，还得到了展现天赋的机会；不仅是作为"午夜牛郎"友情客串，还是一个撰稿人，一个摄影师。我不再仅仅是电影专业的学生、间谍或怪老外偷窥狂，而是一个有真本事的人，哪怕我的双眼并不是最纯净的蓝色。

一大清早，我们坐着舒适的小巴出发了，后面跟了一辆卡车，载着折叠起来的红帐篷。唐十郎和李丽仙坐在靠近车头的位置，和根津、薰等资深演员聊着天。我们经过了横滨平淡乏味的郊区和富士山附近天光朦胧的绿色茶田。蓬松的白云笼罩着锥形的富士山。几个小时之后，在丰桥和名古屋之间的某个地点，我独自坐在靠窗的位子上，开始看书。那应该是一本狄更斯的小说，可能是《大卫·科波菲尔》（*David Copperfield*）吧。我喜欢在周游日本或亚洲其他地区时读这一类书：在去往泰国东北部的时候读简·奥斯汀（Jane Austen），或者在去往台湾南部的大巴上读伊夫林·沃（Evelyn Waugh）。我想，这也算是一种逃避方式，短暂地逃避到一个熟悉得令人安心的虚构世界。

我沉浸在大卫·科波菲尔的世界中，斯提福兹（Steerforth）和米考伯先生（Mr. Micawber）尽数登场；突然，一个声音钻入耳朵，将我唤醒。原来是龅牙的不破万作。"你怎么在看书啊？"他问道，"你真的不习惯团体出行，是吧？"他并没有语气不善，但也算是在责备。共同事业中的一分子就应该加入、参与和分享。在小巴上睡觉是被允许的，但看书就是把你自己与别人隔绝开来，这显然是不可以的。我着急忙慌地把尤赖亚·希普（Uriah Heep）和贝齐·特罗特伍德（Betsey Trotwood）这些小说人物抛诸脑后，回到现实世界中，与唐十郎和他的演员们一起用塑料杯子喝绿茶，听那些我插不上话的旧时往事，哈哈大笑，在通往大阪的公路上嚼着一块块纤维感十足的淡色章鱼干。

到了天王寺公园，我们在坚硬的岩石地面上钻了孔，把帐篷搭起来。这个地方实在不一般。我们的故事讲述的是日本的忒修斯与阿里阿德涅在唐十郎出生成长的下谷穿行，寻找一个失却的胎盘，那个胎盘装在血淋淋的塑料袋里。那个公园的一侧是动物园，我们在排练时，能听到猴子吵吵闹闹，还有疥癣颇为严重的狮子在狭小的禁闭空间中来回踱步，发出困兽的吼声。

公园另一侧的区域叫"新世界"，是个破旧而美妙的寻欢作乐之地，一半是夜生活的领地，一半则是个游乐园。"新世界"

建于 1912 年，隐约受到幻想中的纽约和巴黎的启发。里面有个破旧的月神公园，还有一座草率模仿埃菲尔铁塔的高塔，以及一排排便宜的餐馆，专门做烤鸡胗和烤猪心等平民美食。二战以后，曾经摩登光鲜的"新世界"变成了贫民窟，由黑道管事。穿着闪亮西装和白色漆皮鞋的流氓在狭窄小巷里趾高气扬地晃来晃去，凡是有点体面的人都被吓跑了。穷困潦倒的人们纷纷从日本各地涌入附近的穷街陋巷。这里很像东京的山谷地区，比较强壮的男人会被黑帮的包工头找去做日工，这是运气好的状况；如果运气不好，他们就会用土豆酿的廉价烧酒把自己灌醉。除了卖烤内脏的食肆，还有一些老旧的音乐厅，疲惫的喜剧演员在里面对着鼾声如雷的流浪汉徒劳地讲着老掉牙的笑话。"新世界"也吸引着变装皇后和妓女，他们在这里钓那些因为大醉而顾不上区分性别的嫖客。

我们团里有位引人注目的客串演员，他叫常田富士男，演的是变装皇后阿春这个角色。他满脸抹得粉白，嘴上胡乱涂抹了口红，毛躁的黑色假发中插了一朵红玫瑰；而我们帐篷外那些闲荡的"同类"看上去比他要特别很多：有穿着破烂长裙的中年男子，还有的穿着树脂做的超短裙，伤痕累累的小细腿踩着细高跟颤巍巍地走着，妓女们也大多上了年纪，穿着和变装的男人们差不多的服饰。

我看到有一个男人拿着自己钝钝的武士刀，砍向被风刮起的纸片。有人告诉我他幻想自己是国定忠治，那位 19 世纪的传奇侠客和赌徒。没人跟他说话，他也不理周围的人，只是沉浸在属于自己的亡命之徒的冒险世界中。他每天早上都在那里，

图 18　常田富士男饰演阿春，与李丽仙同台

有时候晚上也在,摆出武术招式,砍杀着想象中的敌人。

　　带妆彩排不太顺利:薰犯了喉痛,台词常被念错,节奏不对,灯光提示也被错过。唐十郎有些紧张,让我们当中的一些人重新排练了一遍有我们出场的戏。但首演之夜一切顺利。我说自己是午夜牛郎的那句台词赢得了满堂彩。"感觉不错吧?"不破万作在舞台侧面悄声对我说。最热烈的掌声出现在整部戏的最后,帐篷的后门打开,露出一辆红色的铲车,大铲斗将忒希奥和阿春铲起来,背景音乐轰鸣,忒希奥大喊:"冲啊,独角兽!"

　　这也许是那次巡演中最精彩的一次表演。我们住在一个佛寺里,所有人都睡在大殿宽阔的榻榻米地板上,就在镀金的木质菩萨像的脚边。回住处之前,我们一群人去了老式的公共浴池,那里的常客大多是带着一身疲惫从建筑工地下工的男人。墙上贴着壮观的马赛克画,是金太郎骑着一条橘黄色的鲤鱼——这个形象我很熟悉,在雕文的文身作品中见过。当然,我们都用了公共浴池,像英式橄榄球运动员那样一起泡在滚烫的水中,红彤彤的脸被笼罩在水蒸气当中。在佛寺的大殿里,铺好被褥之前,我们豪饮了大量的啤酒、威士忌和烧酒。唐十郎又唱了他改编的《阿里巴巴》,李丽仙则唱了另一部戏里的歌,戏名叫《约翰·西尔弗:新宿之恋》(*John Silver: Love in Shinjuku*)。所有人都拍手合唱起来,根津弹了吉他。我们就巴勒斯坦人的命运进行了友好的争论。大家为我这个"老外伊万"干了杯酒。万事大吉。这个群体其乐融融又井然有序。

　　然而,还是有一点点美中不足,一个小小的紧张源,而我迟迟没有领悟到。只要根津一上台，观众席中就会有一大群十几岁的少女开始兴奋异常地尖叫。这并不是红帐篷中常听到的喝彩声，更像是集体情绪高潮时的尖叫。唐十郎扮演下谷医院的院长，他一度叫那些女孩子不要这么吵，还朝她们摇晃自己的竹棍子。状况剧场是新派歌舞伎的风格，注定会吸引吵闹的观众，明星们都习惯了观众的喝彩欢呼。但那些对着根津尖叫的女孩子并不是状况剧场通常遇到的爱好者，她们要年轻得多。其实，她们很可能根本不喜欢状况剧场，而只是喜欢根津的追星族。

　　如果根津是作为唐十郎旗下的明星演员而收获这些追星族的话，那出现以上状况可能没什么关系。然而事实并非如此。在《独角兽物语》巡演开始前不久，根津出演了一部热门电视剧，演的是个16世纪的亡命徒石川五右卫门，算是日本版的侠盗罗宾汉（Robin Hood）。五右卫门曾意图刺杀权倾日本的大名，失败之后被处以汤镬之刑，活活被煮死在锅子里。有种现在还在使用的传统铁质浴缸，就以他的名字命名为"五右卫门风吕"。不管怎么说，五右卫门都是个魅力十足的人物，而饰演他的日本詹姆斯·迪安也成了国民万人迷。李丽仙也参演了同一部剧，她显然很想多拍些电视剧；唐十郎自己也有出演那部剧，但是个小角色，一个海盗头目。他也许感到某种警惕，可能还察觉到了不忠的迹象。当时在大阪那座佛寺里拍手唱歌的我，没怎么注意到这些事；但我其实应该察觉出有什么东西不对劲的，因为唐十郎不知出于什么我不记得的原因，怒气上涌地说："根津，你越来越华而不实了，这对你不好。"

根津对此的反应是一直低着头,但李丽仙可不是那种忍气吞声的人,在日本先锋派的小圈子里,她和唐十郎的公然争吵是个传奇。我在他们家里就见证过一两次这样的爆发,实在是很精彩:唐十郎气鼓鼓的,像一只暴怒的牛蛙;李丽仙拼命尖叫着,桌上的食物都被打翻了。不过我认定,这些小插曲应该被视作他们对彼此充满激情的表现。他们就像《欲望号街车》(*A Streetcar Named Desire*)里的斯坦利·科瓦尔斯基(Stanley Kowalski)和斯特拉(Stella)。冲突是他们创作灵感的源泉,如果没有李丽仙的存在,唐十郎的剧场会不堪设想。而且,人们私下对我说,反正李丽仙是朝鲜人,这种爆发恰恰说明她有朝鲜人的脾气。

我们巡演的下一站是熊本。帐篷搭在白川河畔,熊本城举目可见。熊本城是一座美丽的"古老"建筑,大部分建于16世纪到17世纪,在19世纪末的内战中被毁,20世纪60年代用混凝土重建。我们的小巴停在那附近时,能听到当时已经很熟悉的尖叫和狂喊,来自穿着米老鼠T恤和粉色短袜的少女。我们下车的时候,唐十郎冲她们大吼,叫她们别挡路。我可能是想讨好唐十郎,也想表现自己的融入,于是朝这群少女表达了自己的不满。戴着飞行员墨镜和棒球帽、伪装得并不完美的根津,用英语对我说,"I'm sorry",对不起。

日本的河川岸边传统上是社会盲流、游乐场艺人、赌徒、小偷、流浪艺人、妓女等卑贱人群的流连之地。在城市里空气不太清新的河岸边,现在还常能看到"部落民"聚居的贫民地带。17世纪初,"河原乞食"形成了最早的歌舞伎剧团;人们会把唐十郎和他的剧团与之归为同类。

我们忙着把帐篷支杆插进泥土中，白川的岸边人潮涌动。这次，没有变装皇后和廉价的妓女，有的是一群群学生，他们打着鼓，吹着小号，跳着舞，亲热着——简而言之，做着一切在日本逼仄的城市生活中没有空间和机会做的事。两个中性打扮、小腿粗壮的短发年轻女子走到我们的帐篷前，自我介绍是根津的狂热影迷。这两人看着像职业摔跤手，自称在当地一个女子监狱做狱警。唐十郎看到她们并不是很高兴，但两人的友好和怪异打破了僵局。她们递给我们一盒盒美味的自制饭团，里面是鳕鱼子，外面包了墨绿色的海苔。

唐十郎的情绪依旧暴躁，他正在尽力配合当地电视台的记者。对方是个胖子，穿着巧克力色条纹的白色西装，看着特别像橄榄色皮肤的美国音乐人"胖子"多米诺（Fats Domino）。当记者把麦克风举到他鼻子下面，请他在5分钟之内概括剧情时，唐十郎拒绝了。我不知道之后的采访是如何进行的，但大概15分钟后，我瞧见那个胖子手脚着地，朝一只舞台道具狗汪汪叫。那是我们最后一次见到他。

深夜时分，我们在熊本首场演出前进行最后一次彩排。唐十郎穿着一件软皮夹克，摆出拳击手备战的姿势，站在帐篷里泛红的朦胧灯光下。他双眼紧盯着舞台，默念着台词。薰的喉痛还没好。外面下着倾盆大雨，帐篷周围形成了一个泥泞的三角洲。雨声很大，很难听清台上在说些什么。等排练完已经是凌晨1点，我们嗓子嘶哑，饥肠辘辘，筋疲力尽。

第二天，与唐十郎渊源颇深的一位老朋友赶到现场，他是动画家和漫画家赤冢不二夫，漫画作品盛名在外，被称为"搞笑之王"，曾出资帮助红帐篷演出。赤冢面色苍白，颇为腼腆，一头黑发，刘海很孩子气。他出生于伪满洲国，父亲在令人闻之色变的日本宪兵队做军官。赤冢需要大量喝酒才能放松，只要一放松，他就什么事都能做了。摄影师荒木曾为赤冢拍过一套照片，照片里他穿着条纹 T 恤，在新宿的钟点旅社和一个年轻女人做爱。为了庆祝赤冢来熊本，唐十郎让他出演下谷医院的一个护士。赤冢的出场十分精彩，因为他提前从白川游到了红帐篷边，再穿着湿透的护士服出现在舞台上。也许是因为河水过于寒冷，但即便他只需要站在舞台上一言不发，我也很少见过在众人目光下显得如此不自在的人。他一脸的心神不宁、烦躁不安，恨不得立刻回到舞台侧翼去喝杯渴望已久的啤酒。

演出之后又有其他名人到访，演员和歌手美轮明宏就是其中之一。不管台上台下，美轮总是男扮女装。传言说他曾做过三岛的情人；我来日本后在新宿一家小小的地下影院看的第一场电影，就有他们两人一同出镜。那部电影是三岛亲自写的剧本，名为《黑蜥蜴》（1969），将同性恋、性虐待、日本特色的奥斯卡·王尔德式刻奇完美糅合在一起。美轮饰演的"黑蜥蜴"是夜总会老板和犯罪天才，一个浑身散发着邪恶之气的蛇蝎美人，她爱上了办自己案子的年轻侦探。三岛在剧中饰演一名健硕的恶棍（充分展现了他为身材健美所做的努力），他被"黑蜥蜴"所杀，后来变成一尊裸体雕塑，供她在夜总会玩弄。令人惊讶的是，这部充满病态幻想的作品早在 1962 年就被制作成了音乐剧。而三岛显然更喜欢后来由美轮主演的版本。

美轮以腹腔共鸣的阳刚之声说着非常女性化的日语。他声称自己是一个美少年的化身，这位少年领导了17世纪九州南部农村基督徒反抗武士统治阶级的叛乱，叛乱以基督徒尽数遭到屠杀而告终，少年的头颅被挑在长矛上，在美轮的故乡长崎示众。之前有人曾介绍我和美轮认识，是在银座的一家夜总会，他唱了一首伊迪丝·琵雅芙*的法国香颂歌曲。我觉得他挺吓人的。

对于我的存在，这类访客的反应通常都是："天啊，天啊，看看如今的状况剧场变得多么国际化了啊。"有时候，我会被问到很多关于美国生活的问题，就好像我知道似的。如果被问急了，我就会用尽浑身解数来模仿日本人，甚至快要模仿唐十郎的下町口音了。我那副样子一定叫人无法忍受，更别说理解了。然而，其实那些贵客们的话没有一句是意在挑衅的。我想，自己恼火的原因是他们那些问题提醒了我在这个团体中不确定的身份：我是群体中的一分子、享有特权的老外、国际吉祥物，还是间谍？

也许是美轮的存在让我分了心，在熊本第二晚的演出是一场小小的灾难。我倒是把午夜牛郎的那段词说得没什么问题，但突然间，我的大脑就一片空白了。我看到薰在等着我说下一句词，他的嘴角因为紧张微微抽搐了一下。我非常恐慌，喉咙变得干涩，汗水刺痛了眼睛，也能感觉到观众们都在想出了什么岔子。那感觉就像被吸入了一片虚空之中，心脏在胸腔里跳

---

* 伊迪丝·琵雅芙（Edith Piaf, 1915—1963），法国女歌唱家、演员。

得越厉害，台词就越说不出来。我没有演员的专业技能，无法在平静下来之前进行掩饰或即兴表演。在漫长得仿佛没有尽头又令我无比羞惭的几秒钟之后，薰以大家都能听到的声音提示了我的下一句台词。这种情况后来再也没有发生过，但当时实在太恐怖了。更糟糕的是，唐十郎大为光火。

拂晓时分，我们乘坐小巴离开了熊本。雾气还在道路上流连不散，仿佛丝丝缕缕的薄纱。几分钟之后，车子驶离小路，上了往北的公路。就在那里的拐角处，站着之前我们遇到的那两个女狱警，她们疯狂地挥舞着手帕。天知道她们等了多久，只为了能在一大清早看我们（或根津）一眼。大部分成员都挥手回了礼。

从某种程度上说，京都鸭川的河床是个神圣之地，因为歌舞伎就是从那里起源的。大约在1603年，曾做过神道教祭祀舞女的出云阿国召集了一群游民和妓女，建立了一个全部由女性组成的剧团。她们在干涸的河床上起舞，还在京都的妓馆表演浪漫约会的短剧。这种风格渐渐流行开来，尤其是在寻欢作乐的场所。大约过了十年，幕府开始定期打击公开淫乱和不经管控的卖淫行为，禁止了女演员的表演。于是，年轻男子走上舞台，演起了女性角色。显然，这种禁令完全遏制不了观众付钱给演员以求春宵的淫欲。所以，没过多久，男演员也被禁止上台了，除非他们把头剃成成年男子的"野郎头"[*]。于是，一种伟大的戏剧传统就此诞生，并以某种化石般的状态延续至今。

---

[*] 江户时代一般成年男子的发型，将额发剃掉后，把中间一撮头发向前结成半月的形状。

201　我在很多剧院看过演出，其中最动人的一场是在大阪，那是个名场面，年轻的武士被迫要将妻子卖给京都的妓馆，才能筹到钱去找一个邪恶的朝臣复仇，因为这个朝臣曾逼迫这位年轻武士的主公切腹自杀。一位崭露头角的演员饰演了年轻的武士；他的亲生父亲，可敬可佩的中村雁治郎，当时已经80多岁了，出演了他年轻的妻子。几年以后，还是在大阪，我看了西班牙女高音歌唱家蒙特塞拉特·卡瓦列（Montserrat Caballé）表演歌剧《托斯卡》(*Tosca*)。她太笨重了，连从鞋盒一般高的矮墙上跳下来都费劲。我想，之前那次歌舞伎表演都不会比这一幕更奇怪。

　　就是在出云阿国曾经起舞的大致位置上，我们搭起了红帐篷，进行了回东京之前最后的几场演出。剧团住的地方，就是我跟随麿赤儿的大骆驼舰剧团巡演时住的学生宿舍。京都首演的前夜，唐十郎和一些主演，以及我这个一向享有特权的老外，被带去先斗町吃饭。先斗町是个历史悠久的区域，有铺着鹅卵石的街道和狭窄的小巷，京都艺伎们在优雅的竹木"茶馆"里轻盈地进进出出。河岸上有一尊阿国的雕像，她的面相本来十分可敬，甚至带点庄严，但那座雕像看上去相当狰狞，正在进行某种剑舞。招待我们的是一位著名的超现实主义诗人，名字我如今也记不清了。

202　　我们在柏木吧台前坐成一排。那是一家高档日料店，生鱼片非常新鲜，漂亮的瓷盘上有些小块的海鲜还在抽搐。旁边一个不属于我们队伍的男人正用筷子戳着一只打战的大虾，大虾已经死了，不会感到疼痛，但那一幕有种施虐狂的残忍之气，至今在我心中挥之不去。大家讨论了日本的超现实主义，非常精彩，远远超出我的想象。唐十郎谈了安德烈·布勒东，还谈了永井荷风，那位文学浪荡子喜欢光顾浅草的脱衣舞馆，最后尸体在书房被发现，衣服上沾满了面包屑。那天晚上的某个时候，我想，要是给那位杰出的诗人讲讲遇到根津那些尖叫影迷的事情，应该不失为有趣的谈资。我讲了，然后大家都沉默了。后来我问薰，自己是不是失礼了。"嗯，"他说，"我们都知道你说的是真的，但并不一定要说出来，对吧？"

我们在京都的最后一场演出非常圆满。那是个温暖的夜晚，鸭川倒映着星星点点的霓虹灯光，美得前无古人。观众大声喝彩，对演出表示激赏，我们也没见到多少根津的狂热影迷。大家卸妆之后，李丽仙离开了队伍，去城里某个地方与一个朋友吃饭。剩下的人跟着唐十郎上了小巴，到京都一家老餐馆庆祝这最后一夜。餐馆的大厅里有黑乎乎的木头，上面还能看到 19 世纪的勇猛武士留下的刀痕。在二楼的大包间里，一顿丰盛的京都传统美食正等待着我们。橄榄色的榻榻米上摆着丝绸坐垫，大家纷纷就座。包间的角落里挂着一幅画轴，画上有个禅僧，下面摆着美丽的鸢尾插花。

这次，又有一位客人加入了我们。我立刻就认出来了，他是经常出现在黑帮片里的一个小明星，名叫川谷拓三。他在黑帮片里的主要作用是露出一脸凶相，以及死去，通常都死得比较惨烈，也比较早。川谷其实是个不入流的演员，能出演电影并非因为演技，更多是得益于奇特的长相。他那双小眼睛滴溜溜地转着，眉毛连成一条浓密的黑线，让这个在银幕之外看起来十分友善的男人有了一种蠢笨的残暴之气。他来看我们的演出，是出于对李丽仙的尊重，他们两人曾合作演出了一部成功的电视剧。

我本来没怎么注意坐在唐十郎身边的川谷。桌子很长，我坐在另一端。川谷有可能在到餐馆之前就已经喝了几杯，但他的状态看上去也不算特别糟糕。不过，我很快就感觉到他和唐十郎起了争执。我坐得太远，没看到是什么原因引起的。后来，别人告诉我，川谷言语之间一直在戳唐十郎特别敏感的痛点。据说川谷宣称，剧场已经过时了，唐十郎是在浪费时间，他应该像李丽仙一样，多拍一些电视剧或电影。他就这样絮叨了一阵子，直到唐十郎突然发起反击。唐十郎朝自己的客人扑过去，把他的脸按在啤酒里，狂怒的拳头接连打在他身上。这是让其他人加入混战的信号。有那么一小会儿，川谷被压在一群演员之下，他们狂暴地揍着榻榻米上那个痛苦蠕动的小个子，以此来展现大家的团结。榻榻米已经溅上了些血迹。等川谷好不容易从混乱中挣扎出来，他的脸已经被打得难以辨认。很快，有人打了电话，来了副担架把他抬离了现场。

和平时面对现实中的暴力场景一样，我无言以对。最让我震惊的，是我的演员同伴们乌合之众般的暴徒行为。我再次感觉自己与这个群体格格不入，就像在去大阪的路上我宁愿独自沉浸于《大卫·科波菲尔》的世界。那场打斗过后大家说了些什么，我已经记不清了。那段记忆一片空白，直到大约一个小时后，李丽仙出现了。她已经听说了来龙去脉，暴怒不已。她站在包间中央，用手指着还坐在地上的唐十郎，不停晃动着，并朝他尖叫。他以为自己在做什么？他怎么敢这样攻击她的朋友和同事？他以为他是谁？

唐十郎的脸涨成了深红色。他咒骂着自己的妻子，拿起一个如砖头般沉重的玻璃烟灰缸，朝她扔过去。烟灰缸从离她头部仅仅几厘米的地方擦过，砸破了糊着纸的优雅的幛子门。

我惊呆了，也不清楚自己在做什么。但我记得，当时我站起身来，对唐十郎说了有些可笑的话，大概意思是："你不能这样对待一个女人！"包间里出现了短暂的沉默，大家都很茫然。唐十郎不敢相信自己的耳朵，他转过来看着我，双眼怒火熊熊，发出气势汹汹的低吼，如同一头受到威胁的凶兽："你竟敢这样对我说话！"

我至今也不知道自己当时为什么那样做。我究竟是着了什么魔，要在唐十郎的演员们面前羞辱他？我早该知道，夫妻打架，我根本不该介入。这种浮夸的骑士行为，背后究竟是什么？跟我在一个日本剧团中摇摆不定的自我意识有关系吗？我是不是在不合时宜地呐喊，希望他们能看到真实的我？我真的了解自己吗？

但我永远不会忘记唐十郎在那之后说的话。在回住处的小巴上，他狂怒未消，不断地重复着："说到底你就是个普通的'外人'！"

十　文化休克：当日本人遭遇西方

"啊，"唐十郎狡黠地一笑，"我都能看到那些'毛唐'了。"这个日语词直译过来就是"多毛的外国人"，是对白人的蔑称。虽然"唐"指的是"中国"，而中国在遥远的古时候就代表外面的世界。

唐十郎心情很愉悦。我们当时正走入一个航站楼。那是全新的成田国际机场，周围有高高的护栏，无数的检查站，数千名安全警察在办登记手续的日本人和"毛唐"之间转悠。在被征用的乡村土地上修建成田机场，恰是 20 世纪日本民众抗议的一个焦点。成田机场正式启用之前，左翼的抗议者成功占领了控制塔。还有 6,000 名示威者企图破坏机场的启用仪式。一名日本新闻记者将这个地方比作越战期间的西贡（Saigon）机场。

我们很快就要前往纽约，这也是唐十郎和李丽仙第一次踏足西方国家。

那是1978年夏末,我们在京都的"扔烟灰缸"事件发生后三个月左右。那段时间并不好过,唐十郎依然因为我的无礼行为而倍感痛心,我扮演"老外伊万"的热情也在减弱。但我们仍然是一条绳上的蚂蚱,必须一起完成在东京的巡演。帐篷搭在了池袋的铁路岔线上,大多数晚上的演出都是满座。

我写的关于状况剧场巡演的文章在《朝日画报》上发表了,但我和唐十郎的关系并未得到改善。文章传播得很好,我觉得自己拍的那些彩色照片也不错。我自认为写的东西很友好,主题是一个巡演剧团对周围环境的影响,以及红帐篷如何在所到之处营造出一种戏剧性的氛围。我描述了熊本的女狱警,还有大阪那位挥舞武士刀的"侠客"。我提到了唐十郎遇到根津那些尖叫的影迷之后,两者之间的紧张情绪。我追求一种充满共情的语气,而且自认为是有趣的。但唐十郎恐怕没有以同样的态度来接受我的文章;相反,这一切让他更加怒火熊熊。

也许部分原因是语言问题。反讽语气翻译成日语后意思就不太对了,很容易被误解为是在直接嘲笑。不过我觉得还有别的原因——我没能以内部人士的语气去写。我得到了机会,以荣誉成员的身份在剧团中占有一席之地,却以一种疏离的态度来描述剧团。这种距离感或许被当成了敌意。我学到了关于写作的重要一课,当你把朋友变成特定环境中的角色时,就有冒犯他们的风险,因为你对他们的看法,无论怀着多大的善意,都未必是他们对自己的看法。再说,有谁愿意成为特定环境中的角色呢?我想,这至少是问题之一。唐十郎从未向我提出详细的批评意见,他生了很长时间的闷气,之后只是说:"伊万,你是"——之后他用的是英语——"a cynical guy"（"一个喜欢冷嘲热讽的家伙"）。

不过，在巡演临近结束的时候，他似乎完全不计前嫌了。一天晚上，著名的罗马尼亚裔美国戏剧导演安德烈·塞尔邦（Andrei Serban）光临了红帐篷，他身材高大，留着金发，有几分像耶稣基督。塞尔邦1969年离开家乡布加勒斯特（Bucharest）来到纽约，曾在埃伦·斯图尔特（Ellen Stewart）创办的"辣妈妈实验戏剧俱乐部"*导演过一部颇具争议的《美狄亚》（Medea）。后来，他导演了好几部契诃夫的戏剧，由梅里尔·斯特里普（Meryl Streep）和F. 默里·亚伯拉罕（F. Murray Abraham）主演。他在戏中做了一些与众不同的解读，惹恼了一些比较传统的评论家。他曾经说过，百老汇的制作人都对他避之不及，因为他"恶名"在外，被称为"毁掉经典的导演"。

《独角兽物语》让塞尔邦激动不已。"就像意大利即兴喜剧！"演出之后，他在唐十郎的工作室里大加赞叹。"就像歌舞伎！那是戏剧的精髓！"我这样翻译道。唐十郎满面笑容，一直往我们的酒杯里倒威士忌。塞尔邦对唐十郎说，他务必要去纽约，那里的人们从来没看过状况剧场这样的演出，他们一定会喜欢的。唐十郎眼神变得有点梦幻，说："把帐篷搭在中

---

* 20世纪60年代前后，纽约的大型戏剧演出场地费用不断上涨，于是一些剧作家就另辟蹊径，在各种成本更低的演出场所，如咖啡馆、酒吧、地下室等等，演出各种更为新颖的实验剧。1961年，"辣妈妈实验戏剧俱乐部"应运而生。创始人埃伦·斯图尔特女士是一位黑人妇女，曾经做过服装设计师。

央公园，那还真是挺了不起的。"塞尔邦喊道："对，中央公园！红帐篷将在中央公园搭起来！"

就这样，我们来到了成田国际机场，准备前往纽约。我不知道安德烈·塞尔邦跟这件事有多大关系，但有很多基金会和文化理事会都参与其中。我作为翻译和向导陪同唐十郎和李丽仙，这份工作没有酬劳，更多的是出于友谊。在日本，很多事情都是这样，随着相处时间的增加，双方会建立起义务，并不总是用钱来表达。在那之前我只去过一次纽约，不过我很愿意引导我的日本朋友穿越那个"毛唐"迷宫。

唐十郎坐在飞机里，望着窗外的夜色，纽约就在我们的下方闪烁，如同一块由装饰彩灯组成的巨毯。唐十郎把头转开，以表示自己的不屑，还说："首尔实在要精彩得多，对吧？"

我预订了切尔西酒店，因为我在某本杂志上读到过，那是个时髦的地方。安迪·沃霍尔曾在那里拍过一部电影，简·方达（Jane Fonda）和吉米·亨德里克斯（Jimi Hendrix）也曾在此下榻。我们入住时，一个瘦得脱形的男人正在大堂里打瞌睡，他戴着破旧的黑色礼帽，穿着白色女士衬裙。房间特别简陋，污迹斑斑的地毯上有肥硕的蛞蝓留下黏糊糊的痕迹，还有香烟烫过的痕迹。走廊里弥漫着一股大麻和下水道的臭味。我想，这里是唐十郎西方之旅的完美起始点。数年后，唐十郎在回忆录中形容这个酒店很"如何わしい"，意思是暧昧的、可疑的，或不体面的。

来纽约当然是为了与人会面和看戏。如今，我对那些会面的记忆已经很模糊了，但我还记得在"辣妈妈"见到埃伦·斯图尔特，当时她那一排排漂亮的玉米辫还没变成一头银发。那是个炎热的周六下午，地点在东村。一场街区派对把整条街变成了大舞场，人群随着雷鬼乐鼻祖鲍勃·马利（Bob Marley）的音乐起舞。埃伦告诉我们，全世界都汇集在东村。一年前"辣妈妈"刚上演了韩国版的《哈姆雷特》。"孩子，"斯图尔特说，"如果一部戏在呼唤我，我就让它上演。"她棕色的瘦长双臂上戴满了臂环和手镯，当她轻快地走在街上，像女王一样向邻居们打招呼时，这些饰品就会叮当作响，声音悦耳动听。

我们在公共剧院见了约瑟夫·帕普（Joseph Papp），我介绍说我身边这两位是来自红帐篷剧院的唐十郎和李丽仙，他便称呼他们"红帐篷先生"和"红帐篷夫人"。虽然前一晚唐十郎才批评我没有逐字逐句地翻译一个来自洛克菲勒基金会的人说的话，但我还是觉得，帕普使用的这种傲慢称呼可以不用翻译。帕普看上去心不在焉，坐在办公桌后面，频频看表。嗯，他说，是啊，在中央公园搭个帐篷演戏，是啊，肯定会很有趣的。

我们在谢里登广场，一个曾经是同性恋夜总会的小地方看了一版怪异得难以置信的《茶花女》（*The Lady of the Camellias*），主演是美国演员和作家查尔斯·勒德拉（Charles Ludlam），他演的是茶花女本人。

我们还去中央公园看了梅里尔·斯特里普和劳尔·朱力亚（Raúl Juliá）演的《驯悍记》（*The Taming of the Shrew*）。当时安德烈·塞尔邦和我们同行，他一路热情洋溢，还说，注意那个年轻的斯特里普，她会成为大明星。

一天晚上，我们甚至去了哈勒姆区*一个废弃的停车场，一群"关心社会"的黑人演员在那里为街坊邻里无偿献艺。我忘了是谁介绍我们去的那里，但反正他同时给我们指明了哪些街道去不得。那时候的哈勒姆区是个躁动不安的地方。

我记不清还看了些什么，但唐十郎和李丽仙对纽约的戏剧表现出了惊人的无动于衷。就连勒德拉那种疯狂而古怪的演出，他们也是冷眼以对。我想他们应该是觉得美国人的表演太过看重脑力，身体上的功夫不够。李丽仙观察到，美国人不会"用下半身演戏"。比起斯特里普、勒德拉和朱力亚，让他们印象更深的反而是一个怀揣明星梦的年轻演员，对着在百老汇一家剧院门口排队的人群高唱一首流行的曲子。

唐十郎尤其显得缺少兴趣。他对这个从未到过的城市一点也不好奇，真是奇怪。李丽仙建议去某个大博物馆看看，他相当不客气地表示说自己待在酒店就好。"你真觉得，"他说，"安德烈·塞尔邦会去东京的博物馆吗？"

唐十郎还观察到了一件事，这件事对任何纽约人来说都司空见惯，那就是街上随时都能见到乞丐，衣衫褴褛的人四仰八叉地躺在公园的长椅上，或者地铁隧道与破败公寓楼大堂里憔悴消瘦的瘾君子。让唐十郎惊讶的，并不是流浪汉的数量，而是流浪汉中有很多都是白人。看到穷困潦倒、向人乞讨的"毛唐"，他觉得太反常了，几乎达到了违背自然规律的程度。对此他没有表示很满意，只是感到很惊奇。

---

* 哈勒姆区从20世纪初开始逐渐发展成非裔美国人社区，引领了黑人文化黄金时代的潮流。后来在经济危机中遭遇了骚乱，治安状况恶化。

在那一年前，在电影《山姆的夏天》(*The Summer of Sam*)中，有个宣称自己脑子里总有恶魔之犬在吠叫的连环杀手，在纽约周边区域随机射杀陌生人。我不记得是谁建议去走访一下各个凶杀现场了，总之我们就那样上了出租车，在皇后区和布朗克斯区的无名之处游走，见多识广的出租车司机还向我们介绍了各个谋杀案的具体细节。

不过，唐十郎大部分时间还是待在酒店，写自己的下一部戏，而我和李丽仙就出去散步，或者去看电影。我们看了《神秘眼》(*Eyes of Laura Mars*)，这部电影平平无奇，费·唐纳薇（Faye Dunaway）演一个时装摄影师，在纽约被一个连环杀手跟踪。唐十郎决定把自己关在酒店房间里，也许是在故作姿态；他觉得安德烈·塞尔邦在东京会这样做，所以自己在纽约也要这样做。又或者，也许他只是觉得不好意思。

我读过其他日本艺术家和作家讲述的故事，他们到了某个陌生的西方城市，处在一群陌生人当中，没被人认出来，这让他们十分戒备。对于那些在国内习惯了被恭敬对待，甚至是被奉承吹捧的大人物来说，突然变得默默无闻，会让他们倍感痛苦。曾有人告诉我，三岛就觉得这种情况特别烦人，他第一次到纽约的时候，几乎全程都在生气。有时候，冷漠会被过于急躁地解读为种族偏见。

1965年，后来摘得诺贝尔文学奖桂冠的大江健三郎从纽约给自己的译者寄去一张明信片："几天前的深夜，我在一家酒吧里被介绍给了诺曼·梅勒（Norman Mailer）。他完全无视我，好像我是只小狗，或者从某个不发达国家来访的牙医。唉！"*

然而，国内名望带来的傲气，可能也并不是唯一的解释。大文豪夏目漱石在伦敦学习的两年间，因为孤独而几乎发疯。他写下了那段不快乐的时光，大部分时间他都在伦敦南部的住处过着隐居一般的生活。"我在街上看到的每个人都高大帅气，这一点就首先让我感到恐惧，感到难堪。有时候我会看到一个特别矮的人，但他还是比我高几厘米……然后我看到一个侏儒走过来，脸色特别不好看——结果他就是我自己在商店橱窗上的影子。"† 这是1903年的事，还要过好些年，夏目漱石才会成为日本最著名的小说家。

还有所谓的"巴黎综合征"，这是20世纪末媒体杜撰的新词，用来描述第一次到访巴黎（或任何被理想化的遥远西方城市）后有些精神错乱，而不得不被遣返的日本游客。类似的事情曾经发生在一个叫佐川一政的日本学生身上。佐川面色苍白，很有书卷气，花了将近四年时间学法语，却学得不怎么好。1981年初夏，他把能说一口流利法语的美丽荷兰学生勒妮·哈特维尔特（Renée Hartevelt）诱骗到了自己的公寓，借口是想让对方读一首德语诗歌。

时年32岁的佐川有过侵犯白人女性的前科。在那十年前，他曾在东京攻击过一个德国女人。他所写下的巴黎生活，有些

---

* 引自 John Nathan 的回忆录，*Living Carelessly in Tokyo and Elsewhere* (New York: Free Press, 2008).——原注
† 引自 Masao Miyoshi, *Accomplices of Silence: The Modern Japanese Novel* (Berkeley: University of California Press, 1974).——原注

十 文化休克：当日本人遭遇西方

东西与漱石的感受可谓异曲同工。有一天，他坐在一家咖啡馆里，他这样记述："突然间，我看着咖啡馆的玻璃大门，里面映出了五个人，一个穿着炭色夹克的小个子被淹没在高大的白皮肤男人和女人中。我本能地看向别处。"*

在那个不幸的六月天，佐川的公寓里，勒妮·哈特维尔特转身读起了德语诗歌，佐川则用步枪在她背后开了枪。他强奸了勒妮的尸体，然后把她切成片，吃了一些部位，放了一些在冰箱里，把剩下的装进提箱，试图到布洛涅森林公园抛尸。他运气不佳，这些行为被法国警察看得一清二楚。佐川被关进了法国一家精神病院，在此期间，他在日本成了大受膜拜的"反英雄"。日本的作家和知识分子纷纷把他当成写作素材，展现出对这种打破禁忌的终极犯罪的惊骇与迷恋（他们这种迷恋本身往往也令人惊骇）。

几年以后，法国当局再也不愿意收容佐川，于是他被遣返日本。日本国内的一家精神病院对他进行了检查，宣布他精神正常。佐川从未被正式定罪，可以自由地在电视访谈中亮相，甚至还在一部色情电影里出演了杀人犯的小角色。

大岛渚有兴趣把这个案子拍成电影，唐十郎也是。这些计划都无疾而终。不过唐十郎在1982年写了一部小说，名为《佐川君的来信》，半虚构地讲述了他在巴黎试图和凶手见面的过程。这是一本病态的游戏之作，通篇都提到"毛唐"，提到不可能翻译的语言，提到日本人对外国人的神经质态度："那

---

* Sagawa Issei, *Kiri no Naka (In the Fog)*, Tokyo: Hanashi no Tokushu, 1983. ——原注

种对'白'人皮肤的'向往',长年累月地折磨和驱使着你;而我这个曾经被外国女人看不起的人,并非不能理解这样的心态。"*1983年,唐十郎凭借这本书,赢得了日本最权威的文学奖†。

如果借由他那本奇怪的小说,"事后诸葛亮"般地去解读唐十郎在纽约的行为,那就不公平了。我没法找到唐十郎的自尊心在纽约被挫伤的证据,不过几年后他确实写过,那趟美国之行让他对自己的背景有了更深刻的反思。他觉得需要写一部剧本来"维持平衡",保护自己的日本气质。那部剧叫《河童》,通篇涉及日本文化中最"泥泞"和模糊的部分。"河童"是日本民间传说中的怪物,是潜伏在河川和湖池中邪恶的骗子,而唐十郎剧作中的河童是一个男孩的转世。那个男孩本来住在一个榻榻米房间里,房间变成了沼泽,他就被淹死了。整个故事就这样发展,深深地进入唐十郎的幻想世界,将他从陌生的纽约带回东京那沼泽般的土地。

我们回日本的航班被取消了,原因我忘记了,可能是天气之类的。我们被迫到旧金山中转,在那里无精打采地闲逛了一整天。李丽仙回到酒店休息之后,我和唐十郎去了唐人街一家破旧的老剧院。我们到的时候,正赶上在演粤剧,粗制滥造,非常聒噪。我们身边有个老人,在来自舞台的撞击、敲打和哭

---

* 英语译文来自 Mark Morris 的文章 "The Question of the Other: Kara Juro and *Letters from Sagawa*",发表于 *The Asia-Pacific Journal*, vol. 5, no. 12 (December 2007),我从其中借鉴颇多。——原注

† 指第88届芥川文学奖。

号声中，他鼾声如雷。还有的人在清嗓子，往地上吐痰。舞台上，一个年轻的世家公子正向一位妓院花魁倾诉衷肠。根据我能辨认出来的情况，我和唐十郎是在场仅有的非华裔，而我是唯一的"毛唐"。我跟随唐十郎的目光——整个旅程中我可谓都是在"跟随他的目光"——想看看他看到了什么。比起台上的演出，唐十郎更感兴趣的是周围的布景和环境，比如从剧场后方照进来的彩灯，以及来来去去的乐师们。这是那个星期里我第一次看到他完全放松的样子。

我们吃了一顿中式面条，然后随意地走进一家灯光昏暗的酒吧。吧台上放着一束塑料插花，形态丑陋，积了很多灰；旁边摆着一只大金猫，也是塑料做的，轻轻一推，它就会慵懒地上下挥动爪子。墙上挂着一张老旧的航空公司海报，上面是富士山。吧台后面是个亚洲女人，看样子应该有65岁上下，浓妆艳抹，一头鬈发染成红色，用一条粉色雪纺丝巾系了起来。

唐十郎朝我耳语道："她让你想起了什么？"日本近现代史的相关资料我也读了不少，我脱口而出："潘潘女。""对。"唐十郎咯咯直笑，兴奋异常。"潘潘女"是战后那段岁月在东京被炸毁的废墟之上站街的日本妓女，有些只面向日本男人，有些也能接受朝鲜人和中国人，有些只盯着穿军服的"毛唐"，还有些只找黑人美国大兵。

听到我俩在说日语，那位酒吧女涂得深红的嘴唇绽放出了灿烂的笑容，露出一排满是烟渍的牙齿。很快她就讲起了自己的故事。40年代末，她随自己的美国丈夫来了美国。她的丈夫是个海军士兵，后来两人很快就离婚了。从那之后，她就在一个个酒吧里辗转打工。但这个行业早已是今非昔比。她的长相,她的言谈举止,她的日本乡村口音,都在诉说着一个不同的时代,是唐十郎在下町长大的那个时代,是美国大兵开着吉普车在东京大摇大摆的那个时代。她原本可能是1946年唐十郎在街区公厕里看到的和变装皇后一起生活的那些女人中的一个。对于她来说,时间是静止的;对于终生在外国生活的人们来说,常常都是如此,他们几乎成了自己年轻时代的"漫画版"。我在东京也看到过这样的外国侨民,他们成了"职业"的英国人或美国人,政治立场越来越保守,还会酗酒过度。

"那么,你对自己的人生有什么打算?"兑水威士忌喝过三巡,唐十郎问我。这个问题我完全无法坚定地回答,于是只能含混地说,可能做一名摄影师吧。"是啊,是啊,摄影,"他颇不以为然地说,"但我们相信你的天赋。你现在多大了?最好是赶快行动吧,懂吗?我早在20多岁的时候,就在新宿搭起了第一个红帐篷。"

酒吧女在接连不断地播放夏尔·阿兹纳武尔*的歌曲。她告诉我们,自己很喜欢法国香颂,特别是阿兹纳武尔的作品。美国人不懂法国歌曲,她说,不像我们日本人。她拍拍胸口说:"感觉。同样的感觉。"唐十郎点点头:"正是如此。"伊迪丝·琵雅芙唱起了《我的老爷》("Milord"),酒吧女从吧台后面走出来,开始跳舞。她在空中挥舞着干瘦的双手,仿佛一个正值20多岁青春年华的时髦女郎。她叫我和她一起跳。唐十郎兴奋极了,

---

* 夏尔·阿兹纳武尔(Charles Aznavour,1924—2018),世界知名的法国歌手、词曲作者、演员、公共活动家和外交家。

坐在他的吧台凳上，转过身，拍着手，高亢的声音盖过了琵雅芙的歌声："是啊，伊万，和她跳舞！跳啊！跳啊！"

我跳了。

十一　从神的后裔到世界游民

回到东京以后,我就没怎么见到唐十郎了。我在状况剧场的荣誉职位已经告终了。

当然,唐十郎说得对,说到底我就是个普通的"外人"。我感觉像是搞砸了一个重要的测试;我在一个日本人群体中的沉浸撞上了不可逾越的障碍。在京都的那最后一夜,一切都很明了,那是所有在日本的外国人迟早都得面对的一刻。不管你的行为举止多么像日本人,你都永远不可能真的成为日本人。有些外国人会因此觉得很痛苦,但你不能怪日本人无法顺应外国人的幻想。就像唐十郎在切尔西酒店直面自己的日本气质一样,每个在日本的老外都必须明白,无论日语说得多么好,把日本的社交礼仪掌握得多么到位,自己都永远是个老外。

关于西方人在亚洲的幻灭,有一段很好的描述,来自英国作家 E. M. 福斯特(E. M. Forster)的小说《印度之行》(*A Passage to India*)的结尾。生性自由的菲尔丁(Fielding)希望重拾自己与印度穆斯林阿齐兹医生（Dr. Aziz）的友谊，后者被诬陷调戏一个英国女人，深感冤枉。在这场严酷考验之中，菲尔丁始终支持着自己的朋友。他尊敬印度人，不管是穆斯林还是印度教徒，并努力地去理解他们的文化。他已经很接近"本土化"了，这可是在殖民地的一大禁忌。然而，在英属印度，菲尔丁要恢复和阿齐兹医生的友谊是不可能的，时机不对，地点也不对。菲尔丁发出诘问："我们为什么不能做朋友……这是我的愿望，也是你的愿望。"福斯特在全书最后一段写道："可这并非马儿们的愿望——它们转身分道扬镳；这也并非大地的愿望，它长出了狭窄的岩石，让两位骑手只能单枪匹马前行。"

福斯特并不认为东西方永远无法相融。"唯有联结"是他对克服文化和宗教差异一以贯之的希望。小说最后的隐喻中长出的岩石，其来源并非文化差异，而是殖民制度。有这种制度作祟，哪怕菲尔丁和阿齐兹这样怀着最大善意的人也无法平等相处。不过这也为未来的变局留下了很大的可能性，阿齐兹仍然可以向那位英国人承诺，等到英国人被赶出印度，"你和我将成为朋友"。

这在外国人与日本的关系中也有体现，虽然日本从未被殖民过——当然，日本是被占领过，被美国人领导的盟军短暂地占领过，但没有被殖民过。即便如此，我在东京生活时，白人群体还是离日本社会的规范太远了，根本无法得到平等对待。大家理所当然地认为，一直以来，白人都是有优越感的。日本人的神经有时候仍然非常脆弱，在极少数情况下，老外可能会成为仇恨或鄙视的对象；但更多时候，他就是拥有特权。换成一个与我同龄、同样迷恋戏剧舞台的日本人，唐十郎不可能给予他和我同样的待遇。从某种意义上来说，外国人被给予了在虚幻的"愚人天堂"中逗留的机会，而对于一些幸运的愚人，这一逗留可能就是一辈子。

唐十郎偶尔会提起约翰·内桑（John Nathan），一个比我更早地探寻日本电影、戏剧和文学的美国人。内桑生活在20世纪60年代辉煌时期的东京，取得了比我卓越得多的成就。他出演了各种大戏，为李丽仙主演的一部电影写了脚本，还翻译了三岛的作品。内桑是第一个被东京大学日本文学专业正式录取的美国学生，他在那里"感受到了归属于这个群体的欣喜，觉得自己就是日本人"。*

但好景不长。因饰演盲剑客座头市而名声大噪的日本影星胜新太郎告诉约翰，他对日本人的了解之深，远超其他外国人，他的日语也说得如同母语，但是，约翰啊，他说，"在日本，你是赢不了的！"他的意思是，外国人永远不会被放在同样的规则下去评判。内桑在回忆录中写道："多年来，我一直为一种可能而烦恼——我自己拥有的条件，只能允许我在这个孤立的岛国做一个杰出的异域外国人。我本是决心要把这里当成主场来证明自己的。"

我得到的教训与之类似，这一课是唐十郎给我上的，不管他是有心还是无意。但老外在日本的经历，和菲尔丁先生在印度殖民地的经历或者唐十郎在纽约的经历，有着很重要的区别；

---

* *Living Carelessly in Tokyo and Elsewhere* (New York: Free Press, 2008). ——原注

福斯特并未谈及这一点，至少没有公开谈及。唐十郎的"日本气质"是由他祖国的文化所定性的，菲尔丁和阿齐兹的疏远是殖民地的不平等性造成的。但在日本，异域白种外国人被永恒地固定在一个民族或种族类型上。对很多日本人，也许是大部分日本人来说，日本人就是一个民族类别，就像永远也无法抹去的胎记。我曾经和唐十郎谈起过日本那些部落民（即游民）的困境。他们生于部落民家庭，注定饱受煎熬，因为他们的祖先与不洁行当之间的联系，而被打上了永久的烙印，哪怕他们当上了牙医或教师，不再是屠夫或皮匠。唐十郎随之说了一句很精彩的话："你知道吗，我把整个日本都看成一个'部落'。"日本人是世界的游民，这个观念听起来显然很荒谬，散发着令人不快的自怜之感。然而，唐十郎恰恰准确指出了某种真实的东西：20世纪30年代和40年代早期，在宗教般的政治宣传下，大和民族被称为天照大神的后裔，注定统治亚洲；而这样的天选之民，其实也不过是游民而已。但恰恰是这样一块理念上的"巨石"，将日本人（并非作为个体，而是作为一个民族）与其他民族隔绝开来。也正是出于这个原因，我和约翰·内桑一样，决定离开。

当然，外国人完全有可能在日本过上自得其乐、成就斐然的生活。要与"外人"这个身份和解，有各种各样的方式，其中一些可能会让人更无力抗拒。我们可以简单地享受特权，只做一个"外人"，而不抱有拥有其他任何身份的幻觉。从某种程度上说，这是让人获得某种宁静的最简单的选择。日语说得不好，或者根本不会说，可能会让本土日本人觉得安心可靠，因为这样就不存在伪装、表演或蒙混过关的企图，这样的外国人是表里如一的。东方神秘难解，这是古老的殖民偏见，但也是很多日本人所坚持的东西。不被外人理解，恰恰坐实了日本本土文化的独特。

这种偏狭可能会不断激怒一些竭尽全力去理解本土文化的外国人——也就是非常愿意以这样或那样的方式将自己本土化的菲尔丁先生们。就算这种激怒不会持久，其出现的频率也足以使其变得像一种神经强迫症。伟大的美国学者、日语翻译家爱德华·赛登施蒂克曾于60年代在东京住过数年，那期间他为一家日本大报的英文版写专栏，内容有时尖酸刻薄，但总是非常逗趣。他写了一篇十分优秀的专栏告别文章，于1962年5月见报。他在文中解释了自己离开日本回美国的原因。

赛登施蒂克写道，曾经有一只田鼠，在他的鼠洞外，一条肥硕的大蛇在滑行徘徊。别人认为田鼠对这条蛇的看法不太合理（这条蛇与某些日本政客和官僚有着惊人的相似之处）。一位友善的田鼠同胞告诉他，放轻松，喝一杯，和那条蛇交朋友就好啦。毕竟，蛇和其他朋友们也没什么不一样，他们勤奋努力地养育孩子，也很喜欢棒球，诸如此类。越喝越醉的田鼠最终被朋友说服，放下了戒备，而蛇终于如愿以偿，迅速将他一口吞下。

但赛登施蒂克不会放下戒备："我最近感觉，自己可能变得过于柔和，成了一只看法合理的田鼠。日本人和其他人也没什么不同，他们勤奋努力地……但是，不，他们和其他人就是不同。他们的排他、孤绝和偏狭要远远超过其他人。人们应当对这种偏狭保持愤慨，这事关自尊。让愤慨的感受慢慢钝化，就等于丧失了交流的意愿；而我想，这就意味着死亡。因此，我要回家了。"*

记住，这篇文章写于1962年。大蛇这个隐喻相当不清不楚，而且从那以后很多事情都发生了变化，尽管这变化也许并不如饱受"外人病"折磨的人们所愿。日本英文媒体的读者来信栏至今还在进行着田鼠与其朋友的激烈争论。有些人义愤填膺地抱怨日本人太过偏狭，而反方则断言，日本被误解了，日本人和其他人一样，或者说在很多方面其实要比其他人更为优越。如果某个身在日本的外国人是个作家，这些争论就可以成为其作品的焦点，是一个执念般的主题，永远不会消失。这是一场无休止的辩论，双方都没有取胜的可能，因为偏狭的民族也确实有可能被误解，排他的民族也可以和其他人有共同点。有些外国人可能会发现，比起其他地方，生活在日本社会要更为顺心惬意。

那些生活得最顺心惬意的人，通常会把"外人"的身份转化为有利条件，欣然接纳"老外"这个定义，仿佛那是一层防护壳。虽然听起来相当荒谬，但这其实和"本土化"很像。如果一个"外人"生活在他不会被期待去遵守习俗与规范的社会，他就会拥有彻底的自主权。这自主权并非指反叛你所选择居住的国家的规范，而是指反叛你所离开的国家的规范。美国记者约翰·罗德里克在他和唐纳德·里奇的共同朋友、那个英国同

---

* 本文重新刊登于 *This Country, Japan*, (Tokyo: Kodansha International, 1979).——原注

性恋小说家的公寓里介绍我和里奇认识时，里奇就是想告诉我这一点。

在如今的日本，"里奇方案"已经不如过去那么普遍了。西方男同已经不再需要对自己本土社会的风俗与规范那么恐惧，日本的老外也无法享有曾经的彻底自主权。"陌生人"在日本也不再那么少见了，老外的特权就和对老外的偏见一样，都有所缩减。居留日本的人们越来越被期待入乡随俗。这本来就是应该的。

然而，那只田鼠仍然无法完全噤声。尽管日本文化的某些方面——寿司、漫画、精灵宝可梦——传播甚广，但日本毕竟是个孤立的岛国，世界上其他国家对其所知甚少。这就为一个作家提供了写作良机，就算他对日本只有一丁点儿的了解，因为还有很多东西需要解释。我自己也从中受益匪浅，那是我记者生涯的开端。在我陪同唐十郎与李丽仙去纽约后不久，一家英国报纸请我写一些关于日本的文章，在他们的周日特刊上整版刊登，并配上了我自己拍摄的照片。我第一本书的出版合同也由此签订。是日本成就了我。

然而，我不希望自己所有的文字都是在为日本做注解。不断地解释，可能存在风险，让人不再学习，并变得讨人嫌。我那位伟大的美国"先生"里奇，他的人生是被一种逃离的需求所塑造的，而我并没有感觉到同样的需求。我完全不需要害怕自己国家的文化习俗与规范，我真正害怕的，是感染上"外人病"，执念于那些常常只是假想出来的轻慢，而这种轻慢又与一个人的种族紧密相关。

所以，我决定与日本依依惜别。但我不是为了回家，我已经不太确定家在何方。荷兰，我长大的地方，其实并没有家的感觉。伦敦，我母亲长大的城市，倒是个好地方。这并不是因为我觉得自己能完全成为一个英国人，那在某种程度上也是一种表演。我选择了伦敦，是因为我希望周围的人们能够用他们的母语读懂我写的东西；那种语言虽然不是我通过教育习得的，却是我自身的一部分。受母亲的影响，英语漫画书、童谣和儿童读物伴随着我长大，我是伊妮德·布莱顿*带大的孩子。但除了给祖父母写的信，我之前从未用过英语写作；而正经用英语写作也源于我在日本的日子。但我觉得，自己选择伦敦，主要是因为那里和东京不同，有着很多种文化。

尽管我决定离开日本，却清楚日本永远不会离开我。来到东京的时候，我还没有成型，羽翼未丰，渴望获取阅历。我只希望这种热忱永远不会消散。完全成型就等于死亡。但日本在石膏尚且湿润的时候，塑造了我。

日本没有离开我，还有另一个原因。我和澄江认定，只要我们在一起，家就可以是一场流动的盛宴。我和唐十郎分道扬镳后不久，就搬回去和她再度同居，仍然在我们初到日本时租的那间公寓里。就在启程去伦敦之前，她成了我的妻子。澄江随我一起来到自己出生的国家，在这里她一直觉得自己是个"外人"；此时又将和我一起去欧洲，在那里她会感觉更自在。和里奇一样，她渴望彻底的自主，我也有同感。正如睿智的印度

---

* 伊妮德·布莱顿（Enid Blyton，1897—1968），英国著名童书作家。

作家尼拉德·C. 乔杜里（Nirad C. Chaudhuri）所说，背井离乡就是永远在路上。我俩都是终身的"外人"，待在一起会感觉更安全。

和约翰·罗德里克在东京的外国记者俱乐部吃午饭时，我告诉他自己要结婚了。他做出一副略显厌恶的表情。"真是非常非常无聊。"他说，仿佛我最终出卖了自己。他错了。结婚从来不无聊，这种安排也不一定就会长久。但那时的日本教会了我一个道理，那就是没有什么会长久。这是人生的忧伤与美丽。

一个深秋的下午，我们从成田国际机场起飞。飞机转向大海时，我希望能看富士山最后一眼，但我只看到了厚毯一般的白色云层。我的思绪飘游到曾经的一次乘船旅行，就在我初到日本后不久，目的地是北太平洋海岸附近的一处群岛，日本的古典诗人们总在赞颂其无与伦比的美丽。在我去这著名风景胜地的那天，所有的岩石小岛都被包裹在浓雾之中，根本什么都看不到。但导游不为现实所惧，仍然欢快闹腾地让我们观察这个小岛、那个小岛，每个都有各自的精妙奇异之处。我们乖乖地按照指示，从左边看到右边，纷纷感叹。表演必须继续。我们看到了想看的东西。

正当此时，我们乘坐的那趟日本航空的航班机长广播说，现在要是往右边看，就能看到富士山。我们坐在左边，所以，我伸长了脖子，目光穿过一整排座位望出去。看到了，富士山那傲然耸立的锥形山体，破云而出，光彩夺目。过去的六年来，我一直生活在这个国家，而这是我对它的最后一瞥。我一直是从错误的窗口向外张望的。

致谢

我从不写日记。1975年到1981年在东京生活期间,我写的信也是寥寥可数。唯一能提示那段岁月的,是我拍的那些照片(没有一张拍的是我自己,那是还没有自拍的时代)和我的回忆。自然,回忆都是零碎的、不可靠的,还会不断变化,因为人生(本身就是不连贯的)总会在脑海中不断被增删改动。

我只能说,我尽了全力去回忆自己的东京岁月,并将其写在了这本书里,没有进行任何编造。但出于上述种种原因,也出于文学性的考虑,这是一个经过增删改动的版本。

我要感谢几位朋友,他们与我共享了一些经历,并好心唤醒我的记忆。最要感谢的是格雷厄姆·斯诺(Graham Snow)和罗布·席佩(Rob Schipper)。

1975年,我和吉姆·康特(Jim Conte)在镰仓一个共同熟人的美丽家宅中初次相见。他当时给我留下了一个不可磨灭又完全错误的印象,因为他穿了一件长及脚踝的浣熊毛皮大衣,还在闲谈中半真半假地聊起豪华乡间别墅，让我觉得他是个特别浮华的人。结果，他却成了我一辈子的朋友。承蒙好意，他读了我的手稿。我的妻子堀田江理*也是一样，她的鼓励一直鞭策着我继续前进。

怀利代理公司的金·奥（Jin Auh）见证了成书的全过程，并一如既往地奉献了她高超的鉴赏力和精神支持。编辑斯科特·莫耶斯（Scott Moyers）和克里斯托弗·理查兹（Christopher Richards）之灵活、善解人意和专业，于我也可谓夫复何求。

---

* 作者的第二任妻子。

索引

（按汉语拼音顺序排列，页码见本书边码；斜体页码为图片所在页码）

A

阿部定（Abe Sada）43–44, 118

阿绢［旅社老板］（O-Kinu [innkeeper]）108, 110

阿拉法特，亚西尔（Arafat, Yasser）105

阿里，穆罕默德（Ali, Muhammad）28, 114

阿明，伊迪（Amin, Idi）104, 105

阿姆斯特丹米克里剧院（Mickery Theater, Amsterdam）11–12, 48, 51, 119, 143, 165

阿兹纳武尔，夏尔（Aznavour, Charles）218

《爱之亡灵》［电影］（Empire of Passion [film]）47

安东尼奥尼，米开朗基罗（Antonioni, Michelangelo）72

暗黑舞踏（Ankoku Butoh [Dance of Darkness]）114, 123, 124

奥斯汀，简（Austen, Jane）34

B

巴黎综合征（Paris syndrome）214

《巴里·林登》［电影］（Barry Lyndon [film]）81–82

白石嘉寿子（Shiraishi Kazuko）28, 114

坂东玉三郎［歌舞伎明星］（Tamasaburo [Kabuki star]）53

"下町的玉三郎"（"low city Tamasaburo"）56, 57

宝冢歌剧团（Takarazuka, all-female revue company）*164*, 165–67, 168, 180

贝尔默，汉斯（Bellmer, Hans）116–118

《波莱罗舞曲》［拉威尔］（Bolero [Ravel]）130–131, 134, 135

波斯尔思韦特，塞西尔（Postlethwaite, Cecil）29–30

不破万作（Fuwa Mansaku）189, 190, 193

布勒东，安德烈（Breton, André）187, 202

布卢姆斯伯里团体（Bloomsbury group）
31–32
布鲁玛，伊恩（Buruma, Ian）：
    成型阶段（formative stage of）39,
        49–51, 118, 129, 165
    对刺青的兴趣（interest in tattoos）
        158–163
    对电影的兴趣（interest in cinema）
        74–79, 129, 151, 165, 177
    对堕落与邪恶的渴望 / 泥土之臭
      （nostalgie de la boue of）55, 61,
      123
    对日本文化的兴趣（interest in
      Japanese culture）3, 8, 10–14, 34,
      51, 55–56, 67–68, 74, 89
    对摄影的兴趣（interest in
      photography）52–54, 55, 73, 117,
      156, 158, 165, 171, 218, 225
    对中国文化的兴趣（interest in
      Chinese culture）8–10
    翻译《少女假面》（*Mask of a Virgin*
      translated by）165–169, 171, 180
    关于人生就是一场持续的表演（on
      life as continuing act）104
    决定离开日本（decision to leave
      Japan）222–228
    拍摄电影《初恋》（*First Love*
      [Hatsukoi] film by）129–130
    迁居伦敦（move to London）
      226–228
    生活设施（living accommodations
      of）106–107
    与其舅舅（and his uncle）4, 77, 81,
      152
    与舞踏表演（and Butoh
      performance）125–126, 128
    在新年前夜（on New Year's Eve）
      107–111
    早年生活（early years of）3–14, 33,
      104, 226
    制作纪录片（documentary
      filmmaking by）91, 177–180
    作为老外伊万（as Iwan the Gaijin）
      183, 186–187, 188–189, 194,
      199–200, 208–209
    作为摄影助理（as photographer's
      assistant）171–177
    作为外人（as outsider）32–34, 48,
      52, 77, 96, 104, 106, 107, 137,
      147, 150, 151–152, 156, 162–163,
      169–170, 172, 174, 177, 188, 189,
      190, 199, 201, 204–205, 208, 219,
      220–221, 222–223
布伦特，安东尼（Blunt, Anthony）8

C

茶道的刻板形式（tea ceremony, rigid
  style of）122
长谷川一夫（Hasegawa Kazuo）99–100
常田富士男（Tokita Fujio）191, *193*
成濑巳喜男（Naruse Mikio）75, 79
成田国际机场（Narita International
  Airport）207, 209
澄江［作者的女友 / 妻子］（Sumie
  [author's girlfriend/wife]）18, 32–33,
  39, 40, 45, 89, 90, 92, 93, 226–227
池田"卡洛塔"（Ikeda, "Carlotta"）131,
  133

索引

池田满寿夫（Ikeda Masuo）113
赤冢不二夫（Akatsuka Fujio）197–198
出云阿国（Izumo no Okuni）200, 201
初代目雕文［刺青艺术家］（Horibun I [tattoo artist]）157, 160–161
《初恋》［电影］（First Love [Hatsukoi] [film]）129–30
川端康成（Kawabata Yasunari）24–25
川谷拓三（Kawatani Takuzo）203
川喜多和子（Kawakita Kazuko）130
川喜多嘉志子（Kawakita Kashiko）74–75, 81, 103
川喜多长政（Kawakita Nagamasa）74–75, 103, 130
春日野八千代（Kasugano Yachiyo）165–168, 163
刺青（tattoos）156–168, 158, 160

D

达福，威廉（Dafoe, Willem）11, 120
达纳韦，费伊（Dunaway, Faye）213
达扬，摩西（Dayan, Moshe）149
大岛渚（Oshima Nagisa）23, 44, 55, 71, 130, 141, 150, 152, 215
 《新宿小偷日记》（Diary of a Shinjuku Thief）141, 150
 《爱之亡灵》（Empire of Passion）47
 《感官世界》（In the Realm of the Senses）43–46, 118
大江健三郎（Oe Kenzaburo）213
大骆驼舰（Dairakudakan）130–137, 143, 201
 舞踏团（Butoh troupe of）120, 121–122, 124–126, 133–134, 137
 形成（formation of）121
 宣传（publicity for）133–134
 与《岚》（and Arashi ["Tempest"]）130–131
大野一雄（Ono Kazuo）112, 114, 116
戴安娜王妃（Diana, Princess）105
戴维斯，迈尔斯（Davis, Miles）187
德龙，阿兰（Delon, Alain）14, 66
电影（films）：
 70年代的东京作为电影之城（Tokyo as 1970s cinema city）71–72
 国际上的兴趣（international interest in）170
 黑帮电影（yakuza movies）72–73, 85, 136
 纪录片（documentary）91, 177–180
 浪漫色情片（roman porno [porno romance]）42–45, 46, 52, 72, 85, 104
 女性的悲惨角色（women's melancholy roles in）76, 101
 情感丰富的现实主义（emotional realism in）79
 威士忌广告（whiskey commercials）82–83, 98, 99
 武士史诗（samurai epics）72
 影迷（cinephiles）77–78
 运动电影（supotsu mono [sports films]）26
 战时政治宣传（wartime propaganda）76, 99, 102
 另见具体影片、演员和导演
《东方交流》［海洛克］（Eastern Exchange [Haylock]）31

东京（Tokyo）：
 20 世纪 60 年代（1960s）21–22, 25, 28, 48, 50, 53–54, 72, 73, 142, 145, 149
 20 世纪 70 年代（1970s）22–25, 39–42, 53, 54, 67, 71–72, 73, 141, 142, 149
 被其唤起的怀旧之情（nostalgia evoked by）24
 不同区域（neighborhoods in）139–141, 154
 江户时代（Edo Period）96, 154
 历史（history in）24
 洛杉矶与其对比（Los Angeles contrasted with）22–24
 视觉密度（visual density of）18, 20
 下町（shitamachi [low city]）84, 85–86, 139–140, 155, 156, 159, 182
 帐篷巡演的出场人物（carnival sideshow characters）59–61, 62–66
 专门的咖啡馆（specialized coffee shops in）94–95
 作者对其初印象（author's first impressions of）17–25
东京奥运会［1964 年］（Tokyo Olympics [1964]）61
东京黄金街（Golden Gai, Tokyo）140–141, 150–151
东京绿色中心（Green Center, Tokyo）57
东京名画座电影院（Meigaza movie house, Tokyo）139
东京南千住剧院（Minami Senju theater, Tokyo）56, 58
东京浅草戏剧团（Asakusa Opera, Tokyo）139
东京日本大学［日大］艺术学院（Nihon University College of Art, Tokyo [Nichidai]）2, 25–30, 42, 52, 73, 171
东京摇滚座剧场（Rokkuza Theater, Tokyo）71
东松照明（Tomatsu Shomei）53
东映株式会社（Toei studios）72
《独角兽物语》（*Tale of the Unicorn* [Unicorn Monogatari]）180–183, *181*, *182*, 185–200, 209
《独角兽物语》［《独角兽的故事》台东区版］［戏剧］（*Unicorn Monogatari, Tale of the Unicorn Taitoku Version* [drama]）180–183, *181*, *182*, 185–200, 202, 209

E

二代目雕文［刺青艺术家］（Horibun II [tattoo artist]）157–162, *158*, 193
二战（World War II）：
 影响（effects of）124
 战时政治宣传片（wartime propaganda films）76, 99, 102

F

法国映画社（Furansu Eigasha）130
方达，简（Fonda, Jane）210
非洛渧［兴奋剂］（hiropon [methamphetamine]）125
费里尼，费德里科（Fellini, Federico）12, 71

索引

《风又三郎》[戏剧] (*Kaze no Matasaburo* [drama]) 50–51, 148, 154, 163
弗班克,罗纳德 (Firbank, Ronald) 29
伏水修 (Fushimizu Osamu) 99
福斯特, E. M. (Forster, E. M.) 219–220, 221
富士山 (Mount Fuji) 131–132, 227–228

G

戛纳电影节 (Cannes Film Festival) 44
《感官世界》[电影] (*In the Realm of the Senses* [film]) 43–46, 118
高仓健 (Takakura Ken) 72–73
高尔基 (Gorky, Arshile) 27
戈达尔,让-吕克 (Godard, Jean-Luc) 130
歌舞伎戏剧 (Kabuki theater) 27, 91, 116, 123, 180, 185, 188, 194, 196, 200–201
格兰特,邓肯 (Grant, Duncan) 32
格雷厄姆[英国留学生](Graham [English student]) 28, 29, 56–57
格雷格[摄影师] (Greg [photographer]) 97–98
格林,伯特 (Glinn, Burt) 171
葛饰北斋 (Hokusai Katsushika) 157
根津甚八 (Nezu Jinpachi) 144, 146, 148, 188, 189, 194–196, 200, 202, 208
恭子[电影角色] (Kyoko [film character]) 10–11, 33
沟口健二 (Mizoguchi Kenji) 75, 76, 77–78, 79, 94
谷川俊太郎 (Tanikawa Shuntaro) 113
谷家 (Tani family) 40–42, 45
谷崎润一郎 (Tanizaki Junichiro) 40
国定忠治 (Kunisada Chuji) 193
国立电影中心 (National Film Center) 74–77, 84, 99, 103

H

哈伯特,查尔斯 (Harbutt, Charles) 171
哈特维尔特,勒妮 (Hartevelt, Renée) 214
海洛克,约翰 (Haylock, John) 31
《河童》[戏剧] (*Kappa* [drama]) 216
鹤田浩二 (Tsuruta Koji) 72
鹤屋南北 (Tsuruya Namboku) 52
黑帮电影 (yakuza movies) 72–73, 85
黑道帮派 (yakuza gangs) 147, 162, 191
《黑蜥蜴》[电影] (*Kurotokage* [Black Lizard] [film]) 198
黑泽明 (Kurosawa Akira) 34, 42, 75, 77–78, 79–83, *80*, 98, 170–171
亨德里克斯,吉米 (Hendrix, Jimi) 210
横尾忠则 (Yokoo Tadanori) 23
弘子[模特] (Hiroko [model]) 10, 11, 180
侯赛因,萨达姆 (Hussein, Saddam) 105
蝴蝶夫人 (Madame Butterfly) 89
花园神社 (Hanazono Shrine) 23, 59, 140
荒木经惟[摄影师] (Araki [photographer]) 53, 54, 198
《婚姻生活》[电影] (*Bed and Board, Domicile Conjugal* [film]) 10–11, 89

J

矶崎新（Isozaki Arata）114
基尔，鲁洛夫（Kiers, Roelof）178
吉姆［美国留学生］（Jim [American student]）107–111
加贺麻理子（Kaga Mariko）171
加州迪士尼乐园（Disneyland California）7, 9
嘉弘［小嘉］（Yoshihiro [Yo-chan]）31
健先生［高仓健］（Ken-san [Takakura Ken]）72–73
"江户之花"（"Flowers of Edo"）24
金［学生］（Kin-san [student]）107–111, 129
金日成（Kim Il-sung）104, 105
金赛，阿尔弗雷德（Kinsey, Alfred）34
《金手指》［电影］（*Goldfinger* [film]）126
津田［辍学学生］（Tsuda [dropout student]）51–52, 57, 62–66, 75, 107–111, 129, 177
《禁色》［三岛］（*Forbidden Colors* [Mishima]）116
京都东寺豪华剧场（Toji Deluxe studio, Kyoto）61–65, 99
京都西部讲堂（Seibu Kodo, Kyoto）135
京都艺伎馆（geisha houses, Kyoto）97–98
九条映子（Kujo Eiko）120, 172
菊子夫人（Chrysanthemum, Madame）88–89
橘梦乐团［德国摇滚乐队］（Tangerine Dream [German rock group]）122

K

卡丹，皮尔（Cardin, Pierre）10, 11
卡瓦列，蒙特塞拉特（Caballé, Montserrat）201
凯斯特勒，阿瑟（Koestler, Arthur）89, 90–91
克拉普顿，埃里克（Clapton, Eric）94
克莱因，威廉（Klein, William）55
库布里克，斯坦利（Kubrick, Stanley）81–82

L

《岚》（*Arashi* ["Tempest"]）130–131
勒德拉，查尔斯（Ludlam, Charles）211, 212
雷伯恩，阿什利（Raeburn, Ashley）18–19
雷伯恩，内丝特（Raeburn, Nest）19
李，佩姬（Lee, Peggy）92–93
李伯拉斯（Liberace）166
李丽仙（Ri Reisen）143–146, 150, 169, 189, *193*, 194, 202, 221
    美国之行（U.S. visit of）210–213
    与唐十郎（and Kara）126, 143, 195, 203, 204, 211–212, 294
李香兰（Ri Koran [Li Xianglan]）99–106, 129
里奇，唐纳德（Richie, Donald）1–3, 14, 17, 22, 24–25, 26, 35, 44n, 69–72, 81, 103, 130
    "包装就是实质"（"The package is the substance"）67
    对电影的兴趣（interest in film）1–2, 71–72, 76, 79, 84, 85, 170–171,

177

关于日本文化的文章（writings on Japanese culture）71

关于性的谈话（conversations about sex）87–88

论日本人的"纯真"（on Japanese "innocence"）45–47, 61, 86, 90

拍摄的短篇（short films of）48–49, 116, 118

去世（death of）163

与日本刺青（and Japanese tattoos）156, 157

与三岛（and Mishima）116

早年经历（early years of）36, 69, 70

作为《星条旗报》撰稿人（as writer for Stars and Stripes）24, 70

作为外国人（as outsider）36, 47, 48, 89, 97, 171, 227

作为先锋（as pioneer）48

作为作者的老师（as author's sensei）45–46, 47–48, 51, 67, 73, 74, 85–86, 116

作者与其初见（author's first meeting with）31–32, 33, 34–37, 225

里奇［美国留学生］（Rich [American student]）28

立木义浩（Tatsuki Yoshihiro）171–177

利奥德，让-皮埃尔（Léaud, Jean-Pierre）10

笠智众（Ryu Chishu）77

铃木忠志（Suzuki Tadashi）48, 52, 165

刘易斯，C. S.（Lewis, C. S.）183, 186

芦川羊子（Ashikawa Yoko）114, 116, 117, 118

《路上的灵魂》［电影］（Souls on the Road [film]）26–27

伦敦考陶尔德艺术学院（Courtauld Institute, London）8

罗布［朋友］（Rob [friend]）93–94, 98, 107–111

罗德里克，约翰（Roderick, John）30–31, 45, 47, 225, 227

洛蒂，皮埃尔（Loti, Pierre）88, 95

洛尔，彼得（Lorre, Peter）5

洛杉矶（Los Angeles）：

东京与其对比（Tokyo contrasted with）22–24

作者对其第一印象（author's first impressions of）5–7, 20

洛杉矶"花花世界"（Dude City, Los Angeles）6

M

马克，克里斯（Marker, Chris）130, 151

马克思，卡尔（Marx, Karl）9–10

满洲映画协会（Manchukuo Film Association）102

毛姆，萨默塞特（Maugham, Somerset）29–30

毛泽东（Mao Zedong）30, 105

梅勒，诺曼（Mailer, Norman）213

梅里尔，詹姆斯（Merrill, James）49

《美狄亚》［戏剧］（Medea [drama]）209

《美国羊栖菜》［野坂昭如］（American Hijiki [Nosaka]）152–153

美轮明宏（Miwa Akihiro）198–199

美穗［舞者］（Miho [dancer]）129

美智金（Mitikin）185–186
《弥赛亚》[亨德尔]（*Messiah* [Handel]）116
米本，布鲁斯（Yonemoto, Bruce）7–8
米本，诺曼（Yonemoto, Norman）5–6, 7–8, 22
名古屋[日本]（Nagoya, Japan）132–34
麿赤儿（Maro Akaji）*119*, 120–122, 123–126, 136, 140, 144
　　与大骆驼舰（and Dairakudakan）120, 121–122, 124, 130–131, 201
　　与"金粉秀"（and "kinpun show"）126
　　与唐十郎（and Kara）121, 143
　　与土方（and Hijikata）114, 116, 121
　　与舞踏（and Butoh）120, 121–122, 124–126, 134, 137
　　与战争（and war）124
木下惠介（Kinoshita Keisuke）76

N
《纳尼亚传奇》[刘易斯]（*Chronicles of Narnia, The* [Lewis]）183, 186
奈须[津田的朋友]（Nasu [friend of Tsuda]）52
南京大屠杀（Nanjing, Rape of）101
南满洲铁道株式会社（South Manchurian Railway Company）102
《男孩与猫》[电影]（*Boy with Cat* [film]）49
内桑，约翰（Nathan, John）221, 222
能剧（Noh theater）123
牛原虚彦["伤感牛原"]（Ushihara Kiyohiko [Sentimental Ushihara]）26–27, 29, 73
纽约公共剧场（Public Theater, New York）211
纽约辣妈妈实验戏剧俱乐部（La MaMa Experimental Theatre Club, New York）209, 210–211

P
帕普，约瑟夫（Papp, Joe）211
琵雅夫，伊迪丝（Piaf, Edith）218
普罗科施，弗雷德里克（Prokosch, Frederic）70

Q
《七武士》[电影]（*Seven Samurai* [film]）83
千惠子[女友]（Chieko [girlfriend]）135, 136–137
乔杜里，尼拉德·C.（Chaudhuri, Nirad C.）227
《清纯、端庄、优美》[舞剧]（*Proper, Pure, Beautiful* [dance revue]）166
清水先生（Shimizu-san）74
庆子[学生]（Keiko [student]）94

R
热内，让（Genet, Jean）116, 141
"人肉泵"（Human Pump）59–61, 66–67, 90
《人生剧场》[电影]（*Theater of Life* [film]）136
《扔掉书本上街去》[寺山]（*Throw Away Your Books, Rally in the Streets* [Terayama]）25

索引

日本（Japan）：
　　16世纪（sixteenth century in）88
　　20世纪60年代的学生积极分子
　　　　（student activists in [1960s]）73,
　　　　180
　　20世纪70年代昭和元禄（Showa
　　　　Genroku [1970s]）53
　　茶道（tea ceremony of）122
　　潮流（fashions in）67
　　城市生活（urban life in）39–42
　　赤军（Red Army of）43, 104
　　传统（traditions of）180, 225
　　传统厕所（traditional toilets in）
　　　　40–41
　　刺青（tattoos in）156–163, *158*, *160*
　　电梯女郎（elevator girls in）91,
　　　　178–180
　　电影（films in），见"电影"
　　毒品（drugs in）125
　　独立匠人（independent craftsmen
　　　　in）40, 41
　　对堕落与邪恶的渴望［泥土之臭］
　　　　（nostalgie de la boue [dorokusai]
　　　　in）54, 55, 61, 123, 155
　　粪便收集者（night soil collectors
　　　　in）41
　　共浴（communal bathing in）41, 57
　　喝酒（alcohol use in）176
　　河岸（riverbanks in）196, 200
　　江户时代的讲谈（Edo period
　　　　storytelling）96
　　渴望（akogare [dreaming] in）180
　　"狂热"（"manias" in）94–95
　　美国的占领（U.S. occupation of）
　　　　27, 70, 72, 125, 152, 187, 220
　　明治时期［19世纪末20世纪初］
　　　　（Meiji Period [late nineteenth and
　　　　early twentieth century]）55
　　木版画艺术家（woodblock artists
　　　　of）53, 157
　　女性的社会自由（social freedoms
　　　　of women in）88
　　潘潘女（pan pan girls in）217
　　前辈和后辈的关系（senpai-kohai
　　　　relationships in）176
　　情色、怪诞、无意义（ero, guro,
　　　　nansensu in）51, 130
　　亲方（oyakata [chief artisan] in）
　　　　160–162, 172, 174
　　日本游客（Japanese tourists）
　　　　207–218, 219, 221
　　色情幻想（exotic fantasies about）
　　　　11, 25, 55, 88, 89–90, 92, 99, 102,
　　　　130, 141, 156
　　神风特攻队精神（kamikaze spirit
　　　　of）73
　　"湿"与"干"的关系（"wet" vs. "dry"
　　　　relations）147, 150, 156, 162, 171
　　外国浪漫主义者（foreign romantics
　　　　in）79
　　外人［外国人／老外］（outsiders
　　　　[gaijin] in），见"外人"
　　先生（sensei in）172
　　新与旧（old vs. new in）41–42
　　艺伎馆（geisha houses in）97–98
　　语言能力（language ability in）
　　　　169–170, 208
　　元禄时期［17世纪］（Genroku

Period [seventeenth century]）53

战时政治宣传片（wartime propaganda films）76, 99, 102, 166

作者作为外人（author as outsider in），见"伊恩·布鲁玛"

另见"东京"

日本迪士尼乐园（Disneyland Japan）22

《日本电影》[加尔布雷思]（*Japanese Cinema* [Galbraith]）2

《日本时报》（*Japan Times*）151, 165, 177

日活株式会社（Nikkatsu movie studio）42

瑞安，罗伯特（Robert Ryan）103

若松孝二（Wakamatsu Koji）149

S

萨德侯爵（Sade, Marquis de）117

萨特，让—保罗（Sartre, Jean-Paul）37, 150

塞尔邦，安德烈（Serban, Andrei）209, 211, 212, 213

塞拉斯，彼得（Peter Sellars）120

赛登施蒂克，爱德华（Seidensticker, Edward）18, 34, 49, 84, 223–224

"赛登施蒂克综合征"（"Seidensticker syndrome"）34

三K党（KKK [Ku Klux Klan]）69

三船敏郎（Mifune Toshiro）83

三岛由纪夫（Mishima Yukio）47, 54, 61, 113, 221

  出生（birth of）124

  对默默无闻的态度（on obscurity）213

《黑蜥蜴》（*Black Lizard*）198

《禁色》（*Forbidden Colors*）116

熟人（acquaintances of）32

自杀（suicide of）23, 124

涩泽龙彦（Shibusawa Tatsuhiko）113

森山大道（Moriyama Daido）53, 55

山口"赫比"（Yamaguchi, "Herbie"）120

山口淑子［李香兰］（Yamaguchi Yoshiko [Li Xianglan]）102–106

山口雪莉（Yamaguchi, Shirley）103, 129

"山海塾"（Sankai Juku）123–124

山姆之子／山姆的夏天（Son of Sam/Summer of Sam）212

山田博子（Yamada Hiroko）179–180

山田咏美（Yamada Eimi）95

山田，"主教"（Yamada, "Bishop"）123

山下乐园（Yamashita Paradise）126

山下洋辅（Yamashita Yosuke）114

山中，约翰（Yamanaka, John）177

"伤感牛原"（"Sentimental Ushihara"）26–27, 29, 73

《少女假面》[戏剧]（*Mask of a Virgin* [Shojo Kamen] [drama]）165, 168–169, 171, 180

神代辰巳（Kumashiro Tatsumi）43

神道教（Shinto）131–132, 180

胜新太郎（Katsu Shintaro）221

施莱辛格，约翰（John Schlesinger）4, 30, 33, 77, 81, 152

石棉馆（Asbestos Studio）113–118, *115*, 129

史进［九纹龙］（Shi Jin ["Nine

索引

Dragon" Shishin ］) 157, *158, 160*

史汀生，亨利·L.（Stimson, Henry L.）109

矢头保（Yato Tamotsu）54

室伏鸿（Murobushi Ko）131

《水浒传》［14 世纪中国古典小说］(*Water Margin, The* [fourteenth-century Chinese novel]) 157, 159

斯塔克，罗伯特（Stack, Robert）103

斯特里普，梅里尔（Streep, Meryl）209, 211, 212

斯图尔特，埃伦（Stewart, Ellen）209, 210–211

四谷西蒙（Yotsuya Simon）146

寺山修司（Terayama Shuji）23–24, 151, 152, 168

    场面（spectacles of）25, 50–51, 54, 65, 96, 147

    出生（birth of）124, 155

    "干"的特点（"dry" character of）147

    去世（death of）122

    诗歌和剧作（poems and plays of）17, 33, 70, 122–123

    文章（essays of）49–50

    与天井栈敷（and Tenjo Sajiki）11–14, 17, 25, 44, 119, 120, 141–142

    与战争（and war）124

    早年经历（early years of）69–70, 154

松田英子（Matsuda Eiko）44

T

《他和人生》［电影］（*Love of Life* [film]）26

泰西耶，马克斯（Tessier, Max）78, 82–83, 89, 94, 98

汤岛天神（Yushima Tenjin shrine）84–85

唐十郎（Kara Juro）51, 54, 59, 65, 120–121, 141, 142–156, 202

    出生（birth of）124, 182

    《独角兽物语》(*Unicorn Monogatari*) 180–183, *181, 182,* 185–200, 202, 209

    河童（Kappa）216

    "老外情结"（"gaijin complex" of）152, 153, 169

    妻子和儿子（wife and son of）143

    《少女假面》(*Shojo Kamen* [Mask of a Virgin]) 165–169, 171, 180

    世界观（worldview of）186

    谈"肉体的特权"（on "privilege of the flesh"）168, 180

    与"河原乞食者"（and "riverside beggars"）196, 200, 202

    与聚会（and party）202–205

    与李丽仙（and Ri）126, 143–146, 195, 203, 204, 211–212, 294

    与麿赤儿（and Maro）121, 143

    与西方文化（and Western culture）152, 153

    与中东（and Middle East）148, 149–150, 156

    与状况剧场（and Situation Theater）50, 84, 121, 140, 147–148, 163, 194, 201, 208, 209, 219

    在美国（in U.S.）207–218, 219, 221,

225
早年经历（early years of）154–155, 185, 186, 187, 217
《佐川君的来信》（Letters from Sagawa）215
作为父亲一般的"亲分"（as oyabun [father figure]）150
唐十郎和李丽仙在旧金山（San Francisco, Kara and Ri in）216–218
唐十郎和李丽仙在纽约（New York, Kara and Ri in）207–216, 225
特里富西斯，维奥莱特（Trefusis, Violet）32
特吕弗，弗朗索瓦（Truffaut, François）10, 11
滕卡特，里萨尔特（ten Cate, Ritsaert）119–122, 143, 147
藤龙也（Fuji Tatsuya）44, *46*
天钿女命［掌管欢愉宴饮的女神］（Amano Uzume [goddess of mirth]）65
天儿牛大（Amagatsu Ushio）123–124, 131, 133, 136, 137
天井栈敷（Tenjo Sajiki）11–14, *16*, 17, 18, 25, 44, 119, 120, 141–142, 147
天照大神［母神］（Amaterasu [mother goddess]）65–66
田中绢代（Tanaka Kinuyo）75, 77, 172–177
土方巽（Hijikata Tatsumi）23, 114–118, 120–124, 132, 155, 168, 180

V

VPRO电视台（VPRO）177–178

W

瓦西利斯［电影系希腊留学生］（Vassilis [Greek film student]）75, 94
外人［外国人／老外］（gaijin [outsider]）27–28, 57, 95–99, 106, 187, 220–221, 222–227
  "老外的天赋"（"gaijin talent"）95
  肉体（bodies of）118
  "赛登施蒂克综合征"（"Seidensticker syndrome"）34
  外国人的特权（gaijin's privilege）36, 46, 48, 130
  作者作为外国人（author as），见"伊恩·布鲁玛"
《晚春》［电影］（Late Spring [film]）77
王尔德，奥斯卡（Wilde, Oscar）29
威尔逊，罗伯特（Wilson, Robert）12, 120
威廉斯，田纳西（Williams, Tennessee）153–154
韦瑟比，梅雷迪思·"特克斯"（Weatherby, Meredith "Tex"）47, 54
韦斯默勒，约翰尼（Weissmuller, Johnny）69
维斯康蒂，卢奇诺（Visconti, Luchino）130
文德斯，维姆（Wenders, Wim）130
文乐戏木偶（Bunraku theater puppets）91, 178
沃霍尔，安迪（Warhol, Andy）142, 210
乌兹尔，伯克（Uzzle, Burk）171
午夜牛郎［《独角兽物语》角色］（Midnight Cowboy, role in *Unicorn Monogatari*）183, 186–187, 189, 193, 199–200

《午夜牛郎》[电影]（*Midnight Cowboy* [film]）152

伍尔夫，弗吉尼亚（Woolf, Virginia）32

伍斯特剧团（Wooster Group）11

武［拍摄对象］（Takeshi [photographic subject]）162

武满彻（Takemitsu Toru）48, 152, 153

"舞爱机器"（Dance Love Machine）126, 128

舞踏（Butoh dance）：

    暗黑舞踏（Dance of Darkness [Ankoku Butoh]）114, 123, 124

    《岚》（*Arashi* ["Tempest"]）130–131

    成熟的风格（established style of）122–123, 132

    筹款活动（fund-raising activities）126

    大骆驼舰表演舞踏（Dairakudakan performance of）120, 121–122, 124–126, 133–134, 137

    国际表演（international performances of）123–124

    基础（foundation of）23, 114, 116

    "金粉秀"（"kinpun show"）126

    扭曲的动作（tortured movements in）*115*, 118

    全身化妆（full-body makeup of）122, 131

    山海塾的表演（Sankai Juku performances of）123–124

    "生死之舞"（Dance of Birth and Death）124

    相关宣传（publicity for）133–134

    与战争（and war）125

    作为"对堕落与邪恶的渴望"（as nostalgie de la boue）123

    作者表演舞踏（author's performance of）125–126, 128

    作者对其兴趣（author's interest in）123

舞者顺子（Junko [dancer]）107, 110

X

X剧团（Theatre X）11

《西鹤一代女》[电影]（*Life of Oharu, The* [film]）75

西泽，J. A.（Caesar, J. A.）13, 18

希拉，瑙玛（Shearer, Norma）69

希特勒，阿道夫（Hitler, Adolf）130, 131, 134

喜多川歌麿（Utamaro Kitagawa）157

细江英公（Hosoe Eikoh）113

夏目漱石（Natsume Soseki）213–214

《献祭》[电影]（*Sacrifice* [film]）116, 118

香卡，拉维（Shankar, Ravi）5

小津安二郎（Ozu Yasujiro）34, 42, 49, 75, 77, 77–79

小林薰（Kobayashi Kaoru）143–144, 146, *182*, 187, 189, 193, 197, 199–200, 202

筱山纪信（Shinoyama Kishin）23, 53

辛纳屈，弗兰克（Sinatra, Frank）152

《新宿小偷日记》[电影]（*Diary of a Shinjuku Thief* [film]）141, 150

新世界区（Shinsekai district）191

《星条旗报》（*Stars and Stripes*）24, 70

杏（Anzu）127, 128, 131, 136

勋伯格，阿诺尔德（Arnold Schoenberg）34

巡演帐篷中的人物（carnival tent side-show characters）62–66

 狼人（wolf man）59, 61, 66

 "人肉泵"（Human Pump）59–61, 60, 66–67, 90

 蛇女（snake woman）59, 61, 66

 "特别展示"（tokudashi）64–65

 咬掉鸡头的女孩（chicken girl）59, 61, 62, 66

 长脖子女孩（girl with elongated neck）59, 60

 作者前去拜访（author's visit with）66–67

Y

《鸦片战争》[电影]（Ahen Senso [Opium War] [film]）12–13

雅德，克劳迪（Jade, Claude）10

亚伯拉罕，F. 默里（Abraham, F. Murray）209

《亚洲人》[普罗科施]（Asiatics, The [Prokosch]）70

野坂昭如（Nosaka Akiyuki）151, 152–153

野上照代[阿野]（Nogami Teruyo [Non-chan, Nogami-san]）82, 98

一条小百合（Ichijo Sayuri）43

伊舍伍德，克里斯托弗（Christopher Isherwood）1, 22, 30

《阴翳礼赞》[谷崎]（In Praise of Shadows [Tanizaki]）40

《印度之行》[福斯特]（Passage to India, A [Forster]）219–220, 221, 223

《影武者》[电影]（Kagemusha [film]）80, 81, 82

永井荷风（Nagai Kafu）55–56, 140, 202

酉市（Tori-no-Ichi [Day of the Rooster]）57, 59

《雨月物语》[电影]（Ugetsu [film]）75

《欲望号街车》[戏剧]（Streetcar Named Desire, A [drama]）195

裕仁天皇（Hirohito, Emperor）53

越战（Vietnam War）28

Z

《在底层》[高尔基]（Lower Depths, The [Gorky]）27

早稻田小剧场（Waseda Shogekijo group）48, 165

扎帕，弗兰克（Zappa, Frank）135

昭和元禄（Showa Genroku）53

《朝日画报》（Asahigraph）189, 208

《支那之夜》[电影]（Shina no Yoru [China Nights] [film]）99–102, 103, 105

《蜘蛛巢城》[电影]（Throne of Blood [film]）79, 83

"至高无上"女子合唱团（The Supremes）7

中村雁治郎（Nakamura Ganjiro）201

中国（China）：

 标识上的汉字（characters on signage）17–18

 文化大革命（Cultural Revolution in）9

索引

种满莲花的不忍池（Shinobazu no Ike [lotus pond]）84, 163

种满莲花的不忍池（Shinobazu no Ike [lotus pond]）84, 163

朱力亚，劳尔（Juliá, Raúl）211

《竹屋》[电影]（*House of Bamboo* [film]）103

状况剧场（Jokyo Gekijo [Situation Theater]）50

状况剧场（Situation Theater）50, 84, 121, 140, *144*, 147–148, 163, 194, 201, 208, 209, 219

卓别林，查理（Chaplin, Charlie）26, 27

足立正生（Adachi Masao）149

《佐川君的来信》[唐十郎]（*Letters from Sagawa* [Kara]）215

佐川一政（Sagawa Issei）214–215

理想国译丛

imaginist [MIRROR]

001　没有宽恕就没有未来
　　　[南非] 德斯蒙德·图图 著

002　漫漫自由路：曼德拉自传
　　　[南非] 纳尔逊·曼德拉 著

003　断臂上的花朵：人生与法律的奇幻炼金术
　　　[南非] 奥比·萨克斯 著

004　历史的终结与最后的人
　　　[美] 弗朗西斯·福山 著

005　政治秩序的起源：从前人类时代到法国大革命
　　　[美] 弗朗西斯·福山 著

006　事实即颠覆：无以名之的十年的政治写作
　　　[英] 蒂莫西·加顿艾什 著

007　苏联的最后一天：莫斯科，1991年12月25日
　　　[爱尔兰] 康纳·奥克莱利 著

008　耳语者：斯大林时代苏联的私人生活
　　　[英] 奥兰多·费吉斯 著

009　零年：1945，现代世界诞生的时刻
　　　[荷] 伊恩·布鲁玛 著

010　大断裂：人类本性与社会秩序的重建
　　　[美] 弗朗西斯·福山 著

011　政治秩序与政治衰败：从工业革命到民主全球化
　　　[美] 弗朗西斯·福山 著

012　罪孽的报应：德国和日本的战争记忆
　　　[荷] 伊恩·布鲁玛 著

013　档案：一部个人史
　　　[英] 蒂莫西·加顿艾什 著

014　布达佩斯往事：冷战时期一个东欧家庭的秘密档案
　　　[美] 卡蒂·马顿 著

015　古拉格之恋：一个爱情与求生的真实故事
　　　[英] 奥兰多·费吉斯 著

016　信任：社会美德与创造经济繁荣
　　　[美] 弗朗西斯·福山 著

017　奥斯维辛：一部历史
　　　[英] 劳伦斯·里斯 著

018　活着回来的男人：一个普通日本兵的二战及战后生命史
　　　[日] 小熊英二 著

019　我们的后人类未来：生物科技革命的后果
　　　[美] 弗朗西斯·福山 著

020　奥斯曼帝国的衰亡：一战中东，1914-1920
　　　[英] 尤金·罗根 著

021　国家构建：21世纪的国家治理与世界秩序
　　　[美] 弗朗西斯·福山 著

022　战争、枪炮与选票
　　　[英] 保罗·科利尔 著

023　金与铁：俾斯麦、布莱希罗德与德意志帝国的建立
　　　[美] 弗里茨·斯特恩 著

024　创造日本：1853—1964
　　　[荷] 伊恩·布鲁玛 著

025　娜塔莎之舞：俄罗斯文化史
　　　[英] 奥兰多·费吉斯 著

026　日本之镜：日本文化中的英雄与恶人
　　　[荷] 伊恩·布鲁玛 著

027　教宗与墨索里尼：庇护十一世与法西斯崛起秘史
　　　[美] 大卫·I. 科泽 著

028　明治天皇：1852—1912
　　　[美] 唐纳德·基恩 著

029　八月炮火
　　　[美] 巴巴拉·W. 塔奇曼 著

030　资本之都：21世纪德里的美好与野蛮
　　　[英] 拉纳·达斯古普塔 著

031　回访历史：新东欧之旅
　　　[美] 伊娃·霍夫曼 著

032　克里米亚战争：被遗忘的帝国博弈
　　　[英] 奥兰多·费吉斯 著

033　拉丁美洲被切开的血管
　　　[乌拉圭] 爱德华多·加莱亚诺 著

034　不敢懈怠：曼德拉的总统岁月
　　　[南非] 纳尔逊·曼德拉、曼迪拉·蓝加 著

035　圣经与利剑：英国和巴勒斯坦——从青铜时代到贝尔福宣言
　　　[美] 巴巴拉·W. 塔奇曼 著

036　战争时期日本精神史：1931—1945
　　　[日] 鹤见俊辅 著

037　印尼 Etc.：众神遗落的珍珠
　　　[英] 伊丽莎白·皮萨尼 著

038　第三帝国的到来
　　　[英] 理查德·J. 埃文斯 著

039　当权的第三帝国
　　　[英] 理查德·J. 埃文斯 著

040　战时的第三帝国
　　　[英]理查德·J. 埃文斯 著

041　耶路撒冷之前的艾希曼：平庸面具下的大屠杀刽子手
　　　[德]贝蒂娜·施汤内特 著

042　残酷剧场：艺术、电影与战争阴影
　　　[荷]伊恩·布鲁玛 著

043　资本主义的未来
　　　[英]保罗·科利尔 著

044　救赎者：拉丁美洲的面孔与思想
　　　[墨]恩里克·克劳泽 著

045　滔天洪水：第一次世界大战与全球秩序的重建
　　　[英]亚当·图兹 著

046　风雨横渡：英国、奴隶和美国革命
　　　[英]西蒙·沙玛 著

047　崩盘：全球金融危机如何重塑世界
　　　[英]亚当·图兹 著

048　西方政治传统：近代自由主义之发展
　　　[美]弗雷德里克·沃特金斯 著

049　美国的反智传统
　　　[美]理查德·霍夫施塔特 著

050　东京绮梦：日本最后的前卫年代
　　　[荷]伊恩·布鲁玛 著